LOCUS

LOCUS

LOCUS

LOCUS

RECREATION

R62
崭露（夜之屋 11）
Revealed (the house of night, book11)
作者： 菲莉絲・卡司特＋克麗絲婷・卡司特（P. C. Cast & Kristin Cast）
譯者：郭寶蓮
責任編輯：翁淑靜　美術編輯：蔡怡欣
校對：陳錦輝
法律顧問：全理法律事務所董安丹律師
出版者：大塊文化出版股份有限公司
台北市 10550 南京東路四段 25 號 11 樓
www.locuspublishing.com

讀者服務專線：**0800-006689**
TEL：(02) 87123898　FAX：(02) 87123897
郵撥帳號：18955675　戶名：大塊文化出版股份有限公司

總經銷：大和書報圖書股份有限公司　地址：新北市新莊區五工五路 2 號
TEL：(02) 89902588　FAX：(02) 22901658
排版：辰皓國際出版製作有限公司　製版：瑞豐實業股份有限公司
初版一刷：2015 年 3 月

定價：新台幣 280 元
Printed in Taiwan

蔪露

Revealed

THE HOUSE OF NIGHT, BOOK 11

P. C. CAST + KRISTIN CAST
菲莉絲・卡司特＋克麗絲婷・卡司特 著　郭寶蓮 譯

序 柔依

「哇，小柔，有這種成果眞是太棒了，妳瞧，來參觀的人類比老狗身上的跳蚤還多欸。」史蒂薇・蕾把手放在眼睛上方遮光，環視著剛點亮的璀璨校園。達拉斯是個不折不扣的混蛋，但大家還是不得不承認，老橡樹的樹幹和枝椏被他掛上閃亮燈泡後，校園確實搖身一變，成爲絢爛神奇的仙境。

「又給我來那種噁爛的鄉巴佬比喻。」愛芙羅黛蒂說：「不過，比喻得算正確啦。反正那些人類當中有一群是市府政客——百分之百的寄生蟲。」

「留點口德吧，」我說：「起碼別這樣嚷嚷。」

「那代表令尊，也就是市長大人，也在這裡嗎？」史蒂薇・蕾原本就圓睜的眼睛這下睜得更大了。

「應該是吧。我剛剛看到我家那個會讓人想翻白眼的庫伊拉了。喔，就是卡通《一〇一忠狗》裡，那個爲了做狗皮大衣不惜殺掉小狗的時尚壞女人。」說到這裡，愛芙羅黛蒂忽然頓住，揚眉說道：「看來我們得好好看著流浪貓之家的那些貓。我發現有幾隻黑白相間的小貓咪，貓毛看起來特別蓬鬆。」

史蒂薇．蕾倒抽一口氣。「我的天哪，妳媽該不會**真的**想要貓毛大衣吧？」

「她超哈貓皮大衣的，哈到比酒駕臨檢時要哈的氣還大。」愛芙羅黛蒂模仿史蒂薇．蕾的奧克腔說話。

「史蒂薇．蕾，她開玩笑的啦。愛芙羅黛蒂，別嚇她了。」我用手肘戳戳愛芙羅黛蒂。

「好，我媽沒有貓皮大衣，也沒小狗皮大衣，她只有小海豹皮和民主黨員的皮做成的大衣。」

史蒂薇．蕾蹙起眉頭。

「放心啦，不會有事的。況且，有戴米恩守在流浪貓之家的攤位，他絕不會讓任何貓咪的一根鬍鬚受到傷害，就甭提整隻貓了。」我要我的好閨蜜放心，別因愛芙羅黛蒂的胡言亂語而壞了心情。「說實在的，妳看看，現在情況可以說好到不能再好，才一個多禮拜欸，我們就有這樣的成果。」

想到校園開放日暨徵才博覽會辦得這麼成功，我整個人放鬆地吁了一口氣。我環視著人潮滿滿的校園，史蒂薇．蕾、夏琳、簫妮、愛芙羅黛蒂和我負責照顧餅乾攤位，而史蒂薇．

蕾的媽媽和她一群在家長教師聯誼會認識的朋友則拿著我們販賣的成千上萬塊巧克力片，穿梭在人群中請人試吃。我們站在妮克絲雕像旁，從這裡可以一覽無遺地環視整個校園。看見阿嬤的薰衣草攤位前排了長長人龍，這使我感到開心。離阿嬤不遠處，是桑納托絲的徵才攤位，攤位上有一群人類正在填寫表格。

操場中央有兩頂超級大的帳篷。達拉斯正在爲那兩頂銀白色的帳篷掛上更多的閃亮燈飾，其中一頂是史塔克、達瑞司和冥界之子用來展示兵器的地方。我看見史塔克在跟一個小男生說明該如何正確握弓。忽然間，他的視線離開小男孩，往上一瞥，跟我四目相接。我倆迅速地對彼此親暱微笑後，他才繼續幫小男孩。

在那頂戰士篷中，獨獨不見卡羅納和元牲，顯然桑納托絲認爲陶沙市的市民還沒準備好跟他們任何一個見面。

這點我同意。

因爲我也還沒準備好……

我在心裡頭搖晃自己，試圖甩開這個念頭。不行，這會兒我可不能去想到元牲就是西斯。

所以，我把注意力放在第二頂大帳篷。蕾諾比亞在那裡，銳利的眼睛盯著那群圍繞著兩匹馬的人群。他們像蜜蜂一樣，密密麻麻地圍著她的愛駒慕嘉吉和那匹高大的佩爾什馬邦妮。崔維斯就在她身旁。其實現在他們倆已經形影不離，想到這一點，我好開心。看到蕾諾比亞沉浸愛河，我眞的很高興。蕾諾比亞彷彿一盞明亮的喜悅燈塔，讓最近頻頻經歷黑暗勢力的我看了，宛如久旱逢甘霖。

「靠，我的酒放哪去了？有沒有人看到我的女王杯啊？剛剛被鄉巴佬一提醒，我才想到我爸媽也來了。他們晃來晃去，遲早會看到我，我得趕緊做好心理準備，穿好盔甲才行。」愛芙羅黛蒂嘟噥個不停，還在一盒盒的餅乾之間翻來找去，就爲了她那個紫色大塑膠杯——我剛剛看見她拿著那個杯子在喝東西。

「妳竟然把酒裝在那種廉價塑膠杯裡？」史蒂薇．蕾問，對著愛芙羅黛蒂搖搖頭。

「而且，還用吸管喝？」簫妮跟著史蒂薇．蕾一起搖頭。「太噁了吧？」

「非常時期得用非常手段嘛。」愛芙羅黛蒂以促狹的口吻說。「況且，連修女都沒在聽無聊的演講了。沒看到嗎？她們一群人鬼鬼祟祟，自以爲神不知鬼不覺地公然喝酒。」愛芙羅黛蒂把視線往我們的右方瞟去。流浪貓之家在那裡擺了一排半月形的籠子，籠裡是一隻隻等待領養的貓咪，此外，還有一箱箱貓咪的玩具等著出售——那些布玩具裡都裝著可以讓貓咪興奮的貓薄荷。我看見戴米恩坐在流浪貓之家的銀白色小帳篷內，忙著掌管收銀機。除了他，穿著長袍的本篤會修女則在貓籠那一區處理各種大小事。這個流浪貓之家，就是她們創辦的。

其中一名修女往我的方向看過來，是修道院的院長瑪麗．安潔拉修女。我對她揮手笑笑，她也對我揮揮手，然後回頭繼續跟一家人說話。這家人顯然愛上了那隻看起來像一團巨大棉花球的可愛白貓。

「愛芙羅黛蒂，那些修女很酷的。」我提醒她。

「而且人家忙到沒時間理妳。」史蒂薇．蕾說。

「說不定，不是所有人都在注意妳喔。」夏琳說，故作驚訝狀。

史蒂薇．蕾以咳嗽來掩飾咯咯笑聲。就在愛芙羅黛蒂要口出惡言之前，阿嬤跛著走到我們當中。除了雙腿還不良於行、臉色仍顯蒼白，阿嬤看起來健康又快樂。一個多禮拜前，奈菲瑞特挾持了阿嬤，還差點殺死她，幸好她復原的速度出奇迅速。桑納托絲說，這是因爲她的身體狀況本來就很好——尤其是跟同年齡女人相比時。

但我知道，眞正的原因不在於此，而在於我們嬤孫倆共享的某種東西。這東西，就是我們與女神之間的特殊連結。我們的女神給了她的子孫自由選擇的權利，也賦予我們特殊能力。阿嬤是崇高大地之母鍾愛的女兒，所以她能直接從奧克拉荷馬州的神奇大地汲取能量。

「嗚威記阿給亞，我的薰衣草攤位需要人手欸。眞不敢相信生意這麼好。」阿嬤的話還沒說完，就見一名修女匆匆跑過來。「柔依，瑪麗．安潔拉修女想請妳幫忙處理貓咪的領養申請書。」

「我來幫妳，紅鳥阿嬤。」夏琳說：「我喜歡薰衣草的氣味。」

「喔，甜心，妳人眞好。妳先去我的車子一趟好嗎？後車廂裡還有一盒薰衣草肥皂和香包。看來，今天出門前準備的，會賣光光喔。」阿嬤開心地說。

「包在我身上。」夏琳接住阿嬤擲給她的鑰匙，跑向通往停車場的主出入口。從那裡的林蔭馬路直直走，就可走到尤帝卡街。

「我來打電話找我媽。她說如果我們忙不過來，就跟她說一聲，她和她那群家長會的媽媽朋友可以立刻回來幫忙。」史蒂薇．蕾說。

「阿嬤，我先去流浪貓之家那裡幫忙，可以嗎？我一直很想去看看那些剛出生的小貓咪。」

「去吧，嗚威記阿給亞，我想，瑪麗．安潔拉修女一定很想念有妳作伴的感覺。」

「謝謝阿嬤，」我對她笑笑，然後告訴史蒂薇．蕾：「太好了，如果妳媽那群人可以回來幫忙，我就去幫修女。」

「好，沒問題。」史蒂薇．蕾伸手遮住眼睛上方，朝人群望過去，然後說：「我看見她了，羅蘭德太太和威爾森太太也在她旁邊。」

「別擔心，我們應付得來的。」簫妮對我說。

「好。」我對著她們笑笑，說：「我會盡快回來。」離開餅乾攤位時，仍拿著紫色大塑膠杯的愛芙羅黛蒂跟在我背後。「我還以為妳對修女的諄諄教誨不會有興趣哩。」

「她們的諄諄教誨應該好過家長會那些媽媽的媽媽經。」她故作發抖狀。「而且，我喜歡貓咪遠多於人。」

我聳聳肩，說：「好吧，隨便。」

就在我們走向流浪貓之家帳篷的途中，愛芙羅黛蒂忽然放慢腳步，咬著吸管，瞇眼怒視，嘟噥著：「眞的。該死。可悲。」我循著她的目光望過去，立刻和她一樣皺起眉。

「說眞的，見到他們在一起十次，我就十次不解。」愛芙羅黛蒂和我停步，看著簫妮的前孿生閨蜜依琳整個人賴在達拉斯身上。「眞沒想到她是這種人。」

「現在看來，她就是這種人。」愛芙羅黛蒂說。

「嗯。」我別過頭，不想見到他們在眾目睽睽之下喇舌。

「我告訴妳，就算把整個陶沙市的酒灌下去，我還是沒辦法看著那兩個人吸臉、喇舌。」她發出作嘔的聲音，然後冷笑一聲，說：「瞧那個包頭巾的，十二點鐘方向。」

果然，那名好像叫艾茉莉的修女（她超級保守拘謹的）見到了那對忙著喇舌的男女。

「她的表情好可怕喔。」我說。

「等著看吧，好戲要上場了。修女可是超級掃『性』的。」

「柔依！來這裡！」我的目光從即將上場的好戲，轉移到瑪麗・安潔拉修女身上。她正揮手喚我。

「來吧。」我勾住愛芙羅黛蒂的手，將她拉向流浪貓之家的帳篷。「那種好戲妳沒資格看啦。」

愛芙羅黛蒂來不及爭辯，因爲我們已經到了流浪貓之家的攤位，笑臉盈盈的瑪麗・安潔拉修女正站在我們面前。「喔，太好了，柔依**和**愛芙羅黛蒂，我正需要妳們。」修女優雅地指著站在貓籠邊的一個年輕家庭，告訴我們：「這是克隆利一家人，他們決定領養這兩隻花斑貓。我好高興牠們能一起找到永遠的家。這兩隻可說形影不離呢，雖然牠們同窩出生，可是，感情也好到太不可思議了吧。」

「眞的好棒。」我說：「我這就來塡寫資料。」

「我來幫妳。兩隻貓要兩份文件。」愛芙羅黛蒂說。

「我們有帶獸醫的指示箋來。」克隆利家的媽媽說：「我就知道今晚會找到屬於我們的愛貓。」

「不過，我們可沒想到會是兩隻喔。」她的丈夫補上一句，並捏捏妻子的肩膀，充滿愛意地低頭對她微笑。

「是啊，就像我們當初也沒料到會生雙胞胎。」他的妻子說，望向兩個小女兒。她們正看著籠子，咯咯笑著逗弄那兩隻即將加入她們家庭的毛茸茸花斑貓。

「結果證明她們是天上掉下來的禮物，所以，能同時領養到兩隻貓，眞是再好不過。」爸爸說。

看到這家人，我感覺就像看見蕾諾比亞和崔維斯在一起，整個心頭暖了起來。

我和愛芙羅黛蒂走向臨時拼湊出來的辦公桌，聽見雙胞胎之一說：「媽咪，那些黑黑的東西是什麼啊？」

小女孩的語氣讓我忍不住停步，轉身往貓咪的籠子走去。

一到那裡，我立刻明白爲何孩子會這樣問。關著兩隻花斑貓的籠子裡，有幾隻黑漆漆的大蜘蛛，兩隻貓咪正對著牠們嘶嗚拍打。

「啊，噁心死了！」媽媽說：「看來貴校很可能有蜘蛛氾濫的問題。」

「如果你們需要找人來除蟲，我可以推薦。」那個爸爸說。

「我們需要的鬼東西可多著呢，光除蟲專家是不夠的。」愛芙羅黛蒂低聲嘟噥，跟著我往貓籠裡探頭看。

「嗯，那個，其實，我們平常沒蟲子問題的。」我話都說得結巴了，背部還因爲噁心而竄起一陣顫慄。

「噁，爹地！又出現更多了。」

金髮小女孩指著籠內深處，裡頭都是騷動不停的活蜘蛛。

「喔，天哪！」瑪麗．安潔拉修女臉色蒼白地看著那些似乎正在繁殖增生的蜘蛛。「剛剛沒有這些東西啊。」

「修女，這樣吧，妳把這可愛的一家人帶進帳篷，幫他們把領養表格寫一寫。」我趕緊說，以穩定的眼神迎視修女敏銳的雙眼。「還有，麻煩妳去叫戴米恩來找我，我想請他幫忙處理掉這些蠢蜘蛛。」

「好，好，沒問題。」修女毫不猶豫地說。

接著，我壓低聲音，告訴愛芙羅黛蒂：「去找簫妮、夏琳和史蒂薇．蕾。」

「妳打算當著人類的面，設立守護圈？」愛芙羅黛蒂壓低聲音問我。

「不然要眼睜睜看著奈菲瑞特開始**吃掉**這些人類嗎？」史塔克忽然出現在我的身邊。我可以感受到他的能量和關切之情。「是奈菲瑞特，對不對？」

「蜘蛛，冒出好多蜘蛛。」我指著籠子。

「聽起來像是奈菲瑞特在搞鬼。」戴米恩靜靜地說。

「我去把守護圈的其他元素找來。」愛芙羅黛蒂放下手中的塑膠杯，開始跑向我們的餅乾攤位。

「妳有何打算？」史塔克問，繼續緊盯愈來愈多的蜘蛛。

「我們要好好保護屬於我們的東西。」我從口袋拿出手機，按下桑納托絲的名字。她在第一聲就接起電話。

「校園出狀況了，我可以感受到死亡逼近。」女祭司長沒提高音量，但我聽得出當中的緊張情緒。

「流浪貓之家的攤位上出現蜘蛛，非常非常多，我已經找了守護圈的成員過來。」

「是奈菲瑞特。」她凝重地說出這個名字，證實我的直覺果然正確。「快召喚元素來保護大家。不管特西思基利在耍什麼把戲，這東西都不是源於自然力量，所以，我們可以透過自然力量來驅散牠們。」

「好，就這麼辦。」我說。

「我會立刻進行抽獎，把人類的注意力引到戰士的攤位上，他們在那裡很安全。柔依，盡可能保持低調。這裡要是陷入混亂驚慌，就中了奈菲瑞特的計。」

「我明白。」我說，掛上電話。

「要開始設立守護圈了嗎？」戴米恩問。

「好。我們要利用元素的力量來除掉這些蜘蛛。」我毫不遲疑，也沒等其他成員來到，就抓起戴米恩的手，兩人一起面向貓籠，而史塔克則在一旁，以保護者的姿態守著我們。

「風，請降臨我。」戴米恩說。

我立刻感受到他的元素有了回應。「集中精神。」我對他說。

他點點頭。「風，吹散黑暗勢力。」

原本在戴米恩的髮梢嬉戲的風忽然湧竄，在那窩蜘蛛四周疾旋盤繞，被激怒的蜘蛛開始騷動煩躁。

「各位女士，各位先生，各位雛鬼和成鬼，我是桑納托絲，陶沙市夜之屋的女祭司長，也是今晚活動的主辦人。我在此請各位移動到校園中央，戰士攤位的銀白帳篷處，我們即將在那裡舉辦抽獎活動，得獎者必須在場，才能領獎喔。」

麥克風裡，桑納托絲的聲音聽起來好正常，完全就是校長的口吻。相較之下，那窩騷動的蜘蛛更顯得令人嫌惡。

「喔，那些細節不用擔心啦，」瑪麗．安潔拉修女催促那對年輕夫妻和他們的孿生女兒離開流浪貓之家的攤位。「我的助理會幫你們把貓咪準備好，等抽獎活動結束，你們就可以把貓咪帶回家。」

「爲什麼學生要那樣手牽手？」我聽見這家人的小女孩問道。

「喔，他們只是在祈禱。」瑪麗．安潔拉修女回答得很自然。接著，她轉頭，對著那五、六名在攤位東奔西跑的修女說：「姊妹，把孩子帶去隱密的地方祈禱。」

「好的，姊妹。」中年修女低聲回應。就這樣，修女們沒任何疑問，毫不猶豫地散開，圍著帳篷和貓籠，成功地排出一個半圓形的人牆，將我們和可能會瞠目結舌的旁觀人類給隔開來。

這時，簫妮和史蒂薇．蕾跟著愛芙羅黛蒂奔過來，穿越修女所組成的人牆。她們見到貓籠內那一大群騷動的東西，戛然停步，當場咋舌、瞠目。

「靠，不妙！」簫妮說。

「喔我的天哪！」史蒂薇．蕾摀著嘴，一副作嘔的模樣。

「奈菲瑞特眞的很惹人厭欸。」愛芙羅黛蒂對著那些蜘蛛露出厭惡表情。

「我們必須把元素成員找齊，同心協力把這些蜘蛛趕出校園。」我說：「可是，得低調進行，不能引起騷動。」

「對，因爲奈菲瑞特就是故意製造老掉牙的恐怖景象好嚇死人類，搞砸一切，讓我們難看。」簫妮說：「別擔心，小柔，我會保持低調的。」她以堅決的姿態走向戴米恩，握住戴米恩伸出的手，凝視著那一窩躁動的黑腳生物。「火，降臨我。」四周空氣頓時溫暖起來。我們這位黑美人展露笑靨，繼續召喚。「對牠們加熱，但別烤焦牠們。」

火元素遵照她的指示。沒有冒煙、火焰或爆裂聲，但周遭的空氣確實暖烘起來，成群蜘蛛難受地搖扭著。

我環顧四周，這才發現夏琳沒加入我們。「水呢？我們需要夏琳來加入守護圈。」

「她去停車場，還沒回來。」史蒂薇·蕾說：「我打了她的手機，可是她沒接。」

「可能沒聽到。」戴米恩說：「外頭一片混亂。」

「好，沒關係，那我來代表水。」愛芙羅黛蒂說：「或許能量不會很強，但起碼可以讓守護圈完整。」

愛芙羅黛蒂開始走去牽起簫妮的手，這時依琳穿過修女所組成的人牆。

「我就知道你們在設立守護圈！我感覺到了。」依琳說，然後對著愛芙羅黛蒂撇嘴，說：「妳要召喚水？哈！想取代我，門都沒有——我才有眞本事。」

「妳是有本事，這點我很肯定，」愛芙羅黛蒂對她說：「不過，妳的本事讓人不敢恭維啊。」

「我就跟妳說吧，別跟這些遜咖有瓜葛。」達拉斯說，對著那位想把他擋在人牆外的修女露出輕蔑冷笑。

「我知道你說的，寶貝，」依琳對他挑逗地一笑，說：「可是你知道吧，該我做的，我還是得做啊，況且，一想到水元素被排除在守護圈外，我就很不爽。」

達拉斯聳聳肩，「隨便啦，我只覺得這是浪費時間。不過，妳這群已成過去式的白癡朋友，幹麼在學校開放日設立守護圈啊？」他瞇起眼，露出惡毒銳利的眼神，接著，彷彿頓悟修女爲什麼要組成人牆了。「喂，裡頭發生什麼事？」

「我們沒時間跟他扯下去，」我厲聲說：「史塔克，把達拉斯弄出去，讓他乖乖閉嘴，直到園遊會結束。」

「樂意之至！」史塔克笑著從後面拎起達拉斯的衣服，將他拖離我們，離校園中央遠遠的。達拉斯邊掙扎邊咒罵，但對力大無窮的史塔克來說，他不過是一隻煩人的蚊子罷了。我對依琳說：「不管發生什麼事，妳都代表水，我們的守護圈永遠歡迎妳的元素，可是，這裡不需要負面能量——這點非常重要。」我點頭往那些蜘蛛方向示意。依琳的視線循著我的頭游移過去，隨即倒抽一口氣。

「什麼鬼東西呀？」

我開口，原本想閃躲她的問題，但我的直覺阻止了我，於是，我直視依琳的藍眼睛，對她坦誠以告。「我認為這是奈菲瑞特搞的鬼。我很確定這東西是邪惡的，不屬於我們學校。妳願意跟我們一起除掉牠們嗎？」

「蜘蛛好噁心。」她這麼回應我，但一瞥見簫妮，聲音立刻虛掉，隨即抬起下巴，清清喉嚨，說：「噁心的東西非除掉不可。」接著，毅然走向簫妮，停步後說：「畢竟這也是我的學校。」

我總覺得，依琳的聲音聽起來怪怪的，還有點沙啞，希望這代表她仍有血有肉，還沒變得沒血沒淚，因為這樣一來，她就有可能變回我們原本熟悉的那個人。

簫妮朝她伸出手，依琳握住她的手。「很高興妳來了。」我聽見簫妮低聲說。

至於依琳，沒任何回應。

「保持低調。」我告訴她。

依琳嚴肅地點點頭。「水，降臨我。」海洋與春雨的氣息撲鼻而來。「淋濕牠們。」籠裡開始出現一顆顆水珠，沒多久，蜘蛛下方出現一灘水。一群總量約拳頭大的蜘蛛原本攀在鐵籠上，倏地撲通掉入下方那灘正等著牠們的水中。

「史蒂薇．蕾。」我朝她伸出手，她握住我的手，另一手去牽依琳，就這樣，守護圈完整設立了。

「土，降臨我。」史蒂薇．蕾一說完，四周馬上出現草原的氣味和聲息。「別讓這些東西汙染我們的校園。」

大家腳下的地面開始微微顫動，更多攀在籠壁的蜘蛛紛紛跌落，擾動一灘水。

終於，該我了。「靈，降臨我，請協助各元素驅逐不屬於敝校的黑暗勢力。」

一聲咻咻後，所有的蜘蛛都掉入籠底的那灘水中。水波震盪，開始變形，逐漸擴張，蔓延開來。

我專注感受靈的同在——因爲我對這個元素具有極強的感應力——同時想像著那窩蜘蛛被扔出校園，就像倒光一盆噁心的花露水。我把這個影像牢牢記住，並開口下令：「全都滾出去！」

「出去！」戴米恩附和。

「滾！」簫妮說。

「離開！」依琳說。

「掰掰永不見。」史蒂薇・蕾說。

接著，果眞出現我所想像的場景：一窩蜘蛛騰空升高，彷彿即將被扔出去丟掉。然而，才一眨眼，黑色影像再次變形，成爲一個熟悉的身影——身材玲瓏、美艷動人、惡毒陰黝。奈菲瑞特！她的五官沒完整呈現，但我認得出她，也感受到她散發出來的邪惡能量。

「不！」我喊道。「靈！用我們的愛和忠誠，來強化每個元素！風！火！水！土！我召喚汝等，如我所願！」

一聲淒厲的尖叫後，奈菲瑞特的幽靈往前衝，如一波闇黑潮水，湧向依琳，將她淹沒。在成百上千隻蜘蛛的竄逃聲中，幽靈逃出學校大門，消失得無影無蹤。

「哇靠，有夠噁心。」愛芙羅黛蒂說。

我正要出聲附和愛芙羅黛蒂，就聽見咳嗽聲。

一看見依琳雙膝跪地，我立刻感覺到守護圈的能量潰散開來。她仰頭看著我，再次咳嗽，嘴巴噴血。「眞沒想到我的人生會以這種方式結束。」她粗嘎著聲音說。

「我去找桑納托絲！」愛芙羅黛蒂大聲說，同時拔腿就跑。

「不！不可以發生這種事。」簫妮說，雙膝一屈，跪在滿身是血的依琳身邊。「孿生的！拜託，妳一定要好好的。」

依琳被她抱入懷裡。我和戴米恩、史蒂薇．蕾互看一眼，上前圍在緊抱著摯友的簫妮身邊。

「對不起，」簫妮哭著說：「我之前對妳那麼兇，眞的沒惡意。」

「沒——沒關係，孿生的。」依琳緩緩地說，不時發出痛苦的咳嗽聲，因爲她的喉嚨已經被血泡占滿，眼耳鼻也開始滲血。「是我的錯，我忘了該如何當個有血有肉的吸血鬼。」

「我們在這裡陪著妳。」我告訴依琳，撫摸她的頭髮。「靈，請幫助她平靜。」

「土，請安撫她。」史蒂薇．蕾說。

「火，請給她溫暖。」簫妮淚眼婆娑地說。

依琳微笑，摸摸簫妮的臉。「妳的火已經溫暖我了，我不再覺得寒冷孤單。現在，我只覺得疲倦……」

「休息一下，」簫妮說：「妳睡著時，我會陪在妳身邊的。」

「我們都會陪著妳。」我說，舉起衣袖抹掉臉上的淚。

依琳再次對簫妮展露笑顏，然後，閉上雙眼，就這樣死在她孿生朋友的懷中。

1 奈菲瑞特

柔依．紅鳥的神祕鏡子裡，忽然出現奈菲瑞特的過往，她倏忽想起自己死去的純眞童年。這突如其來的傷痛回憶，讓她看見自己又成了那個身心憔悴、遍體鱗傷的小女孩，這一看，讓那名照理說該聽命於她的工具人得以回過頭來趁機攻擊她。亓牲傷了她，挫了她，還把她從閣樓陽臺往下拋。當她從高處墜落到人行道，妮克絲的前女祭司長奈菲瑞特確實死了。然而，在她的肉體心臟停止跳動的刹那，她裡面的靈——那個讓她變成特西思基利之后的不死力量——立刻出來接管她，讓她殘破的皮囊開始消融，但仍能活著……**繼續活著**。

巨大的黑暗跟她裡面的邪靈合而爲一，隱匿起來，等待，等待，養精蓄銳。這時，特西思基利的意識掙扎著，不甘願就這樣消失。

鏡子裡那個受暴的小女孩喚醒了一段記憶——那段奈菲瑞特以爲早已消失……深埋……遺忘的回憶。這段記憶乍然出現帶給她震撼，害她被亓牲攻擊得措手不及。

再次復活的過往，殺死了奈菲瑞特。

她想起來了，當年那個脆弱絕望的小女孩叫做愛蜜莉．惠勒，而那個照理說應該提高警覺、誓死保護女兒的人類男子卻猥褻她、虐待她、侵犯她。

當愛蜜莉的影像出現在神祕鏡子裡的剎那，奈菲瑞特的力量和能量頓時消失。過去數十年，她就是靠著它們才得以築起屏障，阻擋那段純眞慘遭掠殺、身心慘遭侵犯的不堪回憶。

無人能敵的吸血鬼女祭司長消失了，只剩下愛蜜莉，凝視著過往殘破的自己。元牲傷到的是愛蜜莉，被他從馬佑大樓的頂樓拋到孤寂人行道上的，也是她。是愛蜜莉把奈菲瑞特拖著一起死去。

然而，特西思基利之后的靈存活下來了。

確實，她的身軀殘破，心智重創，但那股讓奈菲瑞特永生不死的能量依舊存在，即使她的意識瀕臨潰散。舒服的黑暗絲線迎接她，給她力量，讓她得以借助蟲子的模樣，而後借重暗影和迷霧的力量。特西思基利的靈汲飲黑夜，吐棄白晝，遁入陶沙市中心的下水道後，緩行慢移，堅毅地朝著同一個方向前進，去那個可以讓她完整的地方。奈菲瑞特的殘餘意識始終有一股驅力，讓她不得不尋求熟悉的東西。

特西思基利感覺自己跨越了一道藩界，從城市進入了她熟悉不過的地方。即使肉體解離，她的靈仍清楚認得這裡，因爲她被這地方吸引了非常多年。她以濃霧之形進入夜之屋，從一方陰暗處飄移到另一方陰暗處，沿途飽覽熟悉景致。

雖然，濛霧和暗影、能量和黑暗其實是感覺不到痛苦與喜悅的，當飄移到校園正中央那座神殿時，奈菲瑞特的幽靈畏怯不前。然而，就像青蛙的斷腿一入熱鍋就不自主地抽搐，特西思基利的邪靈一碰到妮克絲神殿，也反射似地往後彈，離神殿遠遠的。

就是這個讓她不得不改變行進路線的意外抽搐，讓她飄移到那個權力之地附近——權力，正是此刻她唯一可以清楚感覺到的東西。特西思基利或許感受不到痛苦或喜悅，但殘剩的奈菲瑞特依然懂權力。權力的滋味，她始終忘不了。

化成黏膩的油珠後，她滲入地下，吸收那些將她團團包覆的地底能量，藉此汲取上方先前殘餘的魑魅能量。

要不是死亡選擇在這個時候靠近她，特西思基利很可能就這樣無形無體地存在下去。

死亡趨近時無聲無息，宛如一道風靜靜地將雲朵吹去遮蔽太陽，但特西思基利在那雛鬼開始咳嗽之前，就能感受到它飄拂而過。

對她這幽靈來說，死亡甚至比夜之屋或權力之地更熟悉。死亡將坑洞裡的她往上吸，在亢奮激動中，特西思基利的靈具化成她初掌權時的樣子——那個永遠在探求，永遠好奇，永遠能迅速恢復精力的八腳生物。

一群黑蜘蛛整齊劃一地行動，開始尋找死亡，以便餵養自己。

諷刺的是，正是雛鬼的守護圈開啓了能量的傳輸管道，奈菲瑞特才有足夠的意識去專注汲取死亡的古老力量，讓她終於再次找回自己。

我曾是愛蜜莉．惠勒，然後是奈菲瑞特，接著成了特西思基利——女王、女神、不朽生物。

此刻之前，找尋熟悉感是她唯一的目標，然而，當死亡找上那雛鬼，特西思基利的靈藉此飽餐一頓後，奈菲瑞特終於有滿滿的能量，得以將原本只有零星片段的過去和現在加以完整拼湊，建構成一個眞實的**認知**。

這認知大大驚嚇了她，使得她的靈爆出原始能量，劃破黑暗絲線，加入了她形體的重整過程。當元素斥退她時，差不多已經完整現形的奈菲瑞特衝出了守護圈。

但她只能勉強奔到那扇阻隔街道和吸血鬼校園的鐵門邊，在那裡，她的形體變得更強固，但力量卻一點一滴焚盡。最後，奈菲瑞特喘著氣，虛弱如嬰孩，意識渙散，癱靠在夜之屋的圍牆上。

她非得飽食一頓不可。

她只知道自己飢餓虛脫，直到聽見他提高嗓門，譏諷惡毒地對著手機說：「對，親愛的，妳當然對，妳永遠都是對的，但我就是不想留下來等那可笑的抽獎。我完全沒興趣知道我買的五百元入場劵有沒有機會贏得吸血鬼送出的一九六六年福特雷鳥汽車。沒有，沒問題！對，我知道妳說過上百次了，我們應該要像妳說的那樣，租一輛連車帶司機的豪華禮車。好，對不起，造成妳的不便，害妳得坐在長椅上等我到停車場，開車過去接妳。喔，對了，我很高興妳跟那兩個混帳市議員咬耳朵，偷偷說奈菲瑞特的壞話時，還順便讓他們盯著妳的大奶猛看。哈！哈！哈！」夜色中，他嘲諷的笑聲傳到她耳裡。「如果妳可以花點心思看看四周，不要眼中只有自己，妳就會知道奈菲瑞特很厲害，可以照顧自己的。誰看過她闍樓慘遭蹂躪後的狀態啊？幾乎沒有吧。從那種慘狀看來，絕對是女人發飆失控造成的。惹奈菲瑞特發怒的那個人，下場大概很慘，我眞替那傢伙難過，至於奈菲瑞特，完全不需要別人替她難過。」

奈菲瑞特費力地坐起，竭力去聽個仔細。那個人類提到她的名字，這肯定代表他是諸神賜給她的禮物。

他按下遙控器鑰匙，離她不到十呎的那輛凌志汽車車燈立刻亮了起來。他喃喃自語：「臭婆娘，成天只會說八卦，耍心機，東家長西家短。跟她在一起二十五年，害我高血壓，胃食道逆流，還養出一個不知好歹的女兒。要不是她，我就是陶沙市五十五年來第一個黃金單身漢市長，可以隨心所欲挑選石油大亨的年輕女兒當老婆。要不是我跟她已經……」

當她超級敏銳的聽力聽見了他的心跳，這番喃喃自語開始被某種難以辨明的背景雜音所取代。

她吁了一口氣，幸好有獵物上門。他看起來確實是頓可口的晚餐，不過，她不覺得有必要感謝命運諸神賜給她這份禮。她只會理所當然地接受祂們的幫助，因爲這是她應得的——她知道，祂們會很高興見到她返回不朽生物之列。

就在他打開車門時，奈菲瑞特站出來，將她所有的飢渴濃縮在他的名字中。「查爾斯！」

他頓住，挺直身子，盯視聲音的來源，試圖在黑暗中看清楚對方。「什麼事？妳哪位？」

奈菲瑞特不需要光線就能清楚看見他。就算四周黑漆漆一片，她的視力也能不費吹灰之力就發揮作用。她看得出他的頭髮仔細梳理過，昂貴西裝是以手工精細縫製。他的上唇出汗，頭部的脈搏隨著他的生命血液穩定地跳動。

她往前走，將一頭褐色長髮往後甩，暴露出腴潤的全裸胴體，然後，彷彿乍覺失態般，故作羞怯地以雙手遮掩私處，躲避他圓睜雙眼的注視。當然，這齣遮掩的戲碼分明多此一舉。「查爾斯！」奈菲瑞特再次喚他的名字，並哭著說：「他們傷害我！」

「奈菲瑞特？」查爾斯滿臉茫然地往前一步。「眞的是妳？」

「是我！是我！喔，天哪，竟然讓你看見我一個人在這裡，赤身裸體，身心受創。太可怕了！我眞的無法承受了！」奈菲瑞特摀臉哭泣，好讓他有時間飽覽她的胴體。

「怎麼會這樣，發生什麼事？」

這時，後方的校園裡，傳來呼喚他的尖銳聲音，讓兩人瞬間怔愣。「查爾斯！你在幹麼啦，這麼久？」

「老婆，我看見——」查爾斯開始高聲回應老婆，但奈菲瑞特迅速靠近他，抓住他的手，打斷他的話。「不！別告訴她你見到我。我不想讓她知道他們對我做了這些事。」她壓低聲音懇求。

他目不轉睛地注視著奈菲瑞特裸露的乳房，清清喉嚨，繼續喊道，「法蘭西，老婆，再等一下，車鑰匙掉了，我才剛找到，一、兩分鐘後我就上車了。」

「我就知道你會掉鑰匙，笨手笨腳的！」惡毒、不屑的回應隨之而來。

「去找你太太吧！忘了你曾見到我。」奈菲瑞特踉蹌地退到學校圍牆邊的陰暗處，哽咽著說：「我會照顧自己的。」

「妳在說什麼啊？我當然不能走，不能拋下赤身裸體、身心受創的妳。來，披上我的外套，告訴我，到底發生什麼事。我知道妳住的閣樓被人大肆破壞。有人綁架妳嗎？」查爾斯一邊說一邊走向她，還脫下西裝遞給她。

奈菲瑞特的目光游移到他握著外套的那隻手。

「你的手怎麼那麼大。」往日影像撲向奈菲瑞特，她發現自己快要不能說話，因爲嘴唇變得又凍又麻。「你的手指，好粗，好粗。」

查爾斯不解地眨眨眼。「應該算很粗吧。奈菲瑞特，妳還好嗎？怎麼有點失神了？我該如何幫妳？」

「幫我？」滿腦子的飢渴強烈到奈菲瑞特得以暫時甩開身爲愛蜜莉的那段過往。「你能幫我的只有一件事，我這就讓你知道。」

奈菲瑞特沒再浪費力氣跟他說話，一個箭步，以獵食者的姿態撥開他遞上前的外套，準備將他按壓在圍牆上。飽受驚嚇的他發出呼呼聲，整個人癱倒在草地上，不停喘氣。她沒讓他有時間平復心情，隨即上前以雙膝壓制他，然後將自己的手變成利爪，撕開他的喉嚨。當查爾斯的頸動脈汩汩冒出溫熱血液時，她立刻將唇緊貼在傷口處，用力吸吮。他快死了，但沒半點掙扎，完全臣服在她的魔咒底下，只有發出微微呻吟，舉起雙手，試圖把她摟得更緊。接著，他不再呻吟，呼吸開始不順，不斷發出咯咯聲，雙腿也開始抽搐。隨著他離死亡愈近，奈菲瑞特的力氣就愈增。她吸吮，不斷吸吮，榨乾他肉體和靈的能量，直到這位陶沙市的市長查爾斯·拉芳特毫無氣息，只剩一具無血、無氣息的軀體。

奈菲瑞特舔舔唇，站起來，俯視他。能量在她的體內奔竄，她愛死了死亡的滋味。

「查爾斯！該死！什麼都得我自己來嗎？」他老婆的聲音愈來愈靠近，應該是走過來找他了。

奈菲瑞特舉起她血淋淋的手，說：「濃霧與黑暗，我令汝，遮掩我。即刻！掩護我！」

不料，那濃厚漆黑的暗影只是躁動微顫，並沒遵從奈菲瑞特的命令掩護她。夜色中，她接收到它們的回應——雖然是感受到，而非聽到——**妳的力量消弱了，重生的特西思基利。現在想命令我們？等著瞧……等著瞧……**

此刻，憤怒是奈菲瑞特負擔不起的奢侈情緒，所以，她懷著怒氣，扔掉查爾斯那件皺巴巴的西裝外套，帶著身上的鮮血和憤怒，以及逐漸衰退的力量，奔離而去。就在抵達尤帝卡街另一側的溝渠時，她聽見拉芳特太太的淒厲尖叫。

她的尖叫聲讓奈菲瑞特泛起微笑。雖然黑暗沒聽命掩護她，這位特西思基利還是能以凡人所不及的靈巧速度逃離。穿越繁華市中心時，奈菲瑞特心想，自己在某些剛好望向窗外的幸運凡人眼中，會是什麼模樣。一個全身血紅的鬼魅，來自古代的死亡女妖。奈菲瑞特好希望她能讓死亡女妖的神祕古咒成真——讓所有傲慢到膽敢直視她的凡人都變成石頭。

石頭……希望……我真希望……

她沒能從市長的死亡當中汲取足夠能量，所以原本疾疾如風的速度一下子就緩慢下來。虛脫感一陣陣襲來，終於，她不支倒地，躺在人行道旁，大口喘氣。

這裡沒房子。那我人在哪裡？

迷惑的奈菲瑞特左右張望。公園裡散置著一九二〇年代風格的街燈，熠熠亮光讓她瞇起雙眼。她本能地遠離光線，躲入草叢和公園中央的蜿蜒小徑。

抵達一座小丘後，置身在沉睡杜鵑花叢的奈菲瑞特終於能正常呼吸，思緒也清明到得以辨認方位。

伍得沃德公園，就在夜之屋附近。奈菲瑞特抬起頭，尋找陶沙市中心的天際線。**馬佑大樓離這裡太遠，天亮之前我一定到不了**。就算她能趕在太陽躍出地平線，重創她僅剩的元氣之前，回到那棟大樓，經過櫃檯的工作人員時，她該怎麼辦？黑暗已不再服從她。沒有黑暗的掩護，她是一個全身赤裸，渾身是血的吸血鬼——讓人憎惡，恨不得囚禁起來的東西——特別在市長被吸血鬼殺死的這個晚上。

或許，在終結查爾斯．拉芳特的可悲人生之前，她應該更審慎考慮其他方案的。

奈菲瑞特第一次感覺到驚恐。打從被親生父親奪走童貞的那一夜後，她就不曾這麼孤單脆弱過。

特西思基利顫抖，想起他那雙又大又熱的手，還有他粗粗的手指頭，以及呼吸時的口臭。

奈菲瑞特啜泣，想著小時候安慰她的暗影，以及撫慰她殘破童貞的闃黑。「你們都遺棄我了嗎？我的黑暗子民沒一個忠於我嗎？」

前方的草叢窸窣窾動，彷彿在回應她。一頭狐狸走出草叢，以無懼的眼神看著她。牠那琥珀摻紅的美麗毛色及炯亮的綠眸，深深震懾了奈菲瑞特。

狐狸是我的答案——我的禮物——我的祭品。

奈菲瑞特集中僅存的精力，不動聲色地迅速出擊，一把扭斷狐狸的頸部。牠的眼神逐漸黯淡，奈菲瑞特將垂死生物的軀體放在大腿上，撕開牠的喉嚨，然後將牠高舉，讓牠的血液緩緩淌下她的胳臂和胸脯，如溫暖春雨澆淋著她。

「倘若這是你們要的獻祭，就來享用吧！這生物的血只是開啓門扉之用，若你們回到我身邊，我會讓陶沙市給你們更多……更多！」

杜鵑花叢底的闃黝暗影開始騷動。幾縷黑暗絲線試探性地緩緩滑向奈菲瑞特。

特西思基利眨掉眼中的淚水。它們沒遺棄她！當第一條冰冷的黑暗絲線貼著她，鑽入狐狸的溫暖血液，盡情飽食時，她激動地咬著唇，努力克制，才沒高聲頌讚感恩。很快地，其他的黑暗絲線加入。雖然，出現的數量不及她過去掌控的數百條甚或數千條，但奈菲瑞特已經滿意了，因爲，光是這些，就足以證明她的四周已經變成黑暗的巢穴。她將夜色深深吸入體內，感受其中砰砰顫動的力量。只要留住這些熟悉的絲線，她就能餵食它們，而它們就會報恩，掩護她，滋養她，直到她完全恢復精力，重拾目標。

目標？**什麼是我的目標**？

回憶湧上她孱弱的心頭，夾雜著紛亂的聲音和影像：小女孩時——**妳的目標是成為惠勒夫人！**年輕的女祭司長時——**妳的目標是追隨女神的路！**變爲更成熟的吸血鬼後，她開始聆聽那隨風來到她身邊的黑暗勢力的低語——**妳的目標是幫助我掙脫地囚，在我的身邊統治世界！**而後，當她掌權，得以餵食源自黑夜與魔法的黑暗絲線——**妳的目標是取悅我，當我的伴侶！**

「夠了！」奈菲瑞特大喊，將臉埋入那隻被獻祭的狐狸的毛皮中——那毛皮雖柔軟，卻有一股霉腐味。「我受夠了老是讓別人爲我訂目標。」她毅然地起身，展現出僅剩的驕傲和力量。「我手刃祭品，餵飽你們，現在，引領我到安全之所！」

黑暗卷鬚顫動，包圍著她赤裸的雙腳，輕輕地將她往前托送。奈菲瑞特靜靜地跟隨黑暗走上一條小徑，來到一道大石梯，隨著蜿蜒石梯步下嶙峋多岩的人造小丘，最後站在與街道等高的空曠公園裡。她望向景觀美化區與步道之間那處類似洞穴的不起眼區域。洞口幾乎被岩石和灌木遮掩住，然而洞口是一大片草地，從那裡就可走到二十一街。黑暗絲線不再攀附著她，而是四散開來，鑽入岩石的縫隙中。奈菲瑞特跟著它們，爬向洞穴。深吸一口氣，匯聚勇氣後，鑽入伸手不見五指的漆黑中，但馬上被突然籠罩的野性霉味給嚇得怔愣。

她的絲線引她來到了狐狸穴。

奈菲瑞特鑽入土裡，迎接獵物的氣味。她幾乎可以感覺到剛離穴的動物殘留在穴內的體溫。奈菲瑞特蜷縮著，讓血液和黑暗掩護她，然後閉上眼。終於，任憑睡意占領她。

2 柔依

「小柔，原來妳在這裡啊！我到處找妳欸。這種時候躲在這裡，實在不太好。」

史塔克的聲音嚇到我，我跳起來，搓搓手臂上的雞皮疙瘩，仰起臉，對他皺眉，說：「我**沒**在躲，我只是在這裡……」我開始支支吾吾，同時張望四周。**如果不是躲，我在這裡算什麼呢**？桑納托絲才以最快速度把依琳的遺體送到醫護室，同時設法避開那些瞠目結舌的人類賓客，而我的守護圈成員都自動跟過去。她還下令，要老師和冥界之子戰士負責把訪客護送出校園，然後關閉學校。

我知道，大家以為我正在幫忙疏散人類賓客。我確實是想幫忙，甚至開始行動了，但無意間聽到一群人說話後，我覺得自己非得找個地方獨處思考不可。一個雛鬼當著家長會的媽媽和政客的面，吐血而亡，當然足以讓人揣測、八卦，然而，他們竊竊私語的，並非一個孩子未滿十八歲就暴斃，讓人難以置信，而是奈菲瑞特！他們低聲談論她被夜之屋開除，公開發表他們所謂的反吸血鬼言論，而且在她的閣樓住處被人大肆破壞後，她還失蹤了。

我甚至聽到其中一位市議員說，他可以想見吸血鬼要求奈菲瑞特離開陶沙市，所以，「可憐的奈菲瑞特」可說是夜之屋暴力的受害者。

這段話眞的惹毛我了，可是，我能說什麼來反駁這傢伙呢？**那天，我們要從她的魔爪底下救出我阿嬤時，沒大肆破壞她家，也沒威脅她，更沒把她從她閣樓的屋頂往下扔**。唉，要是眞的這麼說，那就有好戲看了。

不過，聽到他那句「可憐的奈菲瑞特」，我眞的受不了。拜託，我的守護圈和我才剛努力阻止「可憐的奈菲瑞特」在校園現身，吃掉市民欸！更何況，依琳的身體之所以抗拒蛻變，很可能就是「可憐的奈菲瑞特」從中作梗。她被那半成形，模樣噁心的前女祭司長撞倒後，就立刻死掉，這未免太巧了吧。

但我決定不對那群人大吼大叫，而是趁著朋友當眾而亡的混亂時機，一個人溜出去，坐在馬廄遠端的長椅上，深呼吸，好好思考。我嘆了一口氣，繼續思考，然後大聲說出我的感受：「史塔克，我不是躲在這裡，我只是需要一點時間獨處，整理思緒，以便應付即將到來的鳥事。你知道嗎，這個狗屁倒灶的鳥事就是由……」我手一揮，指向校園的方向，並把話說完，「由那裡的一切混亂所引起的。」

他坐在我旁邊，握住我的手。「好，我懂。我也很難面對死亡。」史塔克平靜地說。

「嗯。」我一開口，就差點哭出來。天哪，我真是太虛僞了！「史塔克，你知道嗎？其實我就跟那些長舌的人類一樣壞。你說的對，我是一個人躲在這裡生悶氣，自艾自憐，沒因爲守護圈成員死掉而震驚傷心。」

「小柔，我從沒期望妳當聖人。沒人可以當聖人。」史塔克捏緊我的手。「妳知道，不會一直都這麼糟的。」

我的胃揪緊。「我認爲這就是問題所在。我認爲，**會**一直都這麼糟。」

「這是我們第二次打敗奈菲瑞特，而且今晚她輸得很難看欸。靠，還變身成蜘蛛咧？只有這種把戲嗎？放心，她沒那個能耐一直跟我們作對下去的。」

「史塔克，她是不死生物，她不會死，所以，她可以一直跟我們作對下去。」我沮喪地說：「而且，她有辦法從蜘蛛變成某種噁心黏稠的黑色鬼東西，然後變回人形。唉，她真的回來了。」

「嗯，可是，起碼大家都知道她是壞人了。」他繼續反駁我。

「不，不是**所有人**都知道她是壞人。對，吸血鬼知道，最高委員會甚至決定摘掉她的職位，可是人類，陶沙市民——要命哪，尤其是我們的市長和市議員——都認爲她簡直就像綠野仙蹤裡的北方好女巫格蘭達。今晚最叫我生氣的，就是那幾個穿西裝的傢伙和家長會那些媽媽竟然懷疑我們去她的閣樓搞破壞，因為『可憐的奈菲瑞特』，」我說到這裡時，手指在空中比出引號，「從那時起就失蹤了。」

「真的嗎？我不敢相信他們這麼說。」

「你最好相信。奈菲瑞特召開的那場記者會，成功地把自己塑造成被迫害的對象了。」

「無所謂啦，反正我們已經把她踹跑，把妳阿嬤救出來。那晚有黑夜掩護我們，沒人看到我們，所以，他們要胡說八道，就讓他們去說吧。別理他們。」

「胡說八道經常有意義，史塔克，以這件事來說，我認為要讓那些不是吸血鬼的人類明白奈菲瑞特有多邪惡，得費一番大功夫。」

「或許妳說的對，不過，我倒認為這是好事。」史塔克說。

「啥？」

「奈菲瑞特這個人根本無法保持低調，讓事情平息下來。而且，以她的個性來說，她不可能成功扮演受害者的角色，所以，如果她重整之後——我是指她重新整頓形體——讓自己不再只是噁心的黑色生物，而變回人模人樣，她絕對會立刻原形畢露。遲早，她會發現陶沙市民不願對她俯首稱臣，盲目崇拜，到時候，她一定會大發雷霆，把事情搞砸。這樣一來，她就會被人類驅逐，就像之前被吸血鬼社會放逐。她沒地方興風作浪，一定會藉機惹事，因爲她就是巴不得天下大亂。所以，永久除掉她，套句史蒂薇．蕾說的，超簡單的啦。」

「史蒂薇．蕾！」一想到她，我立刻湧起罪惡感。「該死，我把她一個人丟在那裡處理依琳的事。」

「桑納托絲在處理了。喔，我是指安撫簫妮的情緒。史蒂薇．蕾和克拉米夏忙著把學生集合起來，引導他們上巴士。大家都納悶妳跑去哪裡，所以叫我出來找妳。」

「對不起。看來我讓自己喘口氣的時間已經結束，我這就立刻跳入瘋狂的現實中。不過，上巴士前，我要先去跟阿嬤說再見。」

「柔，我跟妳一起去。」史塔克起身，拉我站起來，輕吻我一下。「我會永遠陪著妳，即使這代表我得跟著妳一起瘋狂下去。」

我依偎在他的懷裡，覺得安穩、可靠。就在這時，尖叫聲傳來。

「要命，發生了什麼事？」

我可以感覺到史塔克全身緊繃。「有人歇斯底里了。」他再次握住我的手，聆聽幾秒鐘後，開始把我帶向體育場的出入口。「跟我來。這聲音是從校園另一邊傳來的。緊跟著我喔，我有不祥的預感。」

啊，天哪！拜託，千萬別又一名學生死了……我們穿越體育場，跑向學校停車場時，我滿腦子只有這個念頭。

其他人從別的方向奔來，所以一開始沒人注意到我們，因此，我和史塔克能好好觀察可怕的現場。就在停車場中央，有個看起來失控崩潰，歇斯底里的金髮高個子女人，剛從校門前死命狂奔到這裡。四周則圍著一群被嚇傻的陶沙市民，還有幾名本篤會的修女。這女人穿著精心縫製的黑色長褲，淡藍色的緊身毛衣一看就知道是最高級的喀什米爾毛料，而且，還戴了一大串價值不斐的珍珠項鍊。她原本高高盤起的貴婦頭散成瘋婦頭，一綹綹的衝冠金髮活像被電擊過。雖然修女成功阻止她繼續繞圈狂奔，她還是像個瘋婆子尖叫不停，拚命揮動手腳。

我承認我的第一個念頭是鬆了一大口氣，慶幸尖叫聲是來自抓狂的人類，而非另一個垂死的雛鬼。

瑪麗·安潔拉修女從圍觀的人群中走出來，試圖安撫婦人。「來，來，女士，我知道孩子死了讓人難過，可是我們都知道所有雛鬼本來就得隨時面臨死亡，他們能坦然接受，我們也應該要接受。」

尖叫的女人不再歇斯底里，眨眼看著瑪麗·安潔拉修女，彷彿恍然發現自己身在何方。她深吸一口氣，臉開始扭曲，表情丕變，從驚恐轉為憤怒，速度之快，讓人不寒而慄。稍後，我才想到，從那種變臉速度，我應該認出她的。

「妳以為我是在為**雛鬼**哭？笑死人了！」女人對著修女吼道。

「對不起，我不曉得——」

愛芙羅黛蒂衝過來，打斷了修女的話，並睜大眼睛看著哭泣的女人。「媽？妳怎麼了？」

「啊，該死！」史塔克壓低聲音對我說：「那是愛芙羅黛蒂的母親。」

我放掉他的手，還來不及思考這樣做對不對，就直接走上前。

「他們殺了他！」愛芙羅黛蒂的媽媽尖著嗓門對她說。

「他？誰？」

「妳爸！陶沙市市長！」

眾人倒抽一口氣，我也不例外。愛芙羅黛蒂瞬間面無血色，一臉蒼白。在震驚無語的她還能開口說話前，蕾諾比亞趕緊上前一步，說：「各位女士，各位先生，你們當中有些人已經見過我，我是蕾諾比亞，這所夜之屋的馬術大師。讓各位今晚目睹慘劇，在此謹代表女祭司長的全體教職員向各位致歉。請容我協助各位找到您的車輛，敬祝各位返家平安。」

「太遲了！」愛芙羅黛蒂的媽媽對蕾諾比亞吼道：「今晚根本沒有**平安**可言。只要跟你們這些吸血生物共存一天，我們就永遠不可能**平安**！」

愛芙羅黛蒂呆愣在原地，看著母親，我往前一步，開口說話，驚訝自己的聲音竟能如此平靜。「蕾諾比亞，這位是愛芙羅黛蒂的母親，她說，她丈夫被殺了。」

「拉芳特太太，」蕾諾比亞立刻說：「妳一定搞錯了，今晚是我們的一個雛鬼英年早逝。」

「唯一的錯是**你們**沒有死更多人。」拉芳特太太倏然轉身，伸出一根手指，以控訴的姿態指向學校大門和敞開鐵柵門旁邊的圍牆，這時我才看出好像有個人躺在地上。「他就在那裡，吸血鬼殺了他，吸光他的血後，把他丟在那裡！」語畢，她又開始歇斯底里哭了起來，這次還肝腸寸斷似地抓著女兒。

「我去看看。」達瑞司以平穩有力的聲音說。他輕輕碰了一下愛芙羅黛蒂的肩膀後，跑向躺在陰暗處的那個身形，彎腰查看，然後，似乎躊躇了一下。接著，他站直身子，脫下外套，覆蓋在那個身形上，跑回來，站到愛芙羅黛蒂面前——她仍抱著哭泣的母親。「很遺憾，」他對她說：「的確是妳的父親，他死了。」

拉芳特太太一聽，原本的低泣變成呼天搶地的慟哭。大家開始不安地竊竊私語，現場瀰漫著一股憤怒與恐懼交融的氣氛，驚恐的情緒甚至強烈到似乎積累成可以碰觸的具體東西。

我知道要是沒人趕緊說點什麼或做點什麼，那原本就糟透的這一晚很可能變得更危險，於是我提高嗓門，開始說話——眞高興我的聲音聽起來仍然比我的內心更冷靜。

「愛芙羅黛蒂，妳先把媽媽帶進校內。達瑞司，你打電話報警，說市長死了。蕾諾比亞、史塔克、瑪麗·安潔拉修女和本篤會的修女，請你們引導來參觀的市民找到自己的車。我來安撫愛芙羅黛蒂和她媽媽，然後去找桑納托絲。她會知道該怎麼做。」

眾人開始依照我的指令行動，忽然愛芙羅黛蒂的母親從女兒身邊跳開。「不！」她尖聲說，猛搖頭，僅存在髮髻上的最後一綹頭髮終於散開，披在肩上。「我永遠都不要進這所學校。**他們殺了我丈夫！**」

「媽。」愛芙羅黛蒂試圖跟她講道理。「我們不知道爸爸是怎麼死的，他有高血壓，說不定是心臟病發作。」

「他的喉嚨被撕開，全身的血幾乎流光，這怎麼會是心臟病。這是被吸血鬼攻擊！」她對女兒咆哮。

我瞥向達瑞司，想跟他確認她所言是否屬實。他微微點了一下頭，繼續講電話。

啊，要命。

「拉芳特太太，如果眞是受到吸血鬼的攻擊，我跟妳保證，我們絕對會找出兇手，將他或她繩之以法。」蕾諾比亞以嚴肅的口吻說。

「你們的前女祭司長說的果然沒錯——你們這群人就是暴力！所以，她才要脫離你們。我們早該聽她的話。可憐的奈菲瑞特，原來她是第一個被你們迫害的人……」拉芳特太太邊哭邊說。

「我去確保人類一一離開。柔依，妳設法控制那女人的嘴。」蕾諾比亞疾步走回來，經過史塔克和我的身邊時，悄聲對我說。然後，她提高音量：「好了，各位女士、各位先生，我再次為今晚的悲劇向各位致歉。我們這些仁慈的修女和我會協助各位找到您的愛車，陶沙市警方很快會抵達，現在，我們最該注意的就是不要破壞現場。」

「我得去幫她。」史塔克喃喃自語。

「不，你應該來幫**我**。」我抓起他的手，他疑惑地看我一眼。我壓低聲音，靠向他，說：「你聽到蕾諾比亞說的了，我們得讓她閉嘴。我需要你的紅成鬼魔咒。」我跟他解釋。

他睜大眼，不過還是點點頭，低聲問我：「妳要我怎麼做？」

「任憑她哭，但別讓她尖叫或大吼。」我靜靜地說。

他再次點頭，我們便去找愛芙羅黛蒂，她正無助地看著哭泣的母親。

我直視著愛芙羅黛蒂，希望她能從我的眼神知道我話裡的真正意思。「史塔克想跟妳媽說說話，可以嗎？」

愛芙羅黛蒂看了一下史塔克，又看看她母親，然後看著我，說：「好啊，其實我認為這是個好主意呢。」她抓起母親的手肘，以平靜的口吻告訴她：「媽，妳說的對，我們不需要進去校園。不遠處有個漂亮的小庭院，那裡可以遠離他們那群吸血鬼。這樣吧，我和妳去那裡坐一下，等警察來，好嗎？」

「人類警察！我要**人類**警察來緝兇，找出殺死妳父親的吸血鬼兇手！」

「就像蕾諾比亞說的，人類警察已經在路上了，史塔克和柔依要陪我們一起等。妳知道的，史塔克不是一般的吸血鬼，他是守護者。他，呃，以前跟警察合作過——**人類**警察喔。」愛芙羅黛蒂一邊編故事，一邊領著母親遠離人群，走向教師休息區外的陰暗小庭院。

「媽，接下來，我要妳回答史塔克的一些問題，我們在這裡邊談邊等人類警察。」

史塔克上前，對愛芙羅黛蒂點點頭，然後取代她在拉芳特太太旁邊的位置。「夫人，妳丈夫的事，我真的很遺憾。」他以深具魅力的輕柔聲音說道，連我可以聽出當中有紅成鬼的催眠魔力。「我要妳相信自己很安全，現在我要妳跟著我去庭院，在那裡靜靜地哭泣，不要尖叫，不要咆哮，這樣對事情才有幫助。」

聽到她的回應，愛芙羅黛蒂和我不約而同地吁了一口氣。「我跟你去庭院，靜靜地在那裡哭泣，不尖叫，不咆哮。」她說。

「妳還好嗎？」我和愛芙羅黛蒂走在史塔克和她母親的後面時，我問她。

她聳聳肩，說：「我不曉得，他們——我是說我爸媽——他們不曾喜歡過我。老實說，從我有記憶以來，他們就對我很壞，說眞的，脫離他們後，我鬆了一口氣，可是現在知道我爸的屍體就在圍牆邊，感覺還是很難過，而且很怪。」

我點點頭，挽著她的手，希望藉由肢體語言來安慰她，即使我知道她平常不是那種習慣肢體碰觸的人。「我完全懂妳的感覺。我媽死的時候，我忽然不在乎她有好幾年沒善待我，甚至還挑了個垃圾男人給我當繼父。當時，我只知道我失去媽媽了。」

「她剛剛一邊哭，一邊抱著我。」愛芙羅黛蒂說，口吻像個傷心的小女孩。「我都不記得上次被她擁抱，是什麼時候。」

我不知該說什麼是好，只能站在原地，緊摟著她，陪她聽她媽媽哭泣，這時，警車的嗚笛聲愈來愈近。

眞高興又見到刑警馬克思，雖然是在史塔克口中的「麻煩情況」下碰面。起碼，馬克思不是一個厭惡吸血鬼的人類。他那雙褐色眼睛很漂亮，我還記得當他提起他的雙胞胎妹妹時，雙眼發亮的神情。他的妹妹也被標記，成功蛻變爲吸血鬼，但兄妹倆依舊感情很好，經常聯繫。我眞高興知道起碼陶沙市有一名警察不會任由人類暴民對吸血鬼處以私刑。史塔克的紅成鬼魔咒退得超級快，現在，愛芙羅黛蒂的媽媽已經處於那種想動用私刑的暴民狀態了。

「逮捕他們！」拉芳特太太命令刑警。「統統抓起來！就是是吸血鬼幹的，血債要血還。」

「女士，不管是誰幹的，都必須付出代價，所以，我一定會好好調查妳丈夫的命案，找出眞正的兇手，這點我可以跟妳保證。不過，我現在不能也絕不會把學校裡的所有吸血鬼統統抓起來。」

「謝謝你，警察先生。我身爲女祭司長，非常同意也感激你專業的辦案能力，還有你剛正不阿的處世態度。」聽到桑納托絲深具權威的聲音，我大大鬆了一口氣。「請放心，我們會完全配合你的調查，我們也想找出殺死市長的兇手，希望將他繩之以法，因爲我們絕不相信這樁慘劇是吸血鬼下的毒手。」

「我丈夫的喉嚨被撕開，全身的血被吸光！這絕對是吸血鬼幹的。」拉芳特太太瞇縫著雙眼，以惡毒的口吻對桑納托絲說道。

「看起來是像吸血鬼幹的。」桑納托絲說：「所以，乍看之下妳會懷疑兇手就是吸血鬼，可是，吸血鬼爲什麼要選在夜之屋開放日這天殺死陶沙市市長，還把他的屍體留在大門邊，等著被人類和吸血鬼發現？這顯然說不通。」

「你們吸人血維生，**這種事**也說不通啊！」

「女士，拜託，爭吵無濟於事。」馬克思警探嘗試排解，但拉芳特太太不領情。

「妳敢說妳跟死亡沒有密切關係？」她厲聲質問桑納托絲。

「女神的確讓我對死亡有感應力，這個天賦讓我可以幫助死者的靈魂順利找到通往另一個世界的路。」

「所以，妳就對我丈夫做了這種事？引誘、設計他？然後幫助他找到路，好去吸血鬼所瞎掰的另一個世界？」拉芳特太太每對桑納托絲丟出一個問題，音量就高出一個分貝。

「當然不是。拉芳特太太，我跟尊夫的死絕對沒有關係。」接著，桑納托絲對刑警馬克思說：「你可以問問今晚來參加校園開放日的所有人，我從頭到尾都在大家看得到的場合，即使雛鬼拒絕蛻變而亡時，我也在場，所有的教職員和學生都找得到我。」

「今晚還有個雛鬼死掉？」刑警問。

桑納托絲點點頭。「我們會懷念她的。」

「你幹麼問雛鬼的事？大家都知道他們本來就隨時會掛掉。對他們這種東西來說，死掉是很正常的。可是，我丈夫**被吸血鬼殺死**了，這可不是正常的事！」

「如果眞是吸血鬼殺了我父親，我敢說那一定不是這所學校的吸血鬼！」愛芙羅黛蒂忽然開口。所有人的目光全轉向她，她咬著唇，尷尬地把頭撇開。

「妳是說，妳知道誰殺了爸爸？」愛芙羅黛蒂的母親一副闖入瘋人院的口吻。

愛芙羅黛蒂用力地吞吞口水，接著，出乎我的意料，衝口說出這些話。「就我所知，唯一可能做出這種事的，就是那個想陷害這所夜之屋的吸血鬼。」她停頓一下——我努力想跟她眼神接觸，以誇張的表情告訴她，**不要說**，但愛芙羅黛蒂只顧著看媽媽，彷彿她眞以爲法蘭西·拉芳特會相信她的話——「媽，我們以前那個女祭司長奈菲瑞特非常恨我們，她怨恨夜之屋的所有人，媽，她很壞，應該說很邪惡。她眞的幹得出這種事。」

「笑死人了，愛芙羅黛蒂！奈菲瑞特是你爸的朋友，他還任命她爲聯絡官，負責吸血鬼與市政府之間的交流。她不可能殺掉他！」

「奈菲瑞特只是在利用爸和市政府。」愛芙羅黛蒂堅持。「她從沒眞心跟人類交朋友。她憎恨人類，而且，比人類更讓她痛恨的，就是我們這所夜之屋，尤其在她被踢出去之後。所以，她當然有可能在我們校園開放日這天，跑來學校殺死陶沙市市長。她知道，這樣一來，人類與吸血鬼之間會產生很大的嫌隙。」

「女祭司長？」在拉芳特太太回應前，馬克思開口問了桑納托絲。「妳對奈菲瑞特了解多少？妳知不知道她有什麼動機這麼做？」

「如同一個多禮拜前我接受福斯新聞網的訪問時說的，奈菲瑞特已經被夜之屋罷黜，我認爲愛芙羅黛蒂的話很有道理，奈菲瑞特確實非常痛恨我們。」

「痛恨到足以殺人？」刑警問。

桑納托絲嘆了一口氣。「她的殘暴讓人害怕，這就是爲什麼最高委員會要罷黜她，摘掉她的女祭司長頭銜。奈菲瑞特對市長和市議員說的話或許很動聽，但眞正鼓吹暴力，試圖製造對立的人是她，不是我們。」

「如果你們知道她有暴力傾向，那早該跟我們通報。」馬克思以凝重的口吻說。

「他們沒去找你，因爲他們根本一派胡言！」拉芳特太太氣沖沖地說：「今晚，我和查爾斯及幾位市議員才在說，自從奈菲瑞特公開譴責夜之屋後，她居住的閣樓就被人破壞得亂七八糟，而且從此消失。查爾斯自己都說，他認爲這是有人在搞鬼，企圖報復她。」

愛芙羅黛蒂一臉震驚，說：「媽，妳眞的不該這麼認爲。」

「我當然這樣認爲！奈菲瑞特有勇氣公開反對這些吸血鬼殺人魔，你的父親站在她那邊，而現在她失蹤了，妳的爸爸死了。」說到這裡，她把一雙怒焰熊熊的目光轉向刑警。

「現在，你打算怎麼處理這幾起可怕的犯罪事件？」

「拉芳特太太，請妳——」刑警才正開口，就被拉芳特太太打斷。「不，我受夠了。我的丈夫死了，我絕不會坐視他的死，讓有心人把謀殺罪名栽贓到無辜者身上。我要回家，找我的律師。我不會善罷甘休的，大家走著瞧。」她那雙惡毒的藍眼睛找到了愛芙羅黛蒂。「妳跟我回家，現在就走。」

拉芳特太太走離我們幾步後，發現女兒沒跟上，立刻停步，轉身，撇嘴露出鄙夷的表情。那樣子跟悔過向善之前的愛芙羅黛蒂簡直一模一樣，看得我像個蠢觀光客般瞠目結舌。

「愛芙羅黛蒂，我叫妳跟我回家，**現在**，我沒在跟妳開玩笑。」

「不要，」愛芙羅黛蒂簡明扼要回答她。我聽出愛芙羅黛蒂很疲憊，但語氣非常堅定。「我已經在我的家了，這裡就是我要待下來的地方。」

「他們當中有人殺死妳爸欸！」

「媽，我已經告訴過妳，如果真是吸血鬼殺了爸，那絕不是這所學校裡的吸血鬼幹的。」

「愛芙羅黛蒂，好，我這輩子都不會再叫妳跟我回家。」

「很好，這代表我不用再拒絕妳。我很遺憾爸死了，拋下妳孤單一個人，可是我有將近四年沒跟你們一起生活，你們根本稱不上是我的家人了。」

「刑警，我可以強迫她跟我回家嗎？」拉芳特太太問。

「說實在的，這是個好問題。」刑警看看愛芙羅黛蒂，再看看桑納托絲。「我沒見到愛芙羅黛蒂的額頭上有新月記號，請問，你們是基於某種理由遮蓋她的記印嗎？」

「不是，愛芙羅黛蒂是夜之屋裡的特殊成員。她曾經被標記，但她的新月刺青消失了，可是，當她還是雛鬼時，妮克絲賜予她的天賦並沒消失，因此，我們的最高委員會任命她爲妮克絲的女先知。換句話說，即使愛芙羅黛蒂不是雛鬼，也不是成鬼，她仍是我們的女神所揀選的子女，所以，夜之屋永遠是她的家。」

刑警馬克思嘆了長長一口氣。「嗯，愛芙羅黛蒂被妮克絲標記和揀選，這代表她不再受人類雙親的管束。雖然她這種情況很特殊，我還是得說，根據吸血鬼最高委員會的規定，她依然可以脫離原生父母。拉芳特太太，關於妳的問題，我認爲答案是不可以。我不能強迫妳的女兒跟妳回家。」

「愛芙羅黛蒂，」拉芳特太太以冰冷的口吻說：「妳要不要聽我的話，跟我回家？或者，妳選擇跟謀殺妳爸的兇手在一起？」

「我選擇我眞正的家，跟我眞正的家人在一起。」愛芙羅黛蒂毫不遲疑地說，同時將手滑入達瑞司的掌心，跟他握得緊緊，不理會母親惡言相向。

「早知道我當初就別生下妳。永遠都不要再叫我媽，永遠都別跟我說話。我這就當沒妳這個女兒，當妳跟妳爸一樣死了。」拉芳特太太轉身背對女兒，疾步離開。

拉芳特太太離去後留下一片沉默，愛芙羅黛蒂開口時，聲音細如蚊蚋。「我現在是眞的想回家了。我先上巴士等，你們忙完後就過來。」

「巴士？」刑警馬克思問。

「對。」桑納托絲以疲憊的口吻說：「我們有些學生和吸血鬼選擇住在校外。天快亮了，他們必須盡快上路回家。」

「之所以有這個校外的宿舍，是因爲你們出現了新品種的吸血鬼嗎？」他瞥向史塔克的紅色刺青。「比如紅成鬼？」

「對，確實如此。奈菲瑞特接受訪問時提到，我們當中出現了新型態的吸血鬼，在這些雛鬼和成鬼當中，有些選擇住在校外。」桑納托絲說，聲音愈來愈虛弱。

「所以，奈菲瑞特對這些新吸血鬼的描述，果然是眞的？」

「如果你指的是他們暴力又危險，那我會告訴你，這部分是錯誤的。」史塔克直視刑警的目光，斬釘截鐵地說道。

刑警躊躇了一下，接著以嚇人的果決口吻說：「女祭司長，關於今晚的命案，在我們徹底調查，排除貴校有人涉案之前，我不准任何一個雛鬼或成鬼踏出校園一步。如果妳要求禁制令，沒問題，我可以吵醒法官，請他開立禁制令，即刻封鎖校園，不過，我得提醒妳一聲，我認爲沒有官方命令，大家面子上會比較掛得住。」

桑納托絲毫不遲疑地回應。「不需要禁制令。我願意配合你的要求。柔依，叫大家下車，等候進一步通知，才可離開校園。」

3 愛芙羅黛蒂

「眞不曉得哪個比較慘？是馬克思那混蛋不讓我們回火車站坑道？或者我眞的開始把那又髒又臭的坑道當成家了？」愛芙羅黛蒂一邊嘟噥，一邊在皮包裡翻找。「咦，我那瓶抗焦慮用的贊安諾呢？」

「我來幫妳找，美人。」達瑞司溫柔地拿走愛芙羅黛蒂手中的范倫鐵諾紅色名牌包，拉開裡面的側袋拉鍊，拿出一小瓶藥。「要贊安諾還是酒？不可以兩者都要。」他說，將藥瓶舉得遠遠，不讓她拿到。

「我死了爸爸欸。」她沒好氣地說。

「我想，重點是，達瑞司不想見到妳也跟著死翹翹。」柔依說，走進醫護室的小小候診間，往愛芙羅黛蒂旁邊的沙發癱坐下去。「我懂妳的感覺，所以，我知道今晚讓自己徹底麻痺似乎是個好主意，可是，我們終究得面對父母的死。」

「即使是差勁的父母？」愛芙羅黛蒂問小柔。

「對，即使是差勁的父母。」柔依以過來人的心情點點頭。「遲早妳得面對。根據我的經驗，我認爲早面對比晚面對好。」

愛芙羅黛蒂皺起眉頭，放下手中的酒——她已經就著瓶子喝掉一些了。「好，那我選擇贊安諾。」

「只能吃一顆。」達瑞司口氣強硬。

「好，給我吧。對現在的我來說，就算只有半麻痺也好。」

「我不想麻痺，連半麻痺都不要。」達瑞司將一顆藍色小藥丸放入愛芙羅黛蒂的掌心時，忽然冒出簫妮的聲音，令愛芙羅黛蒂吃驚地抬起頭。

簫妮走進等候室，後面跟著史蒂薇．蕾、利乏音、戴米恩和桑納托絲。「如果麻痺，我就會忘了今晚發生的事，這樣一來，我就會忘記依琳在離世前的最後這一夜。她的生命值得被紀念，而且，愛芙羅黛蒂，妳父親的生命也值得被牢記。」

愛芙羅黛蒂將藥丸扔入嘴裡，直接乾呑下去。「每次想起我爸，我只記得一個懦弱的男人被妻子霸凌到變成窩囊廢。我不知道自己是不是想記住這樣的他。那，妳想記住什麼樣的依琳呢？記住妳們老是共用一個腦袋？或者記得妳們是如何互不理睬？」

「說眞的，愛芙羅黛蒂，我眞的很難過今晚妳死了爸爸，但妳對簫妮說話惡毒，實在沒道理啊。」史蒂薇．蕾說。

「史蒂薇．蕾，各人有各人面對死亡的方式。」愛芙羅黛蒂說，口氣聽起來似乎比她的情緒更有耐心。「我的方式就是有什麼說什麼，如果這讓妳覺得不舒服，我很抱歉，但我不是故意講話惡毒，我只是實話實說。說吧，簫妮，妳會怎麼記得依琳？」

「就妳說的那兩種方式。」簫妮緩緩地說。「我想記住我的孿生閨蜜的眞實模樣，所以，不全是她的好，也不是只記得她的壞。事實上，我們大部分的人都不是全好或全壞。」她看看愛芙羅黛蒂，然後看著柔依，說：「那妳呢？妳記得的媽媽是什麼樣子？」

柔依嘆了長長一口氣。「我想記住妮克絲給我看到的景象，也就是我媽進入另一個世界時的樣子。那時的她看起來好安詳、好平靜，在我心中，那是屬於她的美好回憶。」

「嗯，我對我爸沒辦法有這種回憶。」愛芙羅黛蒂說：「因爲我連他現在在哪裡都不知道，不過，我猜，八成不是去妮克絲的那個世界。」

「答案出乎妳的意料。」桑納托絲說。

愛芙羅黛蒂看著她，一臉驚訝。「妳是說，妳看見他的靈魂進入另一個世界？」

「不是。他死的時候，我不在場，而且他的靈魂也沒留下來跟我溝通，不過我可以告訴妳，我在他的死亡現場，感受到很強烈的安詳氣氛。我跟妳說這些，是希望幫助妳明白，如果某人死後，我感受到強烈的安詳感覺，那代表該人的靈魂已經脫離這一世的煩擾、痛苦和憂傷。我相信妳父親的靈魂已經解脫，他會重新誕生在一個更快樂的環境中。」

愛芙羅黛蒂用力眨了好幾次眼，努力克制，不讓淚水滑落。她費了好一會兒的時間才平靜下來，但大家都很有耐心地等著她。終於，她以顫抖的聲音說：「謝……謝謝妳告訴我這些，桑納托絲，妳這番話對我確實有幫助。老實說，我從不記得我爸快樂過。我希望——」她頓住，清清喉嚨後才繼續說：「我希望他下輩子能過得快樂。」

「我會這樣跟妮克絲祈求。」桑納托絲說。

「我也會。我也是。還有我。」大家紛紛附和。

「那，接下來幾天，我們是不是要為依琳守靈？」柔依這麼一問，房內的氣氛似乎尷尬起來。

「沒那個必要。」桑納托絲說。

「我知道這個話題會讓大家不舒服，可是該說的還是得說啊。」柔依彷彿沒注意或者不在乎大家正以驚恐的眼神看著她。

愛芙羅黛蒂克制自己，才沒露出驚喜的笑容。**哇，小柔說起話來又像個稱職帶勁的女祭司長了。**

「這裡有兩名在雛鬼時期拒絕蛻變而『死掉』的吸血鬼，」小柔說，指向史塔克和史蒂薇．蕾，並伸出手指在空中比劃出引號。「他們曾像依琳一樣『死掉』，」她又比了一次引號，「可是他們死而復活，幾天內變成紅雛鬼，所以，我在想，我們應該要——」

「小柔，不需要，」史蒂薇．蕾說，一臉不自在。「依琳不會回來的。」

「史蒂薇．蕾，我說過，這話題會讓人不舒服，可是我們還是得面對，」柔依的態度很強硬。「誰要幫忙看守——」

「不需要有人看守死掉的雛鬼。」桑納托絲打斷柔依的話。「她眞的死了。」

「桑納托絲看見她的靈魂進入另一個世界，」簫妮平靜地說：「妮克絲迎接她了。」

「我可以跟妳保證，上次我們死掉又復活時，妮克絲可沒來迎接我們。」史蒂薇．蕾補上一句。

「對，沒有。」史塔克附和。

「依琳眞的死了。」戴米恩說。

「好吧，我只是……嗯，我不是不願面對現實或什麼的，」柔依怯怯地解釋，「我只是覺得，這種事應該確定一下比較妥當。」

「我們很確定。」桑納托絲說。

「我同意柔說的，此外，我認爲我們還應該確定另一件事。」愛芙羅黛蒂說，直視著桑納托絲那雙睿智的眼眸。「剛剛，守護圈把半成型的奈菲瑞特驅逐出去時，她直接衝撞依琳，然後往我爸屍體的那個方向逃出校園，我在想，我們應該要查清楚，看看是不是奈菲瑞特殺了依琳和我爸。」

桑納托絲垂下肩膀，說：「這恐怕沒辦法百分之百確定，不過愛芙羅黛蒂的假設有道理。柔依打電話給我，告訴我校園出現蜘蛛的前一刻，我剛好感受到死亡的存在。那個死亡有可能是依琳開始拒絕蛻變，也有可能是已經死掉的奈菲瑞特試圖現形。」她環視大家，目光帶著疑問。「今晚之前，你們有誰注意到依琳曾出現生病徵兆？有沒有人聽見她咳嗽，或者聽她說最近特別累？」

「妳應該問的是眞正了解她，眞正在乎她的人吧？」達拉斯說，他站在醫護室外的走廊，一臉怒氣。

「達拉斯，我很高興你來找我們，來，坐，我們聊一聊。等你準備好瞻仰依琳的遺容，跟她道別，我就帶你進去。我要告訴你，我們的女神今晚歡喜地迎接了你親愛的朋友，讓她進入了另一個世界。」桑納托絲說。

「我跟你們沒什麼好聊的。那該死的守護圈設立之前，她人**好得很**，一點事都沒有！我當初就阻止她，叫她別加入守護圈，要不是那個『誰都得聽我的』小姐叫她的戰士把我攆出去，我一定可以成功阻止依琳。結果，我直到幾分鐘前，終於撞開那該死的櫥櫃，才知道她死了。」達拉斯那雙充滿敵意的紅眼睛瞇成一條線。「我不知道你們想把這場大災難歸咎到誰的頭上，不過，我告訴你們，我很清楚誰該負責，這所夜之屋的其他人也都知道──依琳會死，全是因爲柔依・紅鳥和她的朋友今晚設立守護圈時出了差錯。依琳之前人都好好的，如果我成功阻止她加入你們，她就會活得好好的！」

達拉斯的怒氣愈來愈明顯，連燈光也受到影響，開始閃爍。

「你該閉嘴了，達拉斯。」史塔克說，起身擋在這位憤怒的紅成鬼和柔依之間。

達瑞司也上前，和史塔克並肩站著。「依琳拒絕蛻變，跟柔依的守護圈毫無關係。」

「況且，她也不會希望你阻止她，」簫妮又開始哭泣。「她想再次成爲我們的一份子。」

「她才不想跟你們有任何牽扯！」達拉斯咆哮。

「一個小雛鬼剛死，你們就這樣大聲嚷嚷。」桑納托絲聲音裡的能量讓電燈又穩定發光，把達拉斯嚇得往後退一步。「如果你想在祥和的氣氛下，帶著愛和尊重來哀悼朋友，跟她道別，我很歡迎你，可是如果你是來叫囂、咆哮，發洩不滿，那請你帶著你的負面能量離開。一個剛投入女神懷抱的雛鬼，不會想被負面能量汙染。」

「我會以自己的方式跟依琳道別。我不屑跟害死她的兇手站在一起！」達拉斯憤怒地說，然後冷笑一聲，往後退幾步，接著轉身跑出醫護室。

「他會是個大麻煩。」史塔克說。

「他自從發現我和利乏音的事後，就已經是個大麻煩。」史蒂薇．蕾說，咬著唇。「這件事毀了他。」

「這不是妳的錯，」利乏音說，握起史蒂薇．蕾的手。

「是啊，我也希望自己沒有愧疚感。」史蒂薇．蕾說，依偎在男友的懷中。「他以前那麼可愛，現在卻變成麻煩人物，而且還是個超級危險的大麻煩。」她看著桑納托絲，繼續說：「我很不想這麼說，但我的直覺告訴我，他會拿依琳的死當藉口，幹出蠢事，比如緊咬著我們不放。」

「加上現在我們被困在學校，達拉斯和他那些狐群狗黨一定會設法興風作浪。」愛芙羅黛蒂說。

史塔克出聲深吸一口氣，惹得大夥兒全看著他。「興風作浪，唯恐天下不亂，就像奈菲瑞特那樣。奈菲瑞特擄走紅鳥阿嬤之前，達拉斯跟奈菲瑞特連絡過。」

「這代表奈菲瑞特若成功地讓自己重新現形，很有可能會再找達拉斯，要他當內應，把夜之屋所發生的事情一五一十跟她報告。」柔依替史塔克把話說完。

「達拉斯把依琳的死歸咎到我們頭上，所以，如果可以興風作浪，他一定樂得把握機會，興奮程度就跟運肉貨車上的禿鷹一樣。」

愛芙羅黛蒂聽到史蒂薇．蕾那種鄉巴佬的比喻，忍不住皺起臉，不過對於她的邏輯，倒是很認同。「而所有的風浪中，最能把我們搞得天翻地覆的，就是證明我爸是夜之屋裡的某個吸血鬼殺的。」

「妳說的對。奈菲瑞特殺了妳父親，我相信依琳之所以拒絕蛻變，也是因爲她的現形重創了依琳的身體。所以，今晚，奈菲瑞特可說奪走了兩條寶貴性命。」桑納托絲說。

「她一定會把她的惡行栽贓到別人頭上。」愛芙羅黛蒂說。

「對，她一定會製造假證據，讓大家以爲殺死市長的是夜之屋的人，不是她。」柔附和愛芙羅黛蒂，「想也知道，達拉斯絕對會協助她。」

「我們非得阻止這事不可。」桑納托絲說。

「怎麼阻止？這是學校欸，不是軍營，溜進溜出校園非常容易，這點大家都知道——畢竟我們都幹過這種事。而且，我們得記住，奈菲瑞特絕對比我們更熟悉這所學校。」愛芙羅黛蒂說。

「這樣的話，事情就好辦了，只要設法不讓奈菲瑞特進入校園就成了。」桑納托絲說。

「其實，我們要防的，不止是奈菲瑞特。可以想見達拉斯或他那票噁心的朋友偷偷摸摸進出學校，遵從奈菲瑞特的指示，幹一些見不得人的勾當。她不會眞正跑來學校動手，因爲她喜歡發號施令，支使別人，好讓自己看起來更威風。」愛芙羅黛蒂說。

「說到重點了。」柔附和。

「我會好好想一想，在想出法子之前，我會要求戰士更勤快地巡邏校園。卡羅納和元牲不會讓任何人在白天進入學校的。」桑納托絲說：「天快亮了，你們快去休息吧。」

愛芙羅黛蒂起身時，驚覺房間竟然在緩慢旋轉。看來贊安諾開始發揮效用了。想到這裡，她鬆了一口氣，依偎在達瑞司強壯的臂彎裡。「我應該先聲明，說我不希望大家覺得我很機車，不過這樣就太假了，因爲我壓根不在乎別人怎麼看我。總之，我要妳和委員會的人知道，從現在開始，達瑞司要跟我一起住在我原來的宿舍。」愛芙羅黛蒂以堅定認眞的口吻告訴桑納托絲，但話一出口，她就想起了自己的母親，頓時不自在起來。「我知道這樣違反規定，可是綁架別人的阿嬤，莫名其妙殺掉人類，或者害雛鬼拒絕蛻變而亡，這些也都違反夜之屋的規定啊！更何況那些壞蛋最近的違規事項長長一大串，可不止這三條。所以，我決定為好人違反一條規定，那就是，要跟我的專屬戰士睡在一起，而且我可以跟你們保證，柔也有相同的感覺。」接著，愛芙羅黛蒂促狹地瞄了史蒂薇・蕾一眼，說：「當然啦，鄉巴佬也可以說要跟她的鳥男孩一起睡，不過人家快變成鳥了，而且，她好像還是不願意夜晚時把他放進籠子裡。我說的對不對呀，史蒂薇・蕾？」

「妳說利乏音是鳥男孩，我拒絕跟妳說話。」她皺眉回應愛芙羅黛蒂。

「果然，還是不能提到鳥籠。總之，這幾個月來我們忙著對抗邪惡，拯救該死的世界，現在，我就是要和我的戰士好好享受甜蜜時光，就算這決定會讓妳不舒服，那也沒辦法。就這樣。」

桑納托絲和愛芙羅黛蒂對看了好久，桑納托絲終於開口。「我想，戰士跟其所服事的女祭司同寢共眠有先例可循，尤其是當他們相信他們的女祭司有危險之虞。」

「柔經常有危險。」史塔克趕緊說。

「我的女先知也是。」達瑞司跟著說，一手攬著愛芙羅黛蒂，亟欲保護她。

愛芙羅黛蒂微笑，說：「好，那就這麼辦。」

「史蒂薇・蕾，我知道太陽一升起，妳就得獨自睡覺。」簫妮輕聲說：「如果妳不介意，我很希望妳能來我和依琳以前共享的房間陪我。我——我怕我沒辦法一個人在那裡睡。」

「啊，太好啦，我去陪妳！」史蒂薇．蕾說，抱緊簫妮。「可是窗戶必須打開，方便利乏音進出。」

「可以啊，」簫妮說：「沒問題。」

「不過，記得遮光窗簾要拉好，免得太陽照進去。」柔依提醒她，然後瞥了自己的手錶一眼。「離日出還有多久？」

「二十四分鐘。」史蒂薇．蕾和利乏音異口同聲回答。

「好，你們快去休息吧。史塔克，你到我的寢室，照我剛剛交代史蒂薇．蕾的，把窗簾拉好。我去看看其他人，確定大家都安頓好。起碼今天可以好好睡一覺。」柔依說。

愛芙羅黛蒂看著她。柔說話時很正常，可是愛芙羅黛蒂總覺得她哪裡不一樣：說話的口吻、臉上罕見的緊繃表情、眼睛底下的黑眼圈。這些都不是平常的柔依啊。平常的柔依即使很累，即使偶爾情緒不好，也總是很快就生龍活虎，善盡該盡的責任。愛芙羅黛蒂發現，她愈打量柔，就愈覺得這位小姐雖然盡責地做她該做的事，可是一點都不生龍活虎啊。

「柔，今晚就讓桑納托絲去查房，照顧學生吧。妳召喚了守護圈，把奈菲瑞特踹出校園，不管是身體上或精神上，一定元氣大傷。我們不再是只會躲起來獨自舔傷口的窩囊廢，雖然被困在這裡確實很討厭，不過，困在自己的夜之屋還是有好處啊，比如不需要打電話叫廉價披薩躲在坑道裡吃。弓箭小子，趁著太陽把你烤焦之前，快把你的女孩帶去廚房，幫她弄點吃的和喝的吧。」愛芙羅黛蒂說。

「不需要妳告訴我如何照顧柔。」史塔克沒好氣地對她說。

「很好，人家好心給你建議，你還這樣回應？真是成熟喔？」愛芙羅黛蒂說，有氣無力地搖搖頭。

「要不是達瑞司扶住妳，妳應該跌得四腳朝天了吧。」史塔克說。

「你們可不可以別再鬥嘴了！」柔依吼道，然後深吸一口氣，緩緩吐氣，說：「愛芙羅黛蒂說的對，我累壞了，需要吃點東西。」

「好好休息，恢復元氣。」桑納托絲對柔依說完話，看了看愛芙羅黛蒂，再看看史塔克。「你們的女祭司長說的沒錯，鬥嘴成不了事，只會讓那些巴不得見到你們內鬨的人稱心如意。」

「對不起。」史塔克低聲跟愛芙羅黛蒂道歉。「柔疲倦時，我會跟著敏感易怒。」

「我接受你的道歉。至於我，父母被殺，難免心煩意亂。」愛芙羅黛蒂整個人更往達瑞司的懷裡貼過去。「帥哥，你可以抱我回房嗎？」

「我很樂意。」達瑞司說，恭敬地對桑納托絲、柔依和史蒂薇．蕾鞠躬行禮，然後真的一把抱起愛芙羅黛蒂，離開房間。

就在他們抵達女生宿舍周圍的那片老橡樹時，愛芙羅黛蒂的太陽穴一陣劇痛，雙眼頓盲，身體痙攣。她大喊一聲，跌出達瑞司的懷抱，整個人癱軟在地，被靈視不斷侵襲。

大權在握，意味著重責大任
享受權力帶來的痛快之際，得衡量迫在眉梢的懸頂之劍
當她開始相信古老之道是滿足她所有需求的那把鑰匙
也正是一切崩壞，光亮滲血的開始……

愛芙羅黛蒂真的很淒慘，不止頭痛得要死，眼前一片漆黑——這是靈視出現前的必然現象——這會兒耳畔還冒出一首詩。

天哪，她最痛恨詩。

象徵性的詞彙簡直要她的命，而現在這首詩，絕對是象徵性詞彙。這分明是逼她去使用她最痛恨，最不想解釋的鬼東西嘛。

要不是此刻痛苦得讓她笑不出來，她眞想哈哈嘲笑自己老是遇到這種墨非定律。

朦朦朧朧中，愛芙羅黛蒂隱約意識到達瑞司一直喊著她的名字，還撫摸她的頭髮。

他會保護我的安全，好吧，妮克絲，那我就準備接受妳要給我看的東西。天哪，幸好已經吞了贊安諾。我做了這些犧牲，待會兒清醒後應該値得喝一杯吧——

愛芙羅黛蒂的意識脫離軀體，從眼球奔出的力量讓她血管爆裂，雙眼充滿血絲，而且頭痛欲裂。

但當時她並沒有這些感覺，因爲她的靈正隨著一道纖細銀光飄離……飄離……

最後，愛芙羅黛蒂的靈隨著靈視，進入柔依的身體。

要命，她最痛恨的就是去經歷即將發生在別人身上的鳥事，特別是那些人剛好是她的朋友。愛芙羅黛蒂做好心理準備，從柔依的眼睛望出去。

柔依坐在學校餐廳裡，那裡好像只有她和元牲。她凝視著元牲的眼睛，他叫她小柔，還要她冷靜下來。愛芙羅黛蒂感覺到柔的情緒很激動，因爲他的話喚起了她內在的某種東西。她很迷惘，面臨掙扎，一個是自己想要的東西，另一個是她該做的事情，所以柔依的內心澎湃洶湧。愛芙羅黛蒂可以清楚感受到，柔的胸臆發散出的一波波熾烈情緒幾乎要灼傷她。她納悶，這到底是怎麼一回事，接著，她竟隨著柔開始嚐起元牲的血，就這樣，她整個人飄飄然，什麼都拋到腦後。

愛芙羅黛蒂本以為這高大金髮牛小子的血嚐起來會很噁心——話雖如此，她可從沒想過要吸這小子的血——沒想到，不盡然如此。或許部分原因是因為柔本來就喜歡血。還有，柔是真的喜歡元牲這傢伙。愛芙羅黛蒂心想，這件事她得記住才行。還有那種奇怪的燒灼感。

接著，場景一變，史塔克出現在畫面上。果不其然，他一出現，就掃了她（和柔）的興。他那種占有欲強烈的樣子真的很討厭，柔依開始跟他吵架。她看得好煩。

其實他們沒吵得很激烈，但愛芙羅黛蒂感覺到柔的內心非常激動，看來這小姐真的氣壞了。

場景又變，但柔的沮喪心情依舊。愛芙羅黛蒂看不出她身在何處，只知道此時並非大明大亮的白天，但也絕不是黑夜，因為天色仍讓柔依的眼睛不舒服，所以她始終低垂眼簾，直到兩個衣著邋遢的傢伙開始挑釁她。柔依毫不畏縮，挺身面對，愛芙羅黛蒂認為她這樣做很正確。柔依的憤怒高漲到危險程度，但愛芙羅黛蒂無計可施，只能在一旁看著柔舉起雙手，釋放出滿腔的怒火、挫折和困惑。愛芙羅黛蒂沒能看清楚那兩個傢伙的長相，但他們被柔依往石牆重摔，血肉模糊時的驚恐表情大概會永遠烙印在她的腦海。

場景再變，這次愛芙羅黛蒂不是透過柔依的眼睛看著一切，而是站在遠遠的地方觀看。

柔回到夜之屋，她不再憤怒，現在看起來煩亂、害怕、迷惘。但這不是愛芙羅黛蒂見到的唯一變化，她還**見到**柔依身上有某種東西。那景象有點嚇人，因為柔依身上那些像跳蚤，或者像某種吃肉的蝨子，就在她的皮膚底下鑽來鑽去。然而，就在愛芙羅黛蒂看得快吐時，那些正鑽來鑽去的東西晃抖一下，搖身變成某種閃亮的東西，甚至成了一件美麗的斗篷，蓋住柔依的身體。愛芙羅黛蒂眨眨眼，那東西又變成一窩蠕動的可怕蟲子。

愛芙羅黛蒂實在想不通那是什麼鬼東西，但她很確定它們**不是**柔依身上原本的東西，也跟元素無關。愛芙羅黛蒂思緒奔騰，不停想著各種可能性。以前會讓柔氣成這樣的，都是正常的東西——跟男生的情愛糾葛，以及有人笨到沒藥醫。而現在柔依這種反應很不正常。有沒有可能柔依這樣的行為舉止不是出於她自己，而是沮喪和憤怒侵入她，占據她，讓柔依毫不自覺地濫用了這種情緒？**如果真是這樣，那麼，那些鬼東西怎麼又會忽然變得閃亮美麗呢**？**愛芙羅黛蒂實在不懂這到底是怎麼一回事，但她很清楚，柔依確實變得異常憤怒，力大無窮，完全失控**。

把愛芙羅黛蒂嚇得半死。

接著，場景驟變，速度之快讓愛芙羅黛蒂一時天旋地轉，頭暈目眩。

愛芙羅黛蒂從柔的角度，看見自己上了手銬，被人帶到一間牢房。就在鐵門緊閉，把柔依關進傴促幽閉的單人牢籠之前，她的肩膀已經癱頹。原本滿腔的怒火消失殆盡，柔依變得沮喪消沉，自憐自艾，無助地看著鐵門關上，把她封在她的墓穴裡。接著，這位愛芙羅黛蒂最要好的朋友，也是年輕的女祭司長，走到角落，沿著牆滑下，抱膝蹲著，前後搖晃身子，不停搖晃，心裡喃喃重複五個字：**我罪有應得，我罪有應得，我罪有應得……**

柔依絕望了。

接著，愛芙羅黛蒂再次脫離柔的角度。這次，她發現自己盤旋在一座大教堂的中央。反胃作嘔的她往下俯視，發現教徒全都死了。沒半個活口。他們的喉嚨都被劃開，血液被吸得一乾二淨。

勝利的口號反覆出現在愛芙羅黛蒂的腦袋：**我應得的，我應得的，我應得的，我應得的……**

大權在握，意味著重責大任

享受權力帶來的痛快之際，得衡量迫在眉梢的懸頂之劍

當她開始相信古老之道是滿足她所有需求的那把鑰匙

也正是一切崩壞，光亮滲血的開始……

就在最後那個驚駭畫面逐漸消散時，這首詩反覆出現在愛芙羅黛蒂的心裡，她的靈魂啪地回到痛苦難當、眼瞎目盲的軀體裡。

「達瑞司！」她喘著氣呼喊，雙手壓著流血的緊閉雙眼。

「我在這裡！妳沒事！」他說：「我去找柔依和——」

「不！」她使出最後一絲力氣阻止他，「別讓柔知道，別讓任何人知道。」

「好，我的美人，就照妳說的，妳好好休息，我會保護妳。」

於是，愛芙羅黛蒂讓自己昏過去。

4 柔依

「眞沒想到，我竟然會希望學校別停課。」我煩躁地在宿舍裡踱過來踱過去。「眞不曉得桑納托絲在想什麼。有課可以上，起碼能讓我們有事做啊，況且明天是星期六欸，**不需要**這麼長的週末吧。」

躺在床上的史塔克翻身，蓬頭垢面，睡眼惺忪，對我露出冷傲卻可愛的笑容。不錯嘛，這種時候還能露出招牌表情。「如果妳回床上來，我自然有事情給妳做。」

偏偏我憂慮到沒心情跟他調情，只好故作天眞地眨眨眼，以茫然的口吻問：「你有事情可以給我**和**全校學生做？喔，史塔克，雖然你很厲害，可是你這野心也太大了吧。」

「妳明明知道我不是那個意思！柔，妳很殺風景欸。」

原本踱步的我停下腳步，哈哈大笑，快速吻了他一下。「對不起，我沒睡好，一直做惡夢，夢到達拉斯和他那群噁心的朋友把市長血淋淋的衣服撕成碎片，撒在桑納托絲的桌上、蕾諾比亞的穀倉，連艾瑞克的戲劇課教室也有。警察把他們都抓起來，奈菲瑞特忽然冒出來，說她很樂意再度擔任之前的職務，而且會引進幾位新老師。在我的夢裡，奈菲瑞特是隻黑色的大水蛭，那些新老師都是大蜘蛛。」說到這裡，我忍不住顫抖。「噁，我討厭水蛭和蜘蛛。」

「來這裡。」史塔克拍拍他旁邊的床。

我嘆了一口氣，還是坐過去。他開始幫我搓揉肩膀，消除我的一些緊張。「你總是知道如何讓我舒服一些。」

「是啊，這對我來說永遠不成問題。妳在這裡好好坐著，讓我鬆開妳肩膀的緊繃部位。徹底放鬆幾分鐘，什麼都別多想。」

「我沒多想，我這是在做準備。」我原本希望自己的口吻聽起來嚴肅一些，像位女祭司長，誰知道肩膀被他那了得的按摩功夫這麼一按後，讓我說不出那種語氣。

「妳眞的多想了，況且，今天要做的事情可多著呢。我們要去學校餐廳，和朋友共進早餐，然後要確定每個雛鬼都有房間，尤其是我們的紅雛鬼。我們得特別留意這些孩子白天時所待的地方。柔，我跟妳一樣，認爲達拉斯想幹壞事，而且我不想見到那可惡的小王八蛋傷害到我們任何一個。」

「他眞的是火爆浪子一個。」我說，試圖跟史塔克保持一些距離，以便腦袋能清楚思考，不過，他又把我拉回他身邊，繼續幫我按摩肩膀。

「別動，妳就坐在這裡。雖然我們談的事情讓人很有壓力，妳還是得學著放輕鬆。現在能讓妳徹底解除壓力的方式，就是繼續按摩妳的肩膀。」

「那，接下來幾天，你可能都得幫我按摩肩膀嘍。」

「沒問題啊。」他說，親吻我的脖子，吻得我酥麻發顫。

「喔，太好了，我已經開始期待接下來幾天了呢。」我說。

「眞高興聽妳這麼說。好，既然我終於讓妳放鬆心情，那麼，我希望妳答應幾件事。」

「什麼事？」我整個人又開始緊張起來。

「別緊張。」他用力搓揉我的肩膀，在他那雙強有力的大手底下，我整個人幾乎要融化。「妳知道的，我絕不會要求妳答應我什麼可怕的事。我只是希望妳別在依琳的葬禮上設立守護圈。」

「爲什麼？我以爲在葬禮上設立守護圈是好事啊，而且說不定這可以幫助簫妮放下悲傷。夏琳對水元素已經有感應力，所以原本依琳的位置不會是空的。」

「對，一開始我也是這麼想，可是昨晚聽了那個可惡窩囊廢達拉斯說的話，我就打消這個念頭。」

「你認爲他會在依琳的葬禮上惹是生非？這太低級了吧，雖然他本來就很低級。」

「他想惹是生非，這點無庸置疑，不過在葬禮上大鬧，只會讓他和他那票朋友受到桑納托絲的嚴厲懲罰，所以，我不認爲他有膽演這一齣。不過，我想起妳之前也聽到他說，依琳根本不想和妳及守護圈有牽扯，對吧？」

「對。」

「柔，妳想想看，依琳加入守護圈時，對自己之前幹的壞事似乎沒有任何悔意。她不是說了嗎？她就是不要愛芙羅黛蒂取代她，站在水的位置上。」

「對，她是這麼說過。」我說。

「我把達拉斯轟出去後，她的態度有任何改變嗎？比如對妳或簫妮說對不起，爲她之前對你們的態度誠心道歉？」

「沒有。不過蜘蛛出現時，她同意我的看法，覺得牠們很噁，還說噁心的東西必須除去。」

「柔，我不想說死人的壞話，而且我也無意這麼做，可是，我認爲我們必須牢記，即使依琳知道奈菲瑞特和達拉斯已經棄明投暗，她死前還是投奔敵營了。」

「對，沒錯，不過，我總覺得現在對依琳存有敵意，感覺很不妥。我的意思是，桑納托絲清楚看見妮克絲迎接她進入另一個世界。如果女神可以原諒她，爲什麼我們不能呢？」

「我認爲，原諒她，跟只因她死了就將她美化成她原本不是的樣子，這兩者有很大的區別。我或許想錯了，不過我眞的認爲我們，尤其是簫妮，不應該美化依琳，過度肯定她。」

「也是啦，我懂你說的意思，而且我的直覺告訴我，你說的對。」

「所以，妳現在知道爲什麼我不希望妳在她的葬禮中設立守護圈，以免引起騷動了吧？」

「知道了。好，我會跟簫妮談一談，希望她知道依琳已經進入另一個世界，安詳地待在妮克絲身邊後，能放下悲傷。不過，我還是不懂爲什麼桑納托絲不願意主持她的葬禮。」

「別再想這事了。我們得往前走，不要往後看。」

「說得好。對了，我應該去看看愛芙羅黛蒂。市長雖然是個爛父親，但終究是她的爸爸，他的死，應該會讓她傷心得不像話。」

「小柔，他死之前，她就很不像話了。」

我往他的大腿打下去。「她或許說話惡毒，但她還是我的朋友。」

「對我來說，她會跟妳成爲朋友，實在是個謎啊。」

「喂，愛芙羅黛蒂是我們的一份子欸，我們應該團結在一起，這樣才有力量對抗奈菲瑞特正在策畫的任何詭計啊。」

「我知道，我只是開開玩笑嘛。愛芙羅黛蒂是很賤，但她是我們的賤人。」他說。

我哈哈笑。「你說得很對。」

「好啦，應該舒服得全身酥軟了吧。」史塔克爲我的肩膀做最後一輪按摩，然後親吻我的脖子，對我說：「我餓死了，我們去吃早餐，準備面對今天會出現的任何瘋狂事件吧。」

「我愛夜之屋的第一個理由就是早餐。」我在盤子堆上高聳入雲霄的義大利麵，開心地說：「義義麵！當早餐！愛死學校餐廳了。」

「妳說義義麵時，好像六歲小女孩喔。」史塔克說，往我的肩膀撞一下，然後要廚子給他另一種早餐——傳統正常（但乏味無趣）的炒蛋和培根。

我去飲料吧檯，將杯子裝滿可樂——富含咖啡因的那一種——轉頭對他說：「不是六歲，是九歲，我是九歲時編出**義義瘋狂麵**這首歌。」我清清喉嚨，大展歌喉。「義義麵，義義麵！」走回桌位時我還跳起我自創的義義麵之舞。我心想，說不定今天不會太難捱哦，畢竟我是以肩膀按摩和義義麵展開這一天！不過，就在史塔克滑入我旁邊的座位時，我聽見一個低沉男音唱著我那首**義義瘋狂麵**之歌。

毋須望向排隊拿餐的隊伍，我也知道唱歌者是何人。現在，我唯一需要做的就是凝視史塔克的臉。他剛剛笑嘻嘻地看著我高唱義義麵之歌，但這會兒臉上已不見開心表情，取而代之的是緊繃和嚴肅。他整個人看起來沮喪**又**憤怒。

「妳是幾歲認識西斯的？」史塔克問。

「九歲。」我說。雖然我感覺自己悲慘又無助，但目光已無法停留在他的臉上，而是被那個唱著我的歌，在盤子上堆滿義義麵的傢伙給吸引過去了。

我納悶，要是元牲不那麼可愛，事情會不會好辦一點。他走向飲料吧檯時，邊走還邊跳著我剛剛跳的舞，不過這傢伙的舞姿還眞醜。

不會吧。我心想，感覺胃正奇怪地翻攪，就像以前看到西斯出現時就會有的反應。元牲看起來或許像傳說中的巨怪，但他就是有辦法讓我心慌意亂。因爲，**他有著西斯的靈魂**。

「早！」戴米恩一行人進餐廳，他和簫妮、史蒂薇．蕾及利乏音朝著我和史塔克揮手打招呼，然後迅速排進隊伍，準備拿早餐。

他們似乎沒注意到史塔克和我沒任何回應。

「嗨，元牲，要不要跟我們一起坐？」我聽見戴米恩以開朗的語氣邀請他。

「好啊，太好了。」元牲說。

「酷。柔和史塔克已經在桌位上，就在那裡。」戴米恩指過來，然而，就在看到我們臉色的瞬間，他原本開心的表情褪去，取而代之的是發現自己說錯話的**喔哦**表情。「呃，如果還有位子，而且柔和史塔克不介意的話，那……」戴米恩尷尬地支吾著，臉頰羞紅。

「靠！」史塔克把咒罵聲壓得很低，所以只有我聽見。他稍微坐挺了些，大聲說：「好啊，沒問題，有位子給元牲。」

元牲往我的對面一坐，我低著頭，專心把義義麵塞入嘴裡。

「你怎麼會唱那首歌？」史塔克忽然開口問元牲，把我嚇得差點跌下椅子。

「什麼歌？」元牲就著滿嘴的麵條回答。

「算了，當我沒問。」史塔克嘟噥。

然後，一陣久久的尷尬沉默，直到戴米恩和其他人一屁股坐進桌位。

「你們今天有沒有見到愛芙羅黛蒂？」史蒂薇．蕾問。

我抬起頭，發現大家都在搖頭。

「那，達瑞司呢？」她補問一句。

大家又搖頭。

「該死，」我說：「我得去看看她。她不是那種會躲在房裡搞自閉的人。」

「對欸，」史蒂薇．蕾說：「她說過早餐是一天的第一場時尚秀。你們知道嗎，她曾告訴我，從女孩進餐廳吃早餐時臉上的妝容，可以預測哪些人當媽之後會變得鬆垮臃腫。」

「那小姐超扯的。」簫妮說。

「所以，吃早餐時化濃妝是好還是不好？」戴米恩問。

「不曉得欸。」史蒂薇．蕾說：「因爲每次愛芙羅黛蒂一開始滔滔不絕，我就會自動關閉耳朵，不然會痛。」

「她那種預測女孩身材的能力，是不是也是預言天賦的一種？」元牲認眞地問。

我忍不住跟著其他人哈哈笑。嗯，史塔克除外。他不僅沒笑，甚至拿叉子狠狠戳炒蛋，那股狠勁眞像巴不得殺了元牲。

「不是啦。」史蒂薇．蕾回答元牲的問題。「那是她惹人厭的天賦啦，我們很確定這種天賦不是來自妮克絲。」

「喔，不好意思，」元牲一臉赧怯，「我問了一個蠢問題。」

「喂，室友，別擔心啦。」戴米恩說，給他一個友善的微笑。「愛芙羅黛蒂本來就讓人很無言。」

「室友？」我聽見自己開口問：「你們睡同一間？」

「是啊。」元牲說，首次直視著我。「戴米恩提議的。我不想一個人，也不想跟陌生人睡同一間，因爲，呃，我老是覺得他們看我的眼神怪怪的。」

「那是因爲你會變成牛啊。」史塔克冷冷地說。

「我想，你說的對。」元牲說，垂下眼簾，不再注視我，繼續吃他的早餐。

「喔，對了，說到這個，剛剛我和史塔克才在討論這個問題呢。」我說。

「是啊，我們醒來時聊的。對，我們睡在同一張床上，同時醒來，是不是啊，**室友**？」史塔克特別強調這個詞。

我的朋友們以憂慮的眼神看看史塔克，再看看元牲。我皺起眉頭，說：「史塔克，大家都知道我們睡在一起。」

「我只是想確定所有人都知道。」史塔克說，繼續攻擊他的炒蛋。

「總之，」我接著說，感覺臉頰開始熱熱的。「史塔克和我要說的是，我們必須確保我們的紅雛鬼**和**紅成鬼」——說到這裡，我對史蒂薇．蕾擠出微笑——「在我們回坑道之前，有非常安全的地方可以睡覺。」

「天黑後利乏音回到我和箫妮的房間時，我們也談到這件事。」史蒂薇．蕾說：「我的想法跟你們一樣，必須勘查學校，看看有沒有地下室之類的空間可以給孩子們睡覺。」

「除了孩子，也包括妳啊，不是嗎？」我說。

史蒂薇．蕾跟利乏音互覷一眼。「嗯，不包括我，我會繼續和簫妮住同一間寢室。」

「我試圖說服她，可是沒用。」利乏音說。

「嘿，你們明明知道，我自己一個人沒問題啦。」簫妮趕緊說：「昨晚是有點難捱，不過今天好多了。我會懷念依琳，但我知道我的孿生閨蜜去了很棒的地方，她闔眼之前自己都說了，我相信她終於又變回有血有肉的人。雖然這樣說很怪，不過，我眞的很替她高興。」

簫妮眨眨眼，克制淚水，但也展露笑顏。

「我知道，可是除非我們找到類似地下室的地方，而且有夠大的出入口，可以讓，嗯，鳥飛進飛出，不然，回火車站的坑道之前，我都是妳的室友。」史蒂薇．蕾說。

「我記得龍老師說過，古盾和古劍都放在學校地下室的某個地方。」戴米恩說：「這代表校園裡有個地方隱蔽、安全到可以放置龍老師那些珍貴的古兵器。你們知道的，他不可能把那些兵器隨便放，任它們生鏽毀壞。」

「喔，起碼這算好消息。白天時，所有的紅雛鬼和紅成鬼若能待在地底下，我會安心一些，不然其他地方好像都太容易暴露在陽光下。」我說，憂慮地想著史蒂薇．蕾幾次碰到陽光時的危險處境，還有，她、史塔克和其他人，都可能因爲一絲絲的陽光而被烤焦。他們這種新型態的吸血鬼擁有新能力，但同時也得面對一些足以致死的新事物。

「我明白妳的意思，小柔，可是關於紅雛鬼的居住問題，有另外的角度要考量。」戴米恩說：「我知道他們休息時最好待在地底下，離陽光遠遠的，所以學校地下室會是好選擇。可是，這樣一來，他們就等於全部被困在只有單一出入口的地方，這恐怕不妥。」

史塔克揚起眉，說：「該死，戴米恩，你說的對，在舊火車站時，我們不會被困住，因為坑道有很多出入口。小柔，如果要孩子從日出到日落之間全都待在地下室，我想，妳、我和史蒂薇．蕾得去其他地方睡覺，不能跟他們待在一起。」

「看來，有很多情況都會讓大家暴露於危險當中。你們說的對，我們不能同時待在可能會困住的地方，尤其是你們兩個，」我對著史蒂薇．蕾和史塔克點了一下頭，說：「你們不能跟紅雛鬼待在一起，得和他們分開，免得萬一發生什麼事，得靠你們這兩個成功蛻變的紅成鬼來拯救那些雛鬼。」我嘆了一口氣，繼續說：「可是，也不能讓紅雛鬼自己睡在地下室，沒人保護。不曉得達瑞司和愛芙羅黛蒂願不願意搬去跟他們一起住？」

簫妮哼了一聲。「愛芙羅黛蒂去住地下室？不可能的，除非先找個設計師替她把那裡裝潢過。」

「我知道妳是她的女祭司長，如果妳眞叫她搬去那裡，我相信她還是會大發飆。」

一想到愛芙羅黛蒂發飆，我就頭痛，但我知道史蒂薇．蕾說的沒錯。我開始衡量，值不值得爲此跟愛芙羅黛蒂起爭執，就在這時，元牲開口說話了。

「我去陪紅雛鬼。」他說。

我驚訝地眨眼看著他。「可是你剛剛說，你喜歡跟戴米恩一起住，因爲其他學生都用異樣眼光看你。」

「這不代表我希望那些孩子暴露在危險當中啊。我睡得不多，所以，看顧他們對我來說不是難事。況且，能幫到妳，我也很高興。」他遲疑了一下，繼續說：「妳的阿嬤幫了我，我應該回報她，所以幫妳是天經地義的事。」

他那雙月光石色的眼眸勾住我的凝視，直到史塔克開口打斷我們。「聽起來很棒，你說的對，你確實應該幫我們。」

「那，這樣吧，我和你一起去住地下室，這樣我們仍然是室友。」戴米恩對元牲說：「起碼我還算有辦法應付難堪場面。」

「的確是，」利乏音附和，「戴米恩曾幫忙讓夜之屋的孩子接納我，我相信他也能幫你。」

「聽到你這麼說，我眞高興！」戴米恩一笑，整個人由裡到外發亮起來。看到他這麼開心，眞讓人欣慰。

「那就這麼說定。」史塔克說：「好，柔，妳差不多吃完了吧？妳剛剛說要去看愛芙羅黛蒂，我也得去找一下達瑞司，說不定他知道龍老師的兵器室在哪裡。走吧，或許我們能一箭雙鵰，同時找到他們喔。」

我瞅著我的義義麵看了好久，怎麼看都不再好吃了——因爲這會兒史塔克正對著元牲怒目橫眉，而元牲則偷偷望著我，至於其他人，個個睜大眼看著我們三人。我大口灌下可樂，擠出虛假的笑容，說：「吃飽了！走吧！」

「我們這就去把紅雛鬼召集起來。」史蒂薇．蕾說：「既然龍老師把兵器放在地下室，代表那裡一定很靠近體育場。這樣吧，我們一小時後在那裡碰面，如何？」

「好。」我說，史塔克以占有的姿態攬著我的肩，然後以蜘蛛猴攻擊的力道一把將我拉出桌位。走到餐廳門口時，他停步，當著眾人的面，將我拉入懷裡，開始吻我。扎扎實實的吻，舌頭什麼的全都出動了。

對，我是喜歡跟史塔克接吻，但我對公開親熱可沒興趣。我的意思是，公開牽手沒問題，我甚至喜歡他摟著我（我是說好好地摟，而不是像蜘蛛猴那樣巴在我身上），可是我們不曾公然親熱，從來沒有過。所以我羞得滿臉燙紅。他的嘴終於離開我的唇，但再度摟著我，然後眞的用拖的把我拖出餐廳，同時轉頭瞥向我們剛剛的桌位，當然，也覷了元牲一眼。

我眞想往他的臉打下去。但我沒這麼做，而是一走出餐廳就掙脫他的摟抱，然後主動牽起他的手，裝作若無其事，一切正常。

他什麼都沒說，只給我一個可愛又臭屁的笑容。

我克制自己，沒失控地高聲咆哮，也不去理會內心那把愈燒愈旺的怒火。如果我告訴他，他的行爲愚蠢又討厭，我們一定會吵起來，而當下，我有更重要的事要做，沒時間去處理打翻醋罈子的混蛋史塔克。況且，我對元牲又沒興趣。史塔克遲早會發現這一點，希望到時候他的占有欲能減輕一些。

可是妳對西斯有興趣，一個細微的可怕聲音在我的腦海低語。**而西斯的靈魂就在元牲的軀體裡**。

我提醒那個細微聲音，史塔克是我的戰士，我的守護者，我的愛人，我的朋友。

那西斯呢？

西斯死了。我厲聲告訴自己。可是，即使我想關起我的心和腦袋，我們那首義義麵之歌仍不斷在我的腦海迴盪。

5 柔依

「她還在睡。」達瑞司壓低聲音說，他走出愛芙羅黛蒂的寢室後，輕輕關上房門。

「很晚了欸，她還好吧？」我問。站在走廊壓低聲音說話的感覺好怪呀。

「她不會有事的。」達瑞司說：「昨晚對她來說很難捱。」

「她醉到什麼程度啊？」史塔克的口氣好酸。

「她的父親在學校裡被謀殺，她喝點酒也是難免的。」達瑞司沒正面回答。

「所以，她現在是宿醉嘍。」史塔克說。

「所以，她現在得休息。」達瑞司糾正他，整個人看起來忽然變得更挺拔，更高大。

唉，要命。我不最需要的場面出現了——史塔克和達瑞司就要對槓起來。

「休息很好啊。」我擋在他們之間。「我還記得我媽死掉時，我好傷心。你也記得，對吧，史塔克？」我特別針對他發問。

「我可不記得妳因此把自己灌得爛醉。」他說。

「我也不記得你是一個這麼愛批評的人。」我終於受夠了。「拜託，饒了那位小姐吧。她的爸爸剛被殺死，媽媽又不要她了——這些都發生在一夜之間欸。不管怎麼說，她都很慘，好嗎？」

「爛醉如泥不是好的因應方式。」史塔克說。

「誰說的？你這口氣好像你是幾百萬歲的長輩，有資格教訓人。少管閒事吧。」我說。

「是妳自己說要來看她的，結果她宿醉到沒辦法跟妳說話。」史塔克說。

「不是，我只說要來看一下她，確定她沒事。」接著，我轉身問達瑞司。「她還好嗎？」

「她會沒事的。」他說。

「好，」我把注意力放回史塔克身上，「我確定她沒事了。」

「我無意對妳不敬，女祭司，不過，可否麻煩兩位要吵去別的地方吵？我的女先知真的需要好好休息。」達瑞司說。

史塔克的肩膀一垂，無力地伸手搓著臉。「柔和我沒吵架。」他瞥向我，對我笑笑，意思是向我道歉。「起碼，我沒意思要跟她吵。不好意思。」

「沒關係，」我說：「反正我也不想跟你吵。」

「很好。」他笑得好燦爛，那樣子看起來又是原本迷人可愛的他。「喂，達瑞司，我和柔來這裡，不是要讓自己看起來莽撞沒大腦。」

達瑞司揚起嘴角，說：「很高興聽到你這麼說。」

「其實，我是要來問你，你知不知道學校有一個像地下室的地方。戴米恩說，他記得龍老師好像把一些古兵器放在那裡。」

「我知道，在主校舍的下方。入口就在體育場和馬廄之間。」

「那裡還有其他出入口嗎？」我問。

「不曉得。我只去過那裡幾次，而且都是爲了把不需要的盾牌拿回去放，所以停留的時間都很短。印象中，那個空間是長條狀，陰陰暗暗，天花板很低，石砌地板，看起來很堅固，就跟夜之屋的其他建築物一樣。」

「聽起來很棒。」史塔克說：「你可以帶我們去嗎？」

「當然。」他遲疑了一下，轉頭瞥了一眼他和愛芙羅黛蒂同住，但這會兒房門緊掩的寢室。

「不會耽誤你太多時間的。」我要他放心，「只要指給我們看一下，讓我們知道怎麼去就行了，你可以快去快回。說不定你回來時，愛芙羅黛蒂會想吃東西了。」

「油膩膩的大漢堡和薯條，最適合宿醉的人。」史塔克說。

達瑞司笑笑。「愛芙羅黛蒂說，吃牛肉的女生看起來會像牛。」

「想也知道她會這麼說。」我說：「不然你幫她帶點跟牛無關，但跟性感小貓有關的食物回來給她吃。」

「哇，就算要買門票，我也願意花錢觀賞愛芙羅黛蒂見到達瑞司拿一碗奶油和一罐鮪魚給她時的反應。」史塔克說。

我們三個一邊笑，一邊前往體育場。今晚的天氣，以二月來說出奇地暖和，我甚至覺得自己嗅到了微風裡的春天氣息呢。至於春天的聲音，我當然也聽聞了——雛鬼就著昏黃的燈光嘰嘰喳喳，貓咪對著牠們所挑選的吸血鬼喵喵嗚嗚。

「啊，毀了！娜拉和其他貓咪都還在火車站，牠們等不到我們回去，一定會嚇壞。」我說。

「牠們單獨在那裡幾天不會有事的。」史塔克說：「我們之前幫牠們裝了很大的自動餵食器，況且牠們也喜歡喝車站淋浴間滴進坑道的水。那個蓮蓬頭老是關不緊，記得嗎？」

「那牠們的便便盆一定會髒到不像話。」想到原本就壞脾氣的娜拉因爲這樣而臉更臭，我就不自覺地皺眉。

「對啊，那樣很噁心欸。」史塔克說，達瑞司嘟噥著附和。「想到可憐的女爵跟那些貓咪被困在那裡，我就很難過。」

「喂，女爵喜歡貓。」我提醒他。「她還會跟戴米恩的坎咪一起睡呢。」

「戴米恩那隻坎咪人見人愛。」史塔克笑著說。

「如果必須在這裡住超過一晚，我要去告訴桑納托絲，一定要把所有的貓和女爵接過來，不管那些條子怎麼說。」我說。

「對啊，我們又不是犯人，我們沒做錯事，爲什麼不能離開，不能照常過日子？」達瑞司說，我聽得出他很沮喪。

「甚至像犯人一樣被關在這裡。」我說。

他們都沒說話。能說什麼呢？我們都知道，殺死市長的，很可能是那個變態的不死生物——她現在更像幽靈，不像有血有肉之軀了。可是，我們要怎麼證明呢，即使我們有辦法證明，人類警察會相信我們的證據嗎？說不定他們會認爲我們太扯？雖然想來就氣餒，但事實就是如此：他們不可能相信的，因爲這眞的是超級、超級扯。

達瑞司記得沒錯，陰暗的狹長地下室有著冰涼的石砌地板；但沒有電燈，只有古老鐵鉤上的一盞盞汽化燈掛在石牆上的刀劍和盾牌之間。達瑞司和史塔克點燃汽化燈，亮光在鐵製燈具上搖曳舞動，宛如有氣息的生物。

「這簡直是《冰與火之歌：權力遊戲》的場景嘛。」我說。

「眞不可思議。」史塔克說。

「的確像不可思議的陰森地牢。」我說。

「可是竟然很乾燥。這是地底下欸。」史塔克說：「看，這裡有插頭。如果放上幾面屏風，拿一些睡袋和懶骨頭來，再弄幾部電視機和DVD播放機，根本好過露營嘛。」

「還用得著說，要找到比露營更糟的，很難吧。」我說。

「被太陽烤焦就比露營糟。」達瑞司說。

「說到這個，我非同意你不可。」史塔克說。

「欸，你們看，這些是眞的嗎？」我問，出神地看著一把劍的劍柄——上面鑲滿了珠寶還是玻璃之類的東西，奪目耀眼，閃閃發亮。

「跟妳保證，女祭司，」達瑞司說：「這些都是貨眞價實的珠寶。」

「哇靠！」我說：「好漂亮，一定價值不斐吧。爲什麼龍老師要把它們放在這裡？不是應該拿出來展示，或者鎖在保險箱之類的嗎？」

「我記得龍老師說過，他認爲財富珠寶不需要拿出來炫耀。」達瑞司說。

「聽起來跟奈菲瑞特是截然不同的作風。她最喜歡炫富，偏偏她是龍老師的女祭司長。」史塔克說。

「不曉得奈菲瑞特知不知道這裡藏著兵器，畢竟這些東西都是龍老師負責的。我不記得她來過這裡，或者提過古劍或古盾什麼的。」達瑞司緩緩地說，彷彿是在大聲說出思考過程。「她這個人，除了權力，對兵器沒什麼興趣。」

「你的意思是，你認爲她壓根不知道這個地方？」我說。

「很有可能。」達瑞司說。

「那眞是天助我也啊。」史塔克說：「這不僅代表她不知道這地下室的存在，而且也像柔說的，她不曉得牆上掛著價值連城的珠寶和黃金。」

「可是，每一所夜之屋本身就很有錢，」達瑞司說：「何必囤積黃金珠寶呢？」

「每一所**夜之屋**的確都很有錢，」我說：「可是，我們搬出校園，基本上已經脫離學校了。萬一市長的死讓人類和吸血鬼之間的關係惡化，那該怎麼辦？你們認爲，警察會不會把我們的銀行帳戶凍結？」

達瑞司搖搖頭，「我不知道。」

「我也不曉得。我手上還有當年在芝加哥夜之屋時用的晶片金融卡，」史塔克說：「所以從沒想過這問題。」

「這問題得好好考慮。」我說：「過去我們都認爲夜之屋理所當然會照顧我們。」

「我眞不敢相信吸血鬼最高委員會竟然默不作聲，任由人類的法律制度擺布我們。」達瑞司說。

「萬一他們眞的打算插手不管，那我們會需要錢，而且得負責自己的安全。這些牆上掛的都是錢，底下這裡也很安全——我是說，**如果**奈菲瑞特還不知道這裡的話。」我想了一下，接著補充：「我敢說，卡羅納一定曉得她知不知道這個地方。」

「那，我們去問那個有翅膀的不死生物吧。」史塔克說。

「我不願想像我們準備跟夜之屋完全脫離關係，」達瑞司說，語氣嚴肅，「不過，我同意妳的猜測。好，我們去找卡羅納談談吧。」

於是，我們三個疾步離開地下室，然後爲了掩人耳目，決定若無其事地先晃到主校舍，然後繞一大圈，回到龍·藍克福特老師以前位於體育場附近的辦公室。卡羅納現在就是將那間辦公室當房間使用。

「最好別讓人發現我們來回進出那道走廊。」達瑞司說。

「是啊，免得他們開始注意那地方。」我同意他的看法，然後以誇張的熱情笑容，對著剛離開餐廳，迎面而來的克拉米夏和夏琳用力揮手打招呼。「像搞諜報似的。」我嘟噥，嘆了一口氣。

「怎麼了？」史塔克問。

「我的演技有夠爛。」我說。

他牽起我的手，達瑞司輕聲咯咯笑。我們三個沿著走廊右轉，靠近學校正門時，戛然止步，眨眼遮擋陣陣閃光，瞠目結舌地望著門廳的一小群人。

「怎麼一回事？那是攝影機嗎？」史塔克問。

「太好了！來了一個新品種的紅成鬼。跟我走！」有個手持麥克風的女人示意，要那名扛攝影機的和兩名拿著燈具的工作人員跟著她走向我們。

讓人不舒服的刺眼亮光隨著女人和鏡頭直逼而來，校務祕書黛安娜也在他們當中。這個吸血鬼不管遇到什麼事，總是冷靜鎮定，但這會兒神色慌張不安。

「**喔我的天哪**！我發現外頭停了一輛寫有福斯新聞臺的廂型車，沒想到**妳**真的在這裡！」戴米恩尖叫著從走廊奔到門廳——門廳的另一端正是餐廳。「雪拉・希美子！我眞不敢相信！我是妳的**大粉絲欸**！」

我瞇眼抵擋攝影機的亮光。要死啦，眞的是福斯新聞臺的主播。我的第一個念頭是：**哇，她本人更漂亮欸**，但接下來的念頭就沒那麼正面了。**唉，如果福斯二十三臺派她來，那肯定是有精采的鳥事發生了**。

「非常謝謝你！我很感激每位粉絲的支持。」雪拉對戴米恩說。這傢伙見到偶像，已經狂喜得手足無措，只會呆呆地對著人家笑。

「戴米恩，這樣吧，你去告訴桑納托絲，說有記者來學校，好不好？」我帶著笑容，輕輕把他推向通往桑納托絲辦公室的樓梯。

「噢，好！我立刻就回來。」戴米恩跑過雪拉身邊時，停下腳步，說：「我眞的好喜歡妳！」

雪拉對他露出迷人笑容，張開手臂，說：「戴米恩，你好可愛，來，抱一下？」

「喔我的天哪，好！」戴米恩跟雪拉擁抱時，笑得好燦爛。我聽見她還低聲告訴戴米恩，「亞當要我跟你問好。」

「哦……好感動哪！妳一回去，也幫我跟他問好喔！」戴米恩捏捏她的肩膀後，跑向桑納托絲的辦公室。

我敢發誓，如果戴米恩是一隻小狗，肯定會興奮地拚命搖尾巴。

「你是我親眼見到的第一個紅成鬼！你的刺青好美。」雪拉和攝影機都專注在史塔克身上。

「呃，對，我是紅成鬼。」史塔克說，緊張地看看攝影機，又看看雪拉，再看看攝影機。

「你叫史塔克，對吧？」雪拉問他。

「對。」

攝影機上代表「錄影中」的紅色亮燈閃個不停，閃得我心煩意亂。我眞想開口說些什麼來回應，免得歇斯底里尖叫，同時抓住史塔克，奔離門廳，可是，這會兒雪拉笑著凝視史塔克，彷彿被他的記印迷得渾然忘我。她靠近他一步，以毫無攻擊性的友善口吻說：「那圖案好有趣，看起來像箭。你該不會來自斷箭市吧？」

「喔，不是，我是芝加哥人。」

「這些箭有特別的象徵意義嗎？」

「嗯，應該是吧。我的射箭技術很不賴。」他說。

雪拉那雙褐色的大眼看著我，對我微笑的樣子彷彿我們是閨中密友。「妳的刺青也好美，而且全身都有欸！有鳥、花朵，哇，細絲花邊的圖案裡還有火焰和波浪。妳一定是很特別的吸血鬼。」

我張嘴，但又闔上，因爲我實在不知道該說什麼。如果雪拉是那種強勢無禮、咄咄逼人的典型記者，我倒還能輕鬆地回她一句「無可奉告」，掉頭就走，偏偏她那麼眞誠和善，就算好奇，也表現得彬彬有禮。終於，我開口說話，但聲音聽起來跟史塔克一樣緊張。「嗯，說眞的，這些特殊的刺青讓我有點不自在，即使這是女神標記我時額外賜給我的記印。」

「喔，我懂。」雪拉對攝影人員示意。「傑瑞，這部分剪掉。」語畢，她把注意力放回我身上。「我跟妳道歉，我來這裡，無意讓任何人覺得不舒服。」

「那妳來幹麼？」我問。

「我想了解夜之屋內部對陶沙市市長遇害有何反應。」

「市長不是我們殺的。」我說。

「我不是在指控妳，或你們任何一個人！我完全沒有這個意思。」雪拉要我們放心，表情跟語氣一樣眞誠。

「有人在指控什麼嗎？」桑納托絲疾步上前，戴米恩緊跟在後。

雪拉望向攝影師，說：「傑瑞，別錄了，拜託。」然後朝桑納托絲伸出手。「女祭司長，我是雪拉．希美子，福斯新聞臺的記者。」

桑納托絲跟她握手，說：「我是桑納托絲，這所夜之屋的女祭司長，我認得妳，希美子小姐。」

「叫我雪拉就行了。我來這裡，不是要指控任何人，我只是想讓觀眾了解事情的**全貌**，了解查爾斯．拉芳特遇害的**真相**。」她朝著拿燈的其中一人伸出手。「安迪，把我的iPad給我。」那人把iPad遞給她，她點了一下螢幕，然後舉高，好讓我們可以看見。畫面上，愛芙羅黛蒂的媽媽正在接受訪問，那名訪問者身上的西裝不怎麼合身，表情看起來還很憂慮。

「拉芳特太太，您的丈夫，我們摯愛的市長遭遇不測，我們深表遺憾，請接受我們誠摯的哀悼。」

「謝謝大家的關心，可是，除非殺死我丈夫的吸血鬼能被逮捕歸案，接受法律制裁，否則我永遠都得不到安慰。」

黛安娜和我倒抽一口氣，桑納托絲彷彿變成石頭般，一動也不動。達瑞司和史塔克一副快爆炸的模樣。畫面上，愛芙羅黛蒂的母親一襲滑亮的黑色洋裝，戴著珍珠項鍊，那美麗、憔悴又激動的模樣，足以迷倒眾生啊。她拿起蕾絲手帕，對著淚水盈盈的藍眼睛的眼角點拭幾下。

「所以，妳確定妳丈夫是被吸血鬼殺死的？」記者在一旁搧風點火。

「絕對是，當時我就在現場。我看見我丈夫全身的血被吸光，殘破身軀躺在地上。」拉芳特太太的視線從記者身上轉向攝影機，直視著鏡頭，說：「絕對不能姑息夜之屋。」

訪問中斷，因為進廣告了。雪拉關掉螢幕。

「現在大家只聽到拉芳特太太的單方面說法，我雖然同情她失去丈夫，但身為記者，我有責任讓觀眾看到事情的**全貌**。」

「希美子小姐，我們這裡只有學生和教職員，沒隱瞞什麼精采內幕。現在，校園生活甚至因昨晚的悲劇而受到打擾了。」

「拜託，桑納托絲，別把我當敵人，請讓我有機會提供另一方的說法給觀眾，並拍攝幾段學生的生活作息，讓陶沙市有機會看看真正的你們。我始終相信，無知會加重恐懼和憎恨。」雪拉的口氣好真誠，而且直視桑納托絲，毫無心虛的跡象。「如果夜之屋沒什麼好讓陶沙市害怕的，那就讓攝影機拍攝一些畫面，讓陶沙市民透過這些畫面重新認識你們。」

「雪拉，妳或許出於善意，但如我所言，學生今天的作息恐怕無法跟往常一樣。」

「不好意思，桑納托絲。」戴米恩舉手插話。

「戴米恩，有事嗎？」

「大部分的雛鬼還在餐廳吃早餐，這就是正常的學校作息啊。」

「我很希望能拍到學生吃早餐的畫面！」雪拉說。

「好，沒問題，戴米恩，你就陪希美子小姐去餐廳。我也會去，但不會入鏡，這樣她才能拍到眞實的餐廳景象。」

「哇……！太好了！」戴米恩歡呼。

「我也是這麼想。」雪拉對戴米恩微笑。

「希美子小姐，」桑納托絲說：「只能拍攝餐廳。今天，我的夜之屋所能承受的外界干擾，僅止於此。」

「我明白，也很感激能有這麼難得的機會。」雪拉說。

「那，戴米恩帶路吧。」桑納托絲說：「柔依、史塔克、達瑞司，你們去忙。」

想到可以不受注目，我就鬆了一大口氣，於是，對桑納托絲點了一下頭後，我們三個便急急跑開，不過，我可以感覺到雪拉的目光緊跟著我們不放。

「依你們看，知名度是好東西嗎？」達瑞司問。

「不是！」史塔克和我異口同聲回答。

卡羅納

這位有翅膀的不死生物向來痛恨有人類慘遭殺害。倒不是他在乎那個喪命的人，畢竟根據他所聽聞，這個市長愚蠢懦弱，可說是窩囊廢一個。卡羅納在乎的是，這事發生在他擔任死亡使者／女祭司長的戰士期間，而且那個人類是在他負責警戒校園時被殺害的。

一想到兇手絕對是奈菲瑞特，卡羅納就忿恨難平。他惱怒地嘀咕一聲，往皮革大椅的椅背一靠，將手中的短刀扔出去，匕首正中血紅色的靶心——那個缺了一角的標靶，就掛在龍．藍克福特辦公桌對面的牆上。

「我應該更警覺的，應該想到特西思基利會設法現形，回來展開報復。」他在自言自語的同時，又射出一把短刀，這次不偏不倚落在第一把的旁邊。「可是，我沒能保護大家，反而**躲起來**，」他說出這幾個字時，彷彿嘗到什麼噁心的東西，「就爲了怕嚇到陶沙市民。」他的笑聲又苦又澀。「結果，他們沒被我嚇到，卻因此賠上兩條人命。」卡羅納又伸手拿桌上的短刀，一不小心碰到那朵以玻璃製成的精緻褐色向日葵——它就插在水晶花瓶裡，瓶身蝕鏤著妮克絲雙手高捧新月的圖案。瓶身開始搖晃，重心不穩，翻落到石砌地板上。

一團亮光，炙亮如朝陽，在房間內爆開來。時間靜止，墜落的花瓶和花朵瞬間停格在無情的石地板上方。

一隻古銅黝亮的手，從那團亮光當中伸了出來，先抓住半空中的花朵，然後抓住那只刻蝕著女神圖像的花瓶，接著把它們放回桌子上。

「兄弟，你該找點正經事做。」卡羅納嘲諷地說。

「我這不是在做正經事嗎？」冥神俄瑞波斯回答，從那團亮光中走出來，目中無人地一屁股坐在龍・藍克福特那張大木桌的桌緣。「我剛剛保護了美麗細緻的東西欸。」他指著水晶花瓶。

卡羅納哼了一聲。「你拿妮克絲跟花瓶相比？我想，女神恐怕不會欣賞你這樣比較。」

「不管怎樣，這種比較很適當啊。」俄瑞波斯說：「花瓶細緻美麗，卻差點毀在你這個大老粗的手裡，要不是我及時出手，它早就破了。」

「就算這樣，殘破的也是我，不是妮克絲。」

「我接受你的指正。將女神跟花瓶相比，確實不智。妮克絲不可能那麼容易毀壞，尤其，有我永遠保護她呢。」俄瑞波斯說。

「你？保護女神？」卡羅納那毫無幽默感的笑聲迴盪在房間，加上此刻深冬的淒冷月色，相形之下，冥神俄瑞波斯的璀璨夏焰頓時黯然失色。「兄弟，你永遠都不可能成爲戰士，我才是那個能忠於女神，而且除了效忠，對女神來說還具其他意義的人。」

「愛不是職責。」俄瑞波斯說。

「不是嗎？或許，我對愛的認識不比你多，可是我知道，有時讓愛生生不息，讓愛的光芒永不黯淡，是一種責任。」

「難怪你留不住她。」俄瑞波斯說：「愛女神，永遠不是一種職責，不管你怎麼包裝這個字眼。」

「留不住她的人是**你**。如果你能完全滿足妮克絲，她怎麼會來找我？」卡羅納笑著對他的兄弟說。

冥神俄瑞波斯的亮光又黯淡了一些。「你嘴巴這麼說，但你最接近妮克絲的程度，也不過是她在玻璃瓶上的圖案。」

「好，既然已經這樣，你爲什麼還是不願放過我，兄弟？你害怕她會再度回來找我嗎？」

俄瑞波斯的掌心往桌面重重一拍，木桌上被灼出一個掌印。卡羅納沒畏怯，眼神也沒閃躲，即使兄弟身上散發著來自父親的熾烈光芒，刺痛了卡羅納那柔如月光的雙眼。

「我來這裡，是因爲你又犯了可怕的錯誤。」

卡羅納往椅背一靠，雙手在胸前交叉。「我不否認我犯了很多錯。我不曾像你一樣，宣稱自己完美無缺。好，在我犯過的一長串錯誤當中，你現在想檢討的哪一項？」

「你犯過的錯根本罄竹難書，你不但冒犯了人類，也觸怒了吸血鬼和女神，不過我沒那個閒功夫和興趣來一一細數。我要談的是你最近犯的錯。你讓妮克絲麾下老出狀況的那名女祭司長投身於黑暗勢力，淪爲邪惡的工具。那名崩壞墮落的女祭司已經變成不死生物，成爲難以言喻的恐怖人物。」

「奈菲瑞特早在認識我之前，就已經被黑暗勢力所吸引。」

「奈菲瑞特原本是身心飽受摧殘的小女孩，後來變成脆弱的雛鬼。是你在她耳邊低語，讓她被那種勢力所吸引，讓她開始渴求權力，想要掌控一切，最後你還鼓勵她邁向不死生物之路，讓她墮落到發狂境地。」

「你錯了，你完全不了解奈菲瑞特。這名女祭司早在開始聆聽我的低語之前，就已經崩壞發狂了。」

「奈菲瑞特讓女神很痛苦，所以，必須有人阻止她。」俄瑞波斯說。

卡羅納再次大笑。「你這話再次證明你完全不懂奈菲瑞特。她選擇了混亂破壞，就連死亡都制止不了她。」

「但是，你可以。」

「你眞是蠢哪。一個星期前，那名神奇的工具人元牲化身爲野獸，以角刺穿奈菲瑞特，將她從極高的頂樓陽臺扔出去。而昨晚，奈菲瑞特竟能再次現形，出現在校園裡，導致一個雛鬼拒絕蛻變而亡，而且還殺死一個男人，然後再次消失無蹤。瞧，她是不死生物，沒人殺得了她。」卡羅納說。

「話雖如此，還是得設法處置她。是你爲她開啓了通往不死生物的門，你必須負責關閉那道門。」

卡羅納搖搖頭，把冷冽月光攏得更緊。「你有什麼資格命令我？你是我的兄弟，不是我的女神。」

「我是替你的女神開口！」冥神俄瑞波斯整個人熊熊發光，熾亮程度就連卡羅納都不得不承認，俄瑞波斯這會兒使出的神性力量確實來自妮克絲。「你剛從另一個世界墮落時，人類試圖幫助你，但你恩將仇報，侵擾傷害他們，直到妮克絲聽見人類的哀號，回應了人類女智者的祈求，將他們召集起來，允許他們借助他們當中的神聖女力來對付你。這女力化身爲埃雅，設局將你囚困了幾世紀。」

「我清楚記得那段黑暗日子，」卡羅納咆哮，「不勞你或妮克絲來提醒我。」

「閉嘴，你這個笨蛋！我銜命前來，是爲了傳達妮克絲的飭令！」冥神俄瑞波斯怒道：「我不是在提醒你那段日子，我是要提醒你，你會有那種下場的原因。你背棄女神，而且爲了要取代她在你心目中的位置，你利用、玩弄許多女人，然後將她們拋棄，直到埃雅出現。你認出她身上有妮克絲的光亮，所以，面對她，你毫無招架之力，無法自拔地愛上她。」

卡羅納別過頭。確實有段日子，沒多久之前，他傲慢地否認兄弟的話，甚至藉由自己身爲不死生物的能力，將他從凡間扔回另一個世界。

可是卡羅納不再否認了。兄弟的話語灼得他好痛，傷害程度遠甚於俄瑞波斯繼承自父親——太陽——的光芒對他造成的傷害。

所以，這個不死生物保持沉默，靜如雕像，任憑俄瑞波斯那些傳達女神宣諭的話語一句句鞭打著他。

「可是你不願被囚禁。即使被困在地底下，即使有一個被妮克絲賦予生命氣息的女人擁抱著你，你渴慕的，依舊是那個因你的傲慢而失去的人。所以，你開始尋找被妮克絲撫觸過的人，用噁心的輕柔蜜語來引誘她，希望她能塡補你內心的空虛。奈菲瑞特從被標記的那刻起，就是女神心目中很特殊的一個雛鬼。她經歷過的那些恐懼並沒讓她變得卑微，反而更顯她的特別。然而，事實上，她非常脆弱，就這是爲什麼她會聆聽你的呢喃和呼喚。而你，也因此得以在她蛻變後，成功地說服她把你釋放出來。」

卡羅納很想逃，逃離兄弟這些傷人的話語，但內心有一股聲音要他留下來，聆聽妮克絲派俄瑞波斯稍來的飭令。

「然而，奈菲瑞特也只是受澤於女神，終究不是妮克絲的化身，所以她也無法塡滿你內心的空虛。而這種落空成了怨毒，毒害了你。你敢否認你以爲你愛她，就像你愛那個少女埃雅？」

「我什麼都不否認，正如我什麼都不承認。快宣讀妮克絲的飭令，說完就滾蛋。聽你說話眞煩。」

「你自己觀照內心，就會知道讓你煩的不是我的話。等你承認你所做的一切，完全承擔起你在凡間所爲之惡端的責任，你肩頭上的重擔自然就會減輕。」冥神俄瑞波斯原本憤怒的語氣軟化了，但他藉助於女神威力而發亮的樣貌，繼續灼焰燎燎。「後來你遇見那個雛鬼，柔依．紅鳥，立刻被她吸引，但又因她和妮克絲的緊密聯繫而憤怒不已。於是，你想引誘她，**然後**摧毀她。」

「可是我沒引誘她，也沒摧毀她！」

「那是因爲柔依和妮克絲之間的連結實在太強烈了，而且，她跟埃雅不一樣，她是完整眞實的女人，具備自由意志，另外，她也不像奈菲瑞特那樣身心飽受創傷。柔依．紅鳥的心是忠誠的，是眞誠的，雖然你的作爲曾經差點毀掉她。別忘了，你曾粉碎那個孩子的靈魂，別忘了你曾冒著激怒妮克絲的危險，擅闖另一個世界。就是因爲你幹過這些勾當，女神才會親自替女兒出氣。」

卡羅納又別過頭，想著那段曾陪在妮克絲身邊的苦樂參半時光。

她沒原諒他。卡羅納抹去悔恨的苦澀淚水。「奈菲瑞特囚禁了我的靈魂，還利用黑暗勢力逼我聽命於她。擅闖另一個世界，非我所願。」

「又搬出奈菲瑞特。是你創造出那個生物，你有責任阻止她。領受女神的飭令吧！」冥神俄瑞波斯比劃出橫掃全場的手勢，頓時，太陽的熾黃烈焰開始閃爍，化成一個個字，在空中燃燒發亮：

曾是我摯愛的他

必須打倒那個曾強烈愛我的她。

以此飭令，我出面干涉

死神戰士須保護有難者……
倘若心真的再次敞迎
原諒就能戰勝憎恨，而愛將得勝……得勝……

俄瑞波斯的掌心往木桌上一拍，整個人前傾，和兄弟幾乎臉貼臉，只差幾吋遠。卡羅納可以感覺到兄弟那如日灼亮的身體散發出陣陣熱氣，也聞得到他說話時吐出的夏日氣息。

「我很想說，我希望你失敗，可是我不想把我珍貴的願望浪費在你身上。想擊敗不死生物，必須做出的犧牲絕不能少於不死力量的等級。你可以震怒如雷，你可以殘暴如虎，但你絕對無法做出如此等級的犧牲。你會失敗的，到時候妮克絲只能繼續飽嚐你的失誤所帶給她的痛苦，**而我，會繼續安慰、守護著她**。」

卡羅納終於怒不可遏。他起身，怒吼一聲，撞倒椅子，雙手一拍，從兩掌之間釋出一陣凍寒月光，那冷冽的銀光滅絕了俄瑞波斯的那團日光。嘶的一聲，就如鑄打中的劍浸入水缸，冥神俄瑞波斯消失無蹤。

一陣敲門聲。在突如其來的闃寂中，達瑞司的聲音清晰可聞。「卡羅納？我們可以跟你談一下嗎？」

6 卡羅納

卡羅納將翻倒的椅子扶正，撫整頭髮，深吸一口氣，然後說：「請進。」

他看見柔依和史塔克隨著達瑞司進入房間時，得克制自己，才沒發出不悅的嘟噥聲。雖然他和柔依已休兵和解，但兩人的恩恩怨怨可不是說放就放。至於史塔克，當然長久以來就是他的眼中釘。卡羅納猜想，即使這傢伙在另一個世界曾拿箭射中他，致他於死地，也改不了每次見到他時的態度。

「哇，」柔依說，視線從卡羅納身上移轉到那朵玻璃做的向日葵和花瓶，然後又瞥向他背後占據整面牆的巨大掛毯，上面的圖案是一艘黑色的船隻和一頭英姿霸氣、昂首嘯天的龍。「看到龍老師的物品仍然全部在這裡，而你就站在那裡，感覺好怪。」她指指坐在御劍大師辦公桌後方的卡羅納。

「讓人不知如何是好。」達瑞司輕聲說，那語氣彷彿他很不想評論，但又忍不住開口。

「應該是讓人覺得礙眼吧。」史塔克以冷傲的口吻說。彷彿言語霸凌不死生物是一件樂事。

他之所以那麼狂妄，那麼惹人厭，就是因為他和我一樣都是不死生物，卡羅納心想。**要是這小子知道，我可以透過不死能力追蹤他的靈魂，看他還能狂妄到什麼地步**？

卡羅納兀自沉浸在思緒中，當他們三人從沒開口說話。他在心裡暗記，得把御劍大師的東西清一清。早該挪出空間給新的使用者了。

「達瑞司，你說要跟我談一談？」

「對，**我們**想跟你談一下。」達瑞司糾正他的話。

「你曉不曉得學校有沒有地下室？」史塔克問。

卡羅納搖搖頭。「我還沒見過，不過這所夜之屋的校舍很古老，應該有地下室才對。」

「所以，你和奈菲瑞特不曾到過任何地下室？」柔依問。

他凝視著柔依的目光，尋找他那雙黝眸深處的古代少女。「對我來說，置身在地底下的感覺很複雜，所以這種經驗，我**通常**能免則免。」卡羅納故意讓語氣顯得揶揄、有心機，而且帶著弦外之音。

「你沒搞清楚我在問的重點。」史塔克向前一步，擋在卡羅納和柔依之間，一副保護者的姿態。

卡羅納微笑，以嘲弄的口吻說：「是你沒聽懂我的答案吧。」

「是嗎？我可不這麼認爲。我認爲你多數時候根本亂答一通。」史塔克說。

「那就不要問啊。」

史塔克往前一步，伸手想拿習慣揹在背上的弓箭，但柔依抓住他的手腕，將他拉回去。

「這樣無濟於事。」她說。

「是他先挑起的！」史塔克咆哮。

「他是故意的，因爲他知道你會被激怒。」柔依對他說，然後對著卡羅納皺起眉頭。「夠了，我們要找的人是保護學校的戰士，不是自以爲是的有翅生物。」

「那妳應該先幫妳的寵物戴上嘴套，免得牠亂咬亂叫。」卡羅納心平氣和地說。

「不，我應該先做的，是告訴你，陶沙市的新聞記者正在餐廳，拍攝一些足以證明雛鬼是正常孩子，不是吸血惡魔的畫面，所以我們沒時間在這邊耍脾氣。換句話說，應該不需要我來提醒你，既然你是誓約戰士，就必須誓死保護學校，因爲**死亡使者桑納托絲仍是我們的女祭司長，所以，你的誓約也包括保護我們！**」柔依原本像生氣女孩的口吻驟變，現在她的聲音充滿靈性力量，聽得卡羅納手臂上的汗毛直豎，皮膚不由自主地震顫。「**我來這裡是要問你一個攸關大家安全的問題，請你照實回答，不准再耍那些可笑的心機。**」

卡羅納小心翼翼地隱藏笑容。**這**正是他最愛的柔依。**這**就是那個最有資格行使妮克絲的權力、年輕卻堅強的女祭司長。

卡羅納握拳，舉拳置於心臟位置，頷首正式行禮，展現他身為戰士對女祭司長該有的敬重，然後開口，準備說話，這時一個讓他心痛的熟悉甜美聲音低迴在他的心頭。

你得好好記住，她不是我……

卡羅納整個人一顫，彷彿被紅熱的烙鐵觸到，倏地起身，定住，心臟怦怦跳，不知道該狂喜歡呼，或者屈膝哭泣。**妮克絲跟他說話了！**

「卡羅納？怎麼了？」

不死生物眨眨眼，釐清視線，看見三個年輕人瞅著他直看。兩個小夥子都站在女祭司的面前，以猜疑的眼神看著他。至於柔依，打量他的神情可說是憂心。

他深吸一口氣，再次握拳，恭敬地對她行禮，然後強迫自己的雙腿放鬆，坐在椅子上。「女祭司，妳的話讓我慚愧，現在，我已經明白自己有責任保護這所學校。請坐。」他顫抖著手，指著面向辦公桌的那幾張椅子。「有什麼問題，請儘管問。」

「喔，好……。」柔依拖長的尾音清楚表明她不相信他有辦法掩飾心中的怒氣，不過，她和兩名小夥子還是就坐，只是提防的眼神一刻都沒鬆懈。「是這樣的，」她說，語氣又像普通女孩了。「我們之所以要問你知不知道學校是否有地下室，是因爲我們必須知道，奈菲瑞特曉不曉得學校有這樣的地方。」

卡羅納努力集中混亂的思緒，專注聽著她的問題。「奈菲瑞特從沒跟我提過地下室。」

「這不代表她不知道。」柔依說。

「事實上，這確實代表她不曉得。」卡羅納說：「如妳所知，我痛恨待在地底下。」

「那又怎樣？你們是情侶欸，如果她知道自己的愛人一進地下室就有幽閉恐懼症，怎麼會跟他提起地下室呢？」史塔克說。

「地下室不止讓他有幽閉恐懼症，」柔依說：「在地底下，他的能量會起很大的變化，就好像泥土會掏空他的能量。這就是爲什麼奈菲瑞特會逼他跟我進入另一個世界。她把你的軀體囚禁在地下，對吧？」她問卡羅納。

「對。黑暗力量聽從奈菲瑞特的命令。她趁著我被困在地底，虛弱到無法對抗她時，利用黑暗力量，把我的靈逼到另一個世界。」

「喂，把話說清楚——奈菲瑞特是可以囚禁你，逼你去另一個世界，可是你去那裡之後，不必然非得攻擊柔和我不可。這根本是你自己的決定。」

「你說得也正確，不過，你要知道，萬一我沒聽從奈菲瑞特的命令，她會永無止境地讓我靈肉分離。」

「你是不死生物欸，跟柔依不一樣，就算靈肉分離，也要不了你的命。」

「是要不了我的命，但會讓我發瘋。」卡羅納直視柔依的雙眼，說：「我想，妳應該可以想像那種感覺，畢竟妳的靈曾脫離肉體，粉碎成千萬片，所以，妳應該知道那種瘋狂的感覺是怎麼一回事。」

年輕女祭司瞬間臉色發白。「對，我知道，很可怕，非常可怕。」

「這不代表他做的一切都情有可原。」史塔克說。

「但可以讓人理解。」達瑞司說：「史塔克，我懂你的意思，你希望大家能記住卡羅納過去所做的一切，可是，他已經發過誓，誓言站在我們這一邊。這一點，我們也應該記住才是。」

「黑暗不再遵從我的命令了，」卡羅納說：「所以，如果你們無法找到證據，證明我遠離黑暗，那也很正常。」

「瞧，你剛剛說的是你遠離黑暗，而不是你會效忠我們，或是妮克絲。老實說，就是這點讓我很不安。」史塔克說。

「史塔克說的對，我也覺得不安。」柔依說：「我不知道夜之屋的雛鬼是否能讓黑暗聽命於他／她，但，這不代表他們是站在我們這邊。說實在的，就我所知，很多紅雛鬼跟我們不同國。」

卡羅納深吸一口氣，然後，出乎自己和柔依、史塔克及達瑞司的意料之外，他對他們說了眞話。「我選擇了女神，但妮克絲拒絕我，我甚至連她的神殿都進不了。她到現在還沒原諒我。」他搖搖頭，凝視著水晶花瓶上的妮克絲圖案。「我不怪她，是我自己沒資格獲得她的原諒，但這不會改變我的決定。我再次決定要服事女神，即使只能遠遠地看著她，即使這事讓我難以啓齒。」他的視線離開花瓶，轉而迎視史塔克的目光。「你是柔依的戰士，請你想像失去她的感覺，再想想這種失落，長達好幾世紀之久，這樣，你就會明白我所扛的負擔和痛苦了。」

柔依的聲音劃破沉默。「所以，你眞的相信奈菲瑞特不知道學校有地下室？」

「如果她知道，早就利用地下室來威脅我，要我乖乖配合她，尤其在我拒絕稱自己是冥神俄瑞波斯的化身之後。」

「既然你自己先提了，那我就直接問。你爲什麼拒絕稱自己是冥神俄瑞波斯的化身？我在聖克利門蒂島時，看見神殿的彩繪玻璃窗上有個圖案是一個長翅膀的男人，他看起來跟你很像，當時有些最高委員會的成員已經選擇站在奈菲瑞特那一邊，我猜，如果那時你宣稱你是那個男人，他們多數都會相信。」史塔克說。

卡羅納噗哧一笑，笑聲裡盡是輕蔑。「小戰士啊，那是因爲冥神俄瑞波斯是我的兄弟，我憎恨他，不屑假裝成他呀。」

柔依

「你的兄弟？冥神俄瑞波斯？妮克絲的伴侶是你的兄弟？」我心想，他一定在開玩笑。

「我們是孿生兄弟，不是同卵雙胞胎，但也非常像。同一天誕生，我是哥哥。」卡羅納似乎想讓語氣顯得不在乎，但從他手指猛敲桌面，還有眼神閃躲，不敢直視我的樣子看來，他分明不是眞的**不在乎**。

「你之前爲什麼不告訴我們，你是冥神俄瑞波斯的哥哥？」我問。

他終於直視我了。「妳有兄弟嗎？」

「有啊。」我說。

「那我怎麼沒聽妳提起過他。」

「她的兄弟又不是女神的愛人。」史塔克說。

「等等，如果你眞是冥神俄瑞波斯的哥哥，我們怎麼之前沒聽說過你？我雖然不是是認眞向學的好學生，尤其對宇宙起源之類的神話沒有什麼研究，可是照理說，我應該會聽過俄瑞波斯有兄弟之類的事啊。」我以眼神向達瑞司和史塔克求助。「你們聽過這件事嗎？」

他們搖搖頭，狐疑地看著卡羅納。不死生物嘆了一口氣。

「俄瑞波斯不怎麼喜歡我，而且，就像我剛剛說的，妮克絲拒絕我，所以跟我有關的事蹟早就不被提起。問問你們那好學的朋友戴米恩，他應該聽過我的傳說。以前，大家尊稱我爲黑夜守護者。要不，你們也可以問問桑納托絲，她一定知道一些古老神話。」卡羅納聳聳肩，振振烏黑的翅膀，發出窸窣聲響。「算了，這不是今天的重點。所以，你們想拿地下室來做什麼？」

我好想知道更多卡羅納及冥神俄瑞波斯這對兄弟的事（天哪，眞不敢相信！），可是看來這個不死生物不願再說下去，所以我決定打住——暫時打住。「嗯，是這樣的，依照目前情勢來看，我們可能得在校園住幾天，對紅雛鬼來說，待在地底下會比較舒服。」我說：「達瑞司已經帶我們去看過地下室，我們想讓紅雛鬼待在那裡。」

「可是，我們想先確定奈菲瑞特是否知道那個地方，這樣一來，我們才能安心把雛鬼安置在同一處。」達瑞司說：「所以我們決定來找你問問。」

「奈菲瑞特不曉得，或者，應該說，在我還是她的伴侶時，她並不知道那地方。我清楚她有多可怕，也明白你們想爲雛鬼找個安全的庇護所，可是，我認爲夜之屋最近出現的那群幫派，比起再次出現的奈菲瑞特，更讓人擔心。達拉斯那傢伙感覺起來就是個叛徒，他原本就痛恨史蒂薇・蕾和我的兒子，我相信一定是他慫恿依琳跟你們決裂。現在，依琳加入你們的守護圈之後死了，達拉斯一定會策畫陰謀來誣陷你們，也就是說，他很可能會與奈菲瑞特爲伍——我是說，如果他還沒跟她狼狽爲奸的話。不消多久，你們的地下室就不會是祕密基地了，尤其現在有記者在校園走動。」

「他們沒在校園裡走動。」達瑞司趕緊說：「桑納托絲在一旁跟著，觀察他們的動靜，並要求他們只能在餐廳活動。」

「而且我猜他們不會在這裡待太久。」我說。

「他們說，只要捕捉到的畫面足以反駁愛芙羅黛蒂的母親接受別家電視臺訪問時，對夜之屋的毀謗和不實評論，他們就會走。」

「在現代這個世界，資訊傳遞太容易了，這是福，因爲很方便，但也是禍。」卡羅納說。

「我可以請桑納托絲沒收達拉斯的手機。」我說，同時思考還有什麼其他方式——任何方式都行——可以讓這事保密。

「他大可用別人的手機啊，甚至直接用偷的。」史塔克說：「還有，別忘了，那小鬼對電流有感應力，所以，如果他眞想跟奈菲瑞特聯絡，一定辦得到。」

「但願他和他的同夥此刻不在餐廳裡。」卡羅納說。

「唉，想到必須花心思去擔心自己有可能被自己人背叛，就讓人難過。」我沮喪得要死。「眞希望大家都能當好人！」

「不是有位女祭司長訓誡過我，說最可貴的就是我們有自由選擇的意志？」卡羅納揚起眉毛，以咱們心知肚明的表情揶揄我。

「我又沒說我想奪走別人的自由選擇權。」我說。

「對，如果他們的選擇剛好跟妳一樣，妳當然不會奪走。」卡羅納說。

「她又不是這個意思，」史塔克對卡羅納皺起眉頭，說：「你根本不了解她。」

卡羅納沒回話，但他的眼神依舊是揶揄……擺明看透了我……

我真的想拿走別人的自由選擇權嗎？不！我只是希望那些孩子做出正確的選擇。唉呀，這兩者天差地遠吧。天哪，整件事讓我快胃食道逆流了。說不定下一秒還來個大腸激躁症……

「啥？」我完全沒聽到史塔克說的話。

「柔，我是說，達瑞司和我得把地下室那堆舊東西整理起來，處理掉，這樣孩子才可以開始把睡袋、電視和需要的東西搬進去。」

「喔，呃，舊東西。」我直視著史塔克，問：「你想怎麼處理它們？」

「我在想，我們應該把它們裝箱，問問蕾諾比亞可不可以找個地方讓我們放。馬廄起火後，新蓋了幾間儲藏室，那裡很偏僻，應該很安全。」

「乾脆疊起來，叫簫妮施展火元素，將它們燒掉？」卡羅納提議。

「不行，我們不能燒書！」我急忙編個藉口。

「書？」卡羅納一臉迷惘。

「是啊，那些舊東西多半是書。你知道的，視聽中心添了電腦後，就必須把一些書移除出來。」但願我的語氣沒像自我感覺那麼遜。我的說謊技術眞是太差了，尤其不擅長這種需要靈機應變的謊言。

「嗯，那就照你說的，我來幫你們把東西——」

「不用！」史塔克、達瑞司和我異口同聲地說。

卡羅納的銳利眼神擺明了他認爲我們有所隱瞞。即使這位不死生物宣誓效忠我們這一國，也不代表我們願意讓他知道地下室裡那些舊東西有點價值，或者，該說價值不斐。

「好，這樣吧，」我說，決定先從一些眞話開始講起，因爲，這樣一來，我就能告訴自己，我只是說話誇張了點，並不是以拙劣的演技在扯謊。「你先待在這裡，避人耳目，等我們確定記者都離開校園了，我再通知你。」

「是啊，」史塔克笑著說：「長翅膀的生物很容易受到記者的注目。」但他的笑好假呀。

我趕在卡羅納和史塔克再次鬥嘴前，搶先說話。「記者一走，我會叫戴米恩來告訴你一聲，不過，我們不需要你幫忙把地下室的東西裝箱。因爲，呃，我們剛剛談到了達拉斯，他是個麻煩人物，所以，我們希望你可以想點辦法絆住他，讓我們能趁機清空地下室，讓那些不討厭我們的紅雛鬼搬進去。」

「你們眞的以爲達拉斯和他那夥人可以被蒙在鼓裡，不知道你們的雛鬼以地下室爲家？」

「不是，不可能永遠瞞得住。」史塔克說：「可是，起碼他們剛住進去時，我們得確保不會有人想吃掉他們，把他們困在下面，或者放火燒掉他們。」

「眞要命！史塔克，別再說了。」聽他這麼一說，我的頭都痛了起來。「總之，史塔克的意思是，我們希望能盡快回火車站。但是，在回去之前，如果達拉斯和他那票人能有點事情忙，而且我們的雛鬼沒到處嚷嚷他們睡在地下室，或許我們在夜之屋就有一個奈菲瑞特不知道的安全藏身處。」

「找個安全處所好好休息，絕對是明智之舉。」達瑞司說。

「所以，就像我剛剛說的，你能不能想想看，有什麼事情可以絆住達拉斯，免得我們清理地下室讓孩子搬進去時，被賊頭賊腦的他發現。」我說完後，確定我們三個的撒謊功力都很遜。

「依琳那個雛鬼得舉行葬禮。」卡羅納說：「雖然她以前跟你們在一起，不過大家都發現最近她常跟達拉斯那群人廝混。說不定我們可以要求達拉斯搭建火葬依琳時所需要的柴堆，甚至要他負責點火？這樣他就有事情忙，而且，他一定會要求他那票人幫他。」

「這主意很棒。」我說：「絕對能讓他和他那票人忙一陣子，而且，這樣也好，我們退到一旁，由他點火，公開替她送行，跟她道別。同時，也可以藉此證明，我們相信他是真的在乎她。」

「前提是他願意這麼做。」史塔克說：「昨天妳聽到他說的話了，他說，他要用自己的方式跟依琳道別，這代表他不想跟我們有任何瓜葛。」

「所以，不能由柔依去找他，要由我去。」卡羅納說：「我會告訴他，桑納托絲要柔依主持依琳的告別式，但柔依婉拒了，所以這項工作落到我的頭上。」

「他聽到後一定會很生氣。」史塔克說。

「這就是我的目的。」卡羅納說：「就讓他把怒氣出在我身上，因爲是我負責搭建火化依琳的柴堆。」不死生物的嘴角揚起，露出奸笑。「我是眞的喜歡堆疊完美的火葬柴堆。只可惜人類消滅了這樣的傳統。我光想就無法理解現代人類的葬禮有什麼意義。眞的，很悲哀。」

「卡羅納，你有個問題，那就是有時你說的話，會讓我想到奈菲瑞特。」我說。

卡羅納笑得更燦爛，那模樣讓我想到小男孩，就是那種會在半夜頑皮地放火燒房子，然後誣指是姊姊的芭比娃娃要他這麼做的。

「柔，妳別想太多。重點是卡羅納會絆住達拉斯，這才是我們此刻應該在乎的事。」史塔克說。

「要擔心的還有記者、警察和……」

「史塔克說的對。」達瑞司打斷我。「妳想太多了。」

雖然很不服他們的話，我還是起身，說：「好吧，我會專注在當下。一等記者離開，我就把我們的計畫告訴桑納托絲；同時也知會史蒂薇．蕾，她可以先叫孩子安靜地打包，不動聲色地等著我們把地下室準備好，然後從後面通道進去地下室，避開校園中央的廣場。達拉斯和他那票人應該會在那裡忙著搭建火葬柴堆。」

「就照妳的吩咐，女祭司。對了，妳也會一起住到地下室嗎？」

「不會。」史塔克搶先一步替我回答。我眞討厭他這種行徑。

「我會和史塔克留在原來的寢室，」我接話。我又不是無法自己開口回答。「史蒂薇．蕾和利乏音也會留在原來的寢室。」

卡羅納若有所思地點點頭。「我的兒子需要待在出入容易的地方。」

「對，而且我們認爲，我們全部的人都待在同一個地方，恐怕不妥。」史塔克說：「尤其那個地下室只有一個出入口。」

「我同意。」卡羅納說，然後起身，將手壓在桌面上，這舉動吸引了我的目光。我發現木桌怪怪的，看了半天，終於搞清楚自己看到的是什麼。

「有個手掌印。」

「是嗎？」卡羅納回答：「我之前沒注意到。」

我直視著他的眼，這才發現，整個房間裡，說謊功力很遜的不止我一個。

7 柔依

有件事被我猜對了。桑納托絲果然只讓記者雪拉和攝影師訪問幾名學生，拍攝餐廳的一些畫面，然後就叫戴米恩（對著鏡頭）說明他所上的課程。之後，福斯新聞臺的一行人就客氣且迅速地離開了夜之屋，整個過程不到三十分鐘就結束。桑納托絲說，我們的新聞會在當天的夜間新聞和網路上播放。我告訴她，叫戴米恩當學校的發言人眞是再適合不過，接著，我把我們的計畫告訴她。

「卡羅納說，他認爲奈菲瑞特應該不知道有這個地下室，所以我們決定請他絆住達拉斯那票人，我們趁機把地下室清理乾淨，好讓雛鬼搬進去。希望他們能在那裡平安地度過一、兩天，然後我們就回火車站。」我對桑納托絲說明完畢後，又想到一件事。「喔，對了，如果必須待更久，我們得回車站一趟，把我們的貓咪和那隻狗女爵帶過來。我們是有準備自動餵食器，牠們也有水可以喝，可是沒有我們，牠們會很寂寞，而且便盆一定髒到嚇死人。」

黑眼眸的女祭司長靜靜地聽我一個人滔滔不絕。我告訴她，地下室裡堆放著古代兵器和原本視聽中心裡的東西，我們跟蕾諾比亞借了一間馬具室，達瑞司和史塔克會把這些東西搬到那裡。不過，我沒告訴她，那些超級古老的兵器上鑲滿了珠寶，應該價値連城，而且，其實地下室裡根本沒有視聽中心的東西。不是我不信任桑納托絲，我只是認爲，那些貴重兵器，愈少人知道愈好。史塔克和達瑞司也同意我的看法。老實說，我愈想，就愈相信龍老師之所以把那些兵器藏在那裡那麼久，沒讓任何人知道，一定有他的理由。他是我見過最忠誠的戰士，我敢說他絕不是想將它們據爲己有。

所以，我決定不提起與兵器／珠寶／財富有關的細節。

「關於貓和那隻女爵，我完全同意妳說的，如果你們眞的待上一陣子的話，我會安排讓牠們回學校來。至於要卡羅納絆住達拉斯一事，他會怎麼做？」桑納托絲問。

「他會告訴達拉斯，我拒絕主持依琳的葬禮，甚至連她的火葬柴堆都不想幫忙搭建，所以，妳就把這工作指派給他。」

桑納托絲揚起一眉，說：「換句話說，卡羅納要把達拉斯騙去搭建火葬柴堆。」

「對，最好也能主持依琳的葬禮。她去世前那陣子發生了那些事情，我想，別參與她的葬禮，對我的守護圈成員，尤其是簫妮，會比較好。」我停頓片刻，補上一句。「希望妳同意。」

「雛鬼拒絕蛻變而亡，對她身邊的人來說都很難捱，尤其依琳的死牽涉了很多複雜的情況。我相信妳的直覺，柔依，依琳是妳的守護圈的一份子，妳身爲她的女祭司長，有權安排她的葬禮。」

「謝謝妳。」我說。

「不過，我認爲讓簫妮召喚她的元素來點燃柴堆，會比較好，這樣一來，可以較快完成後續的清理工作，而且可以幫助簫妮好好跟朋友做最後一次道別。」

「好吧，也對，我會跟簫妮談一談。」

「我認爲妳也應該跟妳的女先知談一談。」

「愛芙羅黛蒂？」我很意外桑納托絲會提出這樣的要求。「妳是說，跟她聊她爸爸死掉的事？」

「對。妳要謹慎評估她的心智狀態。」

「啥？我沒資格評估她的心智狀態吧。」更何況，如果她發現我這麼做，很可能會挖出我的心臟，把我生吞活吃欸。

「妳是她的女祭司長，而且，如果我猜得沒錯，妳也是她最親近的朋友。女神的女先知不是那麼好當的，況且她一夜之間失去父親和母親——而且父親是慘死，母親是當眾拋棄她。」

「我今天已經去看過她了。達瑞司說她終於睡著，所以我沒吵醒她。」

「吵醒她吧。就算她不願承認她需要女祭司長的關懷，或許也會承認她需要朋友的關心。」桑納托絲說。

「我盡力試試看。」

「我必須提醒妳，要有心理準備，校園很可能不平靜。我可以感覺到黑暗勢力正在聚集。它以憤怒和痛苦、恐懼和沮喪爲養分，並強化這些情緒，以從宿主身上獲得更大的力量。看好妳的守護圈成員，還有那些被女神賜與最大天賦的人。力量愈大的人，愈會吸引黑暗勢力。」

「我的守護圈成員已經有兩人經歷了人生的大失落。」我將擔憂說出口。「依琳的死確實對我們所有人造成很大影響。現在，我們甚至和同樣難過氣憤的孩子被迫困在這裡。不曉得妳能否設法讓我們出去？」我實在無法控制沮喪的心情——我根本不曉得該怎麼幫助朋友面對他們的問題啊。

「柔依，福斯新聞臺那些人來學校之前，我跟刑警馬克思談過。其實，雪拉．希美子的出現，也說明這事情不會很快落幕。」

「刑警馬克思找不到任何證據，證明奈菲瑞特殺了市長嗎？」

「他提到希望所有老師都能接受DNA比對，以便排除涉案的可能性。」桑納托絲說，語氣凝重。

「這樣很好啊！反正市長不是我們的老師殺的。」我說。

「柔依，如果我允許人類的執法機關檢驗學校老師，那就等於准許他們跨越這五百多年來，那道將人類和吸血鬼有效且安全隔離起來的法律藩籬。」

我搖搖頭。「我還是不認爲這樣做有什麼不妥。起碼在現在這種時候。」

「這次或許沒有不妥，但萬一下次有陶沙市民殺害人類後，布局嫁禍給吸血鬼——譬如將女祭司長的一、兩根頭髮扔在命案現場，到時該怎麼辦？現在我們族類免受人類的迫害，這是因爲我們和他們之間有一道牆，要是我讓這道牆出現一個缺口，誰知道多久之後這道牆會愈裂愈大，最後整個坍塌，使得女巫焚燒事件重演？」

這話讓我戰慄。「那妳打算怎麼做？我們不能永遠困在這裡啊。」

「我已經跟最高委員會提出請求，今晚要跟她們商談。」

「妳打算請她們介入人類的事？」光想到這個，我就燃起一絲希望。

「對，而且我要妳當證人，證明奈菲瑞特再次現身。」

「好，沒問題，有什麼能做的，我一定去做。」我說。

「現在是九點鐘，我安排十點用Skype跟最高委員會開會，這樣，應該來得及在午夜十二時點燃依琳的火葬柴堆。一小時後妳來找我。」

「需要把史蒂薇．蕾和愛芙羅黛蒂一起找來嗎？」

「妳自己判斷，女祭司，我會尊重妳的決定。」

我握拳放在心臟位置，對她鞠躬。眞希望我能像桑納托絲信任我一樣，相信我自己有能力做決定。

愛芙羅黛蒂

「雪拉本人更漂亮？」愛芙羅黛蒂皺著眉頭問達瑞司。他坐在床邊，看著她喝冰咖啡。他除了幫她帶來冰咖啡，也捎來今天的最新發展。「幹麼跟我說這些，我有叫你跟我報告嗎？」

「妳的美，眞的沒人比得上。」他笑著說。

「你只需告訴我，她拿什麼樣的包包。是新款的藍色Coach包，還是閃閃發亮的范倫鐵諾？」

達瑞司的兩眼之間蹙起一條深溝。「反正是皮革的。」

「顏色呢？」

「好像是白色？」

愛芙羅黛蒂嘆了一口氣。「現在是二月欸，雪拉不可能在二月拿白色包包。你根本不記得包包的樣子，對吧？」

「完全不記得。不過，看妳這樣追問，我猜，妳是眞的好多了，美人兒。」

「我看哪，你大概當不成百分之百的完美男友了。不過。下次，麻煩你把她的包包想像成兵器，這樣你一定會記得好好看個仔細。還有，對，我好多了，視線終於清晰。而且，一想到沒人敢要求我睡在那噁心的地下室，加上喝了這杯半咖啡和半巧克力，還加了眞糖的摩卡咖啡，現在我的頭不痛了。」愛芙羅黛蒂又啜飲一口，滿足地吁了一口氣。「實在太好喝了。」

「如果能讓妳舒服一些，這杯咖啡就太値得了。」

「等到我的屁股又肥又大到可以有自己的區域號碼，你就會收回這句話。」她說。

達瑞司笑笑，說：「妳是眞的好多了嘛。」

「是啊，不過，這個靈視眞的差點要了我的命。有夠可怕的。」

「那，妳準備說出這次的靈視了嗎？」

「還沒。」

達瑞司將頭撇開，一臉不自在，愛芙羅黛蒂撫摸著他的強壯手臂，然後跟他十指交握。

「別這樣啦，我不是不想告訴你，我是需要時間去消化它，想清楚該怎麼面對它。」

「要我去找柔依嗎？」

「不要！」她說完後，才發現自己幾乎是尖叫著回答。「不要。」這次她以正常的聲音說話。「我還不希望任何人知道我剛剛出現靈視，達瑞司，給我一些時間想一想。」

「可是，不說出來，這樣好嗎？」

「現在我的直覺告訴我，把靈視裡的內容劈哩啪啦說出來才是不智之舉。」

達瑞司傾身輕吻她，看著她的眼睛，說出她此刻正需要聽到的話。「那就信任妳的直覺吧，女先知，我對妳和妳的天賦有信心。妳要記住，妳告訴我的所有事情，我都會虔敬地當成一回事，而且，身爲妳的戰士和守護者，我發誓，除非妳准許，我不會把妳的事情告訴任何人。」

愛芙羅黛蒂偎入他的懷裡，感覺自己原本超級緊繃的胸口開始放鬆。她不必獨自扛著靈視的重擔，達瑞司會在她的身邊，而且永遠不會背叛她。

「我實在不擅長甜言蜜語，所以，我無法充分地表達，讓你知道，有你讓我完全信任，對我來說有多重要。」

他輕輕撫摸她的背。「妳不必告訴我。我們每天在一起時，妳就已經用行動證明了。」愛芙羅黛蒂閉上眼，從他的撫摸和話語中汲取力量，默默祈禱：拜託，妮克絲，讓我們在一起的日子從一天天變成一月月，從一月月變成一年年，從一年年變成數十年。

她緊緊抱住他，片刻後將身子稍微往後挪，看著他的眼睛，毫無預警地說：「達瑞司，我要你幫我一件事。」

「任何事。」他說。

「幫我看著柔依。」

「看著她？」

「對，看著她，留意她有沒有反常的暴怒現象。」

「如果有呢？」

「來通知我，我知道該怎麼做。千萬別去找史塔克，他和她有共鳴，能感受到她的情緒。如果她真的出現我預期的暴怒狀況，我很確定史塔克也會發飆。而且，我們要記住一點，元牲/西斯那個傢伙，現在跟我們一樣困在學校。那晚我們都見到了西斯的倒影，雖然基本上小柔會盡量避著他，可是他確實會影響到她。這件事遲早會爆發出來，我們應該要嚴肅看待。你知道的，史塔克絕不可能再跟其他人分享柔依。」

達瑞司點點頭，一副若有所思的模樣。「妳說的對，我會看著她。」他停頓一下，又接著說：「所以，妳的靈視跟柔依有關。」

他這話不是問句，不過，愛芙羅黛蒂啜飲了一口冰咖啡後，還是點點頭，回答他。

「對，跟柔依和她的憤怒有關。我看見她暴怒失控。」

「爲什麼妳不認爲該把靈視告訴她？她知道妳的靈視會成眞，或許會聽妳的話。」

「照理說，我確實該這麼做，可是靈視退去後，我清醒時說的第一句話，卻是**不要**去找小柔。達瑞司，我會這麼說，完全是出於直覺，而這種直覺是女神賜與的。對，我很可能弄錯了，解讀錯誤，不過，我就是認爲不該告訴柔依——起碼現在還不是時候。」

「就像我經常說的，我對妳有信心。好，妳就相信直覺和女神賜給妳的天賦吧。」

「我會的，不過，我還需要外界幫忙。眞慘，偏偏我很討厭那個人。」

達瑞司揚起眉毛，說：「妳指的應該不是我吧。」

「不是啦，我的大帥哥，我當然不是指你。我說的是夏琳。」

「妳要把靈視告訴她？」

「不是，我會跟她說的是另一個我詮釋過的誇張版本。」

「換句話說，妳要騙她。」

愛芙羅黛蒂就愛他這種客觀中立，不帶價値判斷，也不說教的語氣。

「對，正是如此，只不過把它包裝成詮釋過的誇張版本，這樣好聽一些。」

「妳也要她看著柔依？」

「你又答對了。」

「到目前爲止，她的眞視都是正確的。」他說。

「所以我才非得找她幫忙不可啊。不然，我經常被那女人惹毛欸。」

「現在，妳已經夠有智慧，不會因爲討厭她而拒絕借助她的天賦。」他的笑容裡有滿滿的溫暖和驕傲。「美人兒，現在妳知道我爲什麼對妳有信心了吧？」

「我只知道我們的親密時光還不夠。」

「現在，這房裡只有我們。」他笑得好曖昧。

「而我，不頭痛了。」她把剩下的冰咖啡喝完，將玻璃杯放在大理石桌面的床邊桌上，雙手環抱著他寬闊的肩膀，將他往下拉。達瑞司迫不及待地貼在她身上，給她深深一吻。

她張嘴回應，他愉悅地呻吟，抱著她翻了個身，讓她壓在他上面。他的手找到了她T恤的下襬，鑽入後，開始激情地愛撫她的赤裸肌膚。

這時傳來敲門聲。愛芙羅黛蒂在達瑞司的唇邊低聲說：「不要管，等等就不會敲了。」

敲門聲愈來愈大，愈來愈急。

愛芙羅黛蒂往達瑞司的脖子側邊輕輕咬下去，說：「假裝這是電視實境秀，不要管它。」

「愛芙羅黛蒂！喂……！」柔依的聲音從門的另一邊傳來。「史塔克說，達瑞司剛剛幫妳拿冰咖啡回來，所以，妳應該在裡面，而且睡醒了吧。」

達瑞司不情願地將她的T恤往下拉。「妳得跟她談一談。」

愛芙羅黛蒂又吻了他一下，才氣沖沖地跺到門口，連頭髮和衣服都懶得整理，直接臭著一張臉打開門，說：「靠，搞屁呀，硬來這種節育計畫。」

「啥？節育計畫？」小柔進屋。

「算了，反正來不及了。」

「嗨，」柔依說：「妳看起來還不錯嘛。」

「我看起來永遠都不差。」愛芙羅黛蒂說。

柔翻了個白眼，逕自對達瑞司揮手打招呼。「嗨，達瑞司，史塔克說，要請你幫忙拿箱子，現在就要。卡羅納的計畫奏效了，達拉斯和他那票人會去搭火葬柴堆。」

「我這就去。」他迅速吻了一下愛芙羅黛蒂才離開。「天亮後我就回來找妳。」

「只要你一個人回來。」愛芙羅黛蒂咬字清晰地慢慢說出這句話，還意有所指地看了柔依一眼。

達瑞司關上門後，柔依坐在紫色椅子的其中一張。「既然妳說起話來那麼有龍馬精神，那一定沒宿醉了。」

「只有八十歲以上的人才會用『龍馬精神』這種詞彙，而且，又龍又馬的，幹麼拿動物來形容我啊。不過，對啦，我完全清醒，沒宿醉了。」愛芙羅黛蒂開始整理身上的T恤，還走到梳妝鏡前，開始梳頭髮。然後，對著鏡中的柔依說：「嗯，好吧，或許我昨晚是有點糟，不過睡了大覺、喝了咖啡和攝取糖分後，已經完全沒事了。」

「對我來說，喝可樂最有用。」小柔說。

「可樂對皮膚不好。」愛芙羅黛蒂說。

「妳的含羞草雞尾酒還不是對皮膚不好。」

「裡面的柳橙汁很健康欸，而且我都有稀釋過。」

「但還是有酒精啊。」小柔說，搖搖頭，努力不讓自己笑場，但顯然失敗。

「我是用好的酒。人家瑪麗蓮夢露也是這樣保養美貌，所以，臉上沒皺紋。」

「愛芙羅黛蒂，人家是紅顏早逝，還沒出現皺紋就死了。」

「我的意思正是如此啊，所以，含羞草雞尾酒很健康，就這樣。」

「眞拿妳沒辦法。」小柔說。

愛芙羅黛蒂笑著說：「不客氣。喔，對了，在我和達瑞司開始進行超級火辣的親熱前戲，然後開始超級火辣的性愛，但被妳硬生生打斷之前，他跟我提了雪拉和珠寶的事。」

「第一點，龍馬精神這個詞彙沒妳說的那麼糟。第二，雪拉很酷，不過基本上她出現在學校，就代表夜之屋有大麻煩了。第三，妳應該知道那些不是眞正的珠寶，它們只是剛好鑲著鑽石、紅寶石之類的古代兵器。」

「男人眞是蠢哪，貴重的寶石應該佩戴在美女，也就是在下的身上，而不是浪費在那些又是尖物又是厚盾的東西上。」

「我完全同意妳的看法，除了佩戴在妳身上那句話。」

「我同意妳說的啦，對於那些貴重兵器，大家應該要閉緊嘴巴，守口如瓶。」

「對，我的直覺告訴我應該這樣做，不過，連桑納托絲都不說，感覺怪怪的。」

「如果桑納托絲沒主動對妳提起兵器的事，那代表對她隱瞞這事的人是龍老師，不是妳，不是我們。我認為我們確實應該把它們裝箱，藏在蕾諾比亞的馬具室裡。除非走投無路，否則我可不要動用我媽給我的金卡附卡。所以，我認為我們要有財務備援方案。」

柔依看著鏡子裡的她。「昨晚妳一定很難捱。妳父親的事，我真的很遺憾，也很難過妳媽對妳說那些話。」

愛芙羅黛蒂把已到嘴邊的酸言酸語吞回肚子裡，深吸一口氣，誠實地對朋友說出她的感受。「我知道我媽不會眞正關心我，但知道是一回事，親眼見到她當眾表現出來又是另一回事，這兩種感覺眞的差很多，讓人心痛，非常痛。」

「對，」柔依輕聲說，眼眶濡濕。「我懂妳的意思。」

愛芙羅黛蒂就著小凳子轉身，面對柔依。「妳知道我被標記時，第一個開心的念頭是什麼嗎？」

「頭髮會變得很漂亮？」柔邊哭邊說。

「不是啦，蠢欸，我的頭髮本來就很漂亮。」她俏皮地說，但立刻語氣一變，還低下頭，看著自己的大腿。「我高興的是，當了吸血鬼，就不能生小孩，這樣一來我就不會不小心懷孕，變成一個爛媽媽，跟我媽一樣，害小孩變得很可憐。」

「喂，不會啦。」

愛芙羅黛蒂抹抹眼睛，抬頭看著柔。「是啊，只要我成天找吸血鬼進行超級激情的性愛，就不會懷孕。」

「唉唷，雖然聽起來很噁，不過這倒是真的。可是我要說的不是這個啦，我要說的是，**妳不可能像妳媽**。」柔依小心翼翼地說：「因爲妳很棒，值得信賴，而且，妳不會傷害妳愛的人。」

「多謝啊。」愛芙羅黛蒂擠出這句話，再次抹抹眼睛。

「還有，別說我蠢。」柔依說。

「起碼我沒叫妳智障，這樣已經夠有口德了，而且，蠢，算是政治正確的詞彙。」愛芙羅黛蒂再次轉身背對她，開始處理被淚水弄糊而髒兮兮的睫毛膏。

「妳剛剛還不是找機會說了智×這個詞彙。」柔依嘆了一口氣，接著說：「那，妳失去爸爸，眞的沒事嗎？」

「妳失去媽媽，眞的沒事嗎？」

小柔顯然沒料到她會這麼問。「我想應該沒事吧，我的意思是，我媽跟妳媽一樣，長久以來就沒好好盡到媽媽的責任，所以，我早就習慣身邊沒有她。」

「那我應該也會沒事。」

「如果妳想找人聊一聊，隨時可以找我，知道吧？」

「知道。妳也是。我知道妳和那個鄉巴佬是閨蜜，可是人家畢竟有完美的媽咪和爹地。」愛芙羅黛蒂用史蒂薇．蕾的腔調說話。

「有好爸媽沒錯呀，人家這樣是正常。」

愛芙羅黛蒂哼了一聲，「其實我們應該要認爲，妳上面那句話不成立，不過，這不是我的重點。我要說的是，如果妳需要找個同樣死了爸爸或媽媽的人聊一聊，可以找我。」

「謝謝，我想也是。」柔抓起一張面紙，大聲擤鼻子。「對了，爲什麼妳哭的時候不會一把鼻涕一把眼淚啊？」

「因爲我沒像妳那麼噁心啊。」她說。

「我可以收回剛剛對妳善意嗎？」

「可以啊，不過妳一定做不到，但可以試一試。」愛芙羅黛蒂將衣架上的一件緊身牛仔褲拉下來，然後往牆上開關一按，電動鞋櫃立刻旋轉了起來，露出一排光鮮亮麗的靴子。她抓起以紅鞋底出名的Louboutins名牌靴，然後轉頭對著正瞠目結舌的小柔說：「幹麼？妳最好別說我的靴子不好看喔。」

「光是妳的鞋櫃就已經嚇壞我，我哪有時間看妳的靴子啊。」

「所以，我說妳是時尚災難嘛。」

「妳是怎麼想到把鞋櫃設計成這樣？」

「喔，雖然我媽是我的苦難，但她可不是時尚災難。」愛芙羅黛蒂搓搓額頭。「天哪，我竟然說出有押韻的話，而且還是故意說的。走吧，我得去喝一杯，看看是什麼樣的男人玩具綁架了我們的珠寶。」

「好，可是如果妳還是講話那麼毒，我就要告訴克拉米夏，妳現在喜歡有押韻的東西，因爲，妳想藉此讓自己神靈充滿，免得活在罪惡淵藪中。」柔依故意對她咧出牙齒，

「嘻……！」

「唉，沒藥醫。」愛芙羅黛蒂搖搖頭，跟著咯咯笑得像國小三年級生的柔依往走廊另一頭去。「自己還不是瘋瘋癲癲的，竟敢質疑我喝酒……」

8 奈菲瑞特

凡人大概會認爲奈菲瑞特是在作夢。他們會說，自己也做過栩栩如生的夢，眞實到醒來後都忘不掉。

奈菲瑞特蜷縮在狐狸穴裡，被鮮血和黑暗包覆，意識延伸，跨越可見與不可見的世界，在生死交界努力求生。

不，不死生物不會作夢。

其實，這位特西思基利是在重新經歷她的人生，一幕又一幕，再次體驗她變成不死生物之前的每一刻。她希望藉由這樣的重新經歷，再次找回鏡中粉碎的東西：她的目標和眞我。

奈菲瑞特的回溯旅程，就從鏡子裡所出現的那一夜，也就是她失去童貞的那一刻開始。她又成了六歲的愛蜜莉・惠勒——半年前死了母親的小女孩——再次經歷被父親性侵的那晚。

她聞到他的氣味：白蘭地、口臭、汗水、雪茄和性欲。她知道他想做什麼，感覺好噁，知道自己逃不掉後，只能恐懼顫抖。就這樣，她再次感覺到被毆的殘破身軀有多麼痛。

還是愛蜜莉‧惠勒。她流著血，絕望地逃，但未婚夫拒絕她。就在這時，她被躡蹤使者標記了，變成雛鬼的她，命運從此翻轉。

來到芝加哥的夜之屋，她安全了，加上第一任良師的悉心看顧，身體的傷痕逐漸復原，但心理的創傷怎樣都癒合不了。愛蜜莉必須報復，如此身心才得以完全復原。但一八九三年那一晚，良師的聲音迴盪在耳邊。

「……無止境的懲罰報復，會變成毒藥，毒害妳的生命，殘害妳的靈魂……」

良師告訴愛蜜莉，變成雛鬼後，她必須做出選擇：遺忘父親對她做過的一切，展開新人生。或者，耽溺在自艾自憐中，背負著已經造成的傷痕，不原諒不遺忘。

但這個曾叫愛蜜莉‧惠勒的雛鬼沒做出這兩種選擇的其中一種。

特西思基利痙攣搐動，呼吸急促，但她仍未清醒，仍在潛意識的底層，在另一個時空中，重新經歷奈菲瑞特，黑夜女王的誕生過程。

她以復仇者的身分回到惠勒家，將父親活活勒死，於此開始，以新名字展開她的新人生——既沒有原諒，也沒有自憐或迷惘。

奈菲瑞特的手抽動了一下，因爲這時，她的過往幽靈正在撫摸那串剛奪了人命的光滑珍珠。她重新感受貝瑞特．惠勒那可悲的人生被終結時，她內心油然而生的欣喜。

除了喜悅，奈菲瑞特還重新經歷到其他體驗——第一次殺人的興奮刺激感。那次，她沒吸貝瑞特．惠勒的血，當時還沒有這念頭，但她已經嘗到權力的滋味。她有能力要他的命，停止他的呼吸，讓他的靈魂脫離臭皮囊。

這種悸動溫暖了奈菲瑞特蒼白無瑕的肌膚，即使暖度非常微弱。

她還重新體驗那段逃離芝加哥的經過。當時，她隨著幾個準備去西部勘查夜之屋新據點的吸血鬼搭上火車，停在第一站時，愛蜜莉．惠勒下車，埋了她的日記本。在那塊日後變成奧克拉荷馬州的泥土地上，她將過往人生的唯一紀錄埋入墳墓裡。她記得她用鏟子挖洞，然後在自己身上劃下一道傷口——傷口顏色就跟乾涸的牛血漬一樣——讓鮮血氣味終結過往的一切。失去純眞的悲傷往事和她的復仇行徑被埋葬入土後，奈菲瑞特展開了從此熾烈的新人生。

只是那樣的人生，並不容易啊。

重生給了她彗星般的光環，在光環的中央，那黑色的慰藉永遠沒有離棄她。黑夜是她的世界，在這世界最深處角落的那處陰影，始終能帶給她安慰、接納和自在。

芝加哥夜之屋的委員會爲了安全起見，決定不讓雛鬼奈菲瑞特返校，於是把她轉學到聖路易斯市塔林區的夜之屋。在那裡，她的天賦開始發光發熱。

在狐狸穴中的奈菲瑞特蜷縮成一團，重新經歷接下來她人生中的歷史性一刻。

那是一隻有著黑灰色短毛的小虎斑貓，非常小，非常普通，毫不起眼，所以，要不是因爲特別聰慧靈敏，而且前面兩腳多出一根趾頭，奈菲瑞特絕對不可能注意到她。當時是大雪紛飛的嚴冬，奈菲瑞特乍見她時，以爲這隻小虎斑貓戴上了連指手套。

學校裡那名脾氣暴躁的廚師把這隻貓取名克洛伊——這名字來自那個試圖打劫學校但遭逮捕的人類盜賊——因爲廚師覺得這隻貓就跟那名小偷一樣神通廣大，即使她把窗戶關得緊緊，即使她成天叮嚀懶散的廚房雜工要記得關好門，牠就是有辦法溜進來。那天，克洛伊設法撬開了一扇窗，鑽入廚房後，爬上屋梁，跳到那張用來放食物甜點讓其降溫的桌面上，整張臉埋入剛做好的牛肉腰子派中，大快朵頤。吸血鬼廚師見狀，拎起這小東西，將牠從廚房扔出去，剛好奈菲瑞特從外頭經過。

「她是怎麼戴上連指手套的啊？」小奈菲瑞特將掉落路旁雪堆的小克洛伊抱起來，驚呼問道。她拂掉深色貓毛上的白色濕雪片，笑看著貓咪拍打她身上那件貂毛滾邊披肩的繩結。

廚師嘲笑奈菲瑞特。「我知道妳年紀還很輕，可是也別像個傻子呀。克洛伊哪是戴連指手套，牠是有六隻腳趾。妳應該見過女祭司長和她配偶的貓了吧，全都是多趾貓。這隻醜巴巴的小畜生想必跟他們的貓有血緣關係，不過，除了腳掌，我實在看不出牠跟女祭司長的多趾貓有哪裡相像。」老吸血鬼廚師說完便轉身，邊笑邊搖頭，嘟噥著：「貓戴手套！這女孩子漂亮是漂亮，可是沒長腦子呀……」

奈菲瑞特記得當時她羞憤得臉頰紅燙，直到克洛伊抬頭，跟她四目相接。

就這樣，奈菲瑞特的世界爲之一變。她重新經歷那種悸動——她竟然**知道**貓咪心裡在想什麼。她沒聽見字句——貓可不是用文字思考——但她感受到了情緒，而情緒本身就充滿了故事。克洛伊淘氣地咧嘴一笑。她的肚子溫暖鼓脹，一副想睡覺的模樣。但最重要的，是她看著奈菲瑞特的眼神充滿愛意、忠誠和喜悅。她選擇了奈菲瑞特作爲她一輩子的主人。

長久以來在聖路易斯夜之屋擔任女祭司長的潘蒂雅沒說奈菲瑞特是傻子，也沒在她抱著睡覺的克洛伊來找她，氣喘吁吁地說著她知道貓咪正做著什麼夢時，嘲笑這個小雛鬼。

「還有，女祭司長，我也能感受到妳的貓咪欸！」奈菲瑞特興奮地說個不停，指著成鬼那隻慵懶地躺在窗臺上，全身肥嘟嘟的花斑貓。「她很快樂，非常快樂，因爲她懷孕了！」

女祭司長的笑容，讓之前被廚子嘲笑的陰影一掃而空。「親愛的奈菲瑞特，妮克絲賜給妳奇妙的天賦，她讓妳對貓咪有強烈感應力，而貓咪，正是最親近女神的動物。妮克絲一定是特別看重妳，才會賜給妳這樣的天賦。」

接著，美好的這天褪去，奈菲瑞特開始有不同的經歷。一個月一個月飛逝而過，速度快如特西思基利急切的心跳節奏。

她還是個雛鬼，但更成熟了。她所領導的委員會受到器重，一開始是因爲她對貓咪的感應力——在夜之屋，自由如入無人之境的貓咪，可說是雛鬼和成鬼的好同伴。接著，奈菲瑞特原本只對貓咪才有的心電感應，擴及到人類，她可以讀到人類的心思，就像能輕易感受到貓咪的情緒。

回憶一幕幕咻咻掠過，快得讓人頭暈目眩：

「奈菲瑞特，如果妳能跟我進城，那就太好了，我想知道城裡的人對於我們的滿月儀式，會不會愈來愈不耐煩。」她的女祭司長問她。

於是，她跟著潘蒂雅進城，敞開心靈，聆聽當地人看到女祭司長後所產生的一波波情緒：恐懼、憎恨和忌妒。但表面上，這些人對著女祭司長假笑、輕觸帽簷打招呼，或者避開眼神，假裝沒看到她。

奈菲瑞特開始討厭進城。

「奈菲瑞特，學校新老師的人類伴侶似乎不開心，妳來幫個忙，感受一下他是不是想離開，但不敢開口說。」有一次潘蒂雅這麼要求奈菲瑞特。

於是，奈菲瑞特溜入那人的內心。這個人類不是心情不好，他是對吸血鬼伴侶不忠貞，趁著白天伴侶睡覺時，跑到河上的船隻賭博嫖妓。

新老師知道後，立刻要那個人類離開，而且很快就忘了他，兩個星期後結交到另一位更忠誠的伴侶。

但奈菲瑞特忘不了她在那人的內心裡看到的東西。情欲和忌妒——貪婪和欲求。她覺得好噁心。

其他人發現女祭司長非常倚重她之後，也紛紛來找她，希望透過她，知道別人表象底下的眞正答案。

此刻，奈菲瑞特重新經歷這些，清楚地感受到當時她開始出現的忿恨情緒。他們對我需索無度！就連女祭司長也是。

「奈菲瑞特，告訴我，那個冥界之子戰士是不是眞的覺得我漂亮？……」

「奈菲瑞特，我想知道我的室友有沒有對我說眞話……」

「奈菲瑞特，告訴我……」

「奈菲瑞特，我想知道……」

「奈菲瑞特，爲什麼……」

特西思基利渾身顫抖。她沒醒，即使一幕幕的回憶咻咻襲來，速度快到幕幕重疊，變成一張混雜著需求和貪婪、欲望和背叛、謊言和情欲的拼貼。

是黑暗拯救了她。她還是愛蜜莉時，就被塔林夜之屋那座栽滿了夜間開花植物的花園所吸引。夜之屋裡最陰暗的地方，就像她熟悉的好朋友，在那裡，她可以隱身起來，召喚黑夜來籠罩她，這樣一來，就算別人望向她，也見不著她……

克洛伊把一切看在眼裡。她聰靈早熟，而且不管奈菲瑞特無意間聽到的念頭有多無趣，她總是有辦法讓奈菲瑞特笑。她低聲對貓咪說出她的眞正感覺，這些感覺，她知道絕不能大聲說出來，絕不能讓其他雛鬼知道，也不能對任何成鬼吐露。

「我眞的很討厭潘蒂雅叫我聆聽人類的思緒，尤其是男人。」少女奈菲瑞特對著她那隻正舒服嗚嗚叫的貓咪說：「男性人類都很邪惡，成天想著我們的身體，想要占據我們，即使怕我們吸血鬼怕得要命。他們對我們的恐懼強烈到我幾乎可以聞到，那氣味混和著口臭、汗水和貪得無饜的欲望。」

克洛伊用鼻子磨蹭她的鼻，用臉撫娑她的頰，給她無條件的愛和接納。

「等我變成女祭司長那一天，我一定不再動不動就使用心應能力，除非是我自己想使用。潘蒂雅和他們那些人這樣做不對，不能因爲我有天賦，就必須讓他們有求必應。有這種天賦的人是**我**，不是他們，所以，應該由**我自己**決定要不要用。」

照例，這隻小貓咪沒依偎著她，而是豎起耳朵，站起來，窩在奈菲瑞特的大腿上，望著夜之屋的漆黑花園。

躺在狐狸穴裡的特西思基利大聲呻吟，不想重新經歷接下來發生的事，但過去的影像，根本躲不掉。

塔林夜之屋的主校園四周有一片綿延了兩百多英畝的綠油油草地。這片人煙稀少的草地當然受到校方悉心照料，然而，當年二十世紀初期的聖路易斯市仍是通往荒野西部的門戶，所以，這片花園裡不止有水池造景與夜間盛開的花朵。

克洛伊嗅到了氣味。

奈菲瑞特跟著小貓咪深吸一口氣。當貓咪拱起背，兇惡地號鳴時，奈菲瑞特也跟著齜牙咧嘴，一起對入侵夜之屋的不速之客表達憤怒。

克洛伊從奈菲瑞特的大腿上逃開，奈菲瑞特才倏地回神，感覺到害怕。她趕緊起身去追她的貓。

一隻山貓正在獵捕兔子，將其中一隻兔子追入了校園，兔子跑到了奈菲瑞特和克洛伊原本安坐的陰暗角落附近。失去獵物的雄性大山貓沮喪之餘，在空地四周尿尿，築起自己的勢力範圍。

克洛伊闖入了雄山貓的領域。山貓尖哮警告，虎視眈眈地看著小虎斑貓。克洛伊張嘴怒號，還不屑地噴沫，衝向雄山貓，利爪張揚，銳齒齜咧。

「不！」奈菲瑞特的尖叫聲呼應了克洛伊的哀鳴。野山貓一次、兩次地摑擊毫無招架之力的小貓咪，當她是入侵騷擾的小蟲子，接著，劃開她的腹肚，俐落地挖出她的內臟。

奈菲瑞特衝到空地時，這隻體型足足比克洛伊大上三倍的巨獸，正圍著躺在地上，被開腸剖腹，抽搐流血的克洛伊。

雛鬼奈菲瑞特怒火中燒，逼近野獸，咆哮的聲音沒有字句卻充滿忿恨，雙手化成利爪，高舉威脅，齜牙恫嚇。

山貓的耳朵平貼著頭，顯然受到驚嚇了。牠一雙黃色眼睛見到奈菲瑞特如火熊熊的綠眸，立刻頓住身子，啓動自我保護的求生本能——速度之快，正如眨眼就啓動獵殺本能般。這隻貓科野獸往後退，迅速消失在葉叢中。

奈菲瑞特奔向她的貓。克洛伊還沒死，她小小的心臟急促跳動，痛苦驚慌地喘著氣。「不！女神，不！」奈菲瑞特撕下一截衣服，試圖將外露的內臟塞回貓咪的肚子裡，並堵住汩汩湧出的血液。「救救她，妮克絲！拜託。如果眞的像大家說的，我對祢很重要，那我求祢救救她！」跟著貓咪一起痛苦，絕望無助的奈菲瑞特向夜空祈求。「救救她，女神！求求祢救她！」

林間空地的空氣開始顫動，一道閃亮如星子的銀光從天而降，落到地上，垂死的貓咪旁邊，出現一名女子。她一頭長髮潔白如滿月，身上的一襲衣裳，色澤如暮霞，銀薄紗的頭巾上，鑽石串串。

蜷縮在狐狸穴裡，原本輾轉難安的特西思基利，忽然一動也不動，呼吸變得淺急，赤裸的肌膚冰冷蒼白，幾乎呈透明。她重新經歷第一次跟妮克絲相遇的情景。

「女兒，妳對我確實很重要。」女神這麼告訴她：「不止是因爲我在妳身上見到了不起的能力。我之所以愛妳，主要是因爲妳原本的樣子，就跟我愛其他孩子一樣——妳的內在脆弱受傷，但妳能勇敢地活下去，讓自己成長，有能力去愛。」

「既然這樣，拜託，女神，救救克洛伊，她對我好重要，我不能沒有她。我愛她呀。」奈菲瑞特不停懇求。

妮克絲舉起雙手，披在手臂上的薄紗閃閃發亮，宛如水面上的粼粼月光。

「我要給妳最後一項恩賜，讓妳的撫觸能減輕別人的痛苦。我希望這項恩賜能教導妳慈悲，藉此調和在妳身上逐漸萌芽壯大的驚人能力。」妮克絲把雙手放在自己的心臟位置，然後俯身，兩個掌心貼在奈菲瑞特的頭上。

身處陰冷狐狸穴裡的奈菲瑞特，再次經歷到被神聖灌頂的那一刻。陷在回憶中的她，愕然屏息。女神的觸摸，帶給她的不是力量，而是溫柔。

「啊，祝福滿滿，妮克絲！」

「是女神欸！祝福滿滿，夜之女神！」

奈菲瑞特的四周忽然冒出成鬼和雛鬼的喜悅問候聲。他們聽到奈菲瑞特的呼救聲，來到了林間空地。

「祝福滿滿，我的女兒們。歡喜相聚，歡喜散場，期待歡喜再聚。」妮克絲笑著跟大家祝福問候，然後，消失在一道月光中。

奈菲瑞特沒看見妮克絲離去，因爲她整個心思都在她的貓咪上。她將雙手貼在貓咪仍流血的軀體，把女神剛剛灌給她的神奇力量輸送給貓咪。

霎時，奈菲瑞特察覺到異狀。克洛伊不再喘息，心跳也慢了下來。有那麼片刻，貓咪原本充滿痛苦的恍惚眼神變得澄澈，而且迎視奈菲瑞特的目光，還露出微笑，那笑容，充滿愛和喜悅，一種頓時放鬆的感覺。她掌心上的貓咪看起來好快樂，完全沒有痛苦，還舒服地嗚嗚叫了幾聲，磨蹭著奈菲瑞特。但接著，死去了。

「不！不！我不是把妳救活了嗎?!」奈菲瑞特將克洛伊抱到大腿上，急切地看著毫無生命跡象的她，就在這時，前額一陣劇痛。仍抱著克洛伊的奈菲瑞特癱倒在地上，淚水消融在地上的血液和泥土中。

「奈菲瑞特，孩子！我在這裡，一切都會沒事的！」女祭司長潘蒂雅說，傾身扶起奈菲瑞特。「啊，充滿祝福的女神，我們感謝祢！」奈菲瑞特抬起臉時，潘蒂雅驚呼。「妮克絲不止賜給妳具療癒功效的撫觸能力，還讓妳今晚成功蛻變了。」

兩頰仍掛著淚水的奈菲瑞特抱著克洛伊，昏沉不解。

潘蒂雅的目光從奈菲瑞特臉上剛出現的記印——這記印等於向全世界宣告，她是成鬼了——轉移到小貓咪身上。「啊，克洛伊！奈菲瑞特，我跟妳一樣哀慟。」女祭司長撫摸著一動也不動的貓咪。「可是，妳的撫摸解除了她的痛苦。她去另一個世界，在女神身邊嬉戲玩耍。」

蜷縮在狐狸穴裡的特西思基利深吸一口氣，大聲說出當時她說的話。

「我沒救到她，克洛伊死了。」

那時，潘蒂雅以慈祥的眼神看著她，以感同身受的口吻說：「我知道失去她，妳很痛苦，現在一定無法承受，可是日後等妳可以理智地回頭看這一晚，妳會發現，妳有能力觸摸她的靈魂，讓她安詳地離開，這遠比讓她的肉體傷口癒合，更具療癒效果。妮克絲已經賜給妳滿滿的祝福了。」

狐狸穴裡的奈菲瑞特，低聲說出了數十載之前，她只敢暗想，不敢說出口的話。**妮克絲奪走了我唯一的愛。**

內心翻攪的怒氣擾醒了特西思基利。她呼吸急促，幾乎睜開了眼睛，但就在完全清醒之前，時間往前飛躍，她回到下一個人生關鍵時刻。那天，她殺了她的愛人，再次聽見那個長著翅膀的不死生物挑逗低喃。那個騙子、叛徒，卡羅納……

9 柔依

「小柔，桑納托絲派我來找妳。她說，跟最高委員會的會議快要開始了。」元牲說。

「啊，糟糕！我完全忘了時間。」

「最高委員會的會議？搞啥屁啊？」愛芙羅黛蒂說。

「對，又慘了。」我看看手機上的時間：十點十分了。唉，已經遲到十分鐘。「對不起，我忙著談地下室的事，忘了告訴你們，桑納托絲要最高委員會出面跟陶沙市警局交涉，因為她認為人類在調查市長的命案時，一定會跨越我們和人類之間的界線。她要我跟她一起參加，親口告訴最高委員會，我們見到奈菲瑞特現身，變成超級扯的鬼東西，後來，雖然我們的守護圈把她攆出去，但她很可能因此吃掉市長。」說到這裡，我停了一下，以愧歉的眼神瞥了愛芙羅黛蒂一眼。「不好意思啊，這樣說妳爸。」

她聳聳肩，「反正妳說的是實話。」

「唉，這小姐應該說得委婉一點的。」史蒂薇・蕾說，對我皺起眉頭。

「鄉巴佬，本大小姐從來不鳥委婉這種東西。柔本來就該實話實說。」

「喂，大家都知道妳昨晚醉得很厲害，今天還不可能完全恢復正常，所以，妳就別逞強，假裝妳一點都不受影響。」史塔克說。他這話明明是對愛芙羅黛蒂說，卻連看都沒看她，反而皺眉看著元牲。

「史塔克，兩個字：閉嘴。」愛芙羅黛蒂說：「對了，還有兩個字：嫉妒？」

女神哪，我眞是受夠了他們成天吵來吵去。「愛芙羅黛蒂，既然妳可以談妳爸的事，那我希望妳跟我一起去和最高委員會開Skype會議。」我搶著說，免得史塔克又對愛芙羅黛蒂或元牲說些有的沒的。「史蒂薇·蕾，妳也一起來。」

「好的，沒問題。」她說。

「我們該走了。桑納托絲特地派元牲來找妳，代表妳已經遲到了。」史塔克說，還抓住我的手腕，一副超級欠扁的模樣。

我挑眉瞟他，將手腕從他的掌心掙脫。「是**我們**遲到了。愛芙羅黛蒂、史蒂薇·蕾和我這不要就過去了嗎？還有，我之所以遲到，是因爲剛剛竄出一堆非踩熄不可的小火舌。等一下我們跟最高委員會開會時，我要你看著紅雛鬼，確定他們順利地把東西移到地下室，然後，去幫達瑞司和戴米恩召集大家，準備參加依琳的葬禮。我直接到那裡跟你們會合。」

「可是我想要——」

「想要什麼？」我知道自己的口氣很差，可是我眞的沒耐心了。我一看就知道他想賴在我身邊，免得元牲非得在我四周出現不可。「史塔克，你沒親眼看見奈菲瑞特現身，而最高委員會要聽的，就是她現身的整個過程，所以你不必出席。」

「我只是在想，妳可能需要我——」

我再次打斷他。「我需要的，是你**不再**跟愛芙羅黛蒂或我爭辯。還有，絕對不能讓依琳的葬禮變成愚蠢的幫派火拚。」

元牲清清喉嚨，說：「我先走，去跟桑納托絲說，你們立刻就到。」

「好，謝謝你，元牲。」我心不在焉地說。他離去時，顯然很高興能遠離他無意間挑起的戰火。

我看得出來，我讓史塔克尷尬了，或許還傷了他，可是我眞的沒時間、沒精力去顧及他的情緒，所以，我什麼都沒說，他也什麼都沒說，大家都沒開口。終於，史塔克握拳放在心臟位置，恭敬地對我鞠躬，說：「我會遵照妳的吩咐，女祭司。祝妳和最高委員會的會議順利。」語畢，他離去，達瑞司和戴米恩不發一語跟上去。

「好，這下尷尬了。」愛芙羅黛蒂說：「妳明知史塔克只是占有欲發作，而這都是因爲那個叫元牲/西斯的傢伙。妳實在沒必要在牛小子的面前傷害這男孩。」

「我沒傷害他!」

「說眞的,柔,妳對他說話的口氣滿差的。」史蒂薇.蕾說。

「難道妳永遠都能對利乏音輕聲細語,即使他把妳氣得半死?」我嘴裡這麼說,但心裡有點後悔對史塔克發脾氣,尤其當著大家的面,可是,我眞的快被他氣死了。

「對。起碼我可以告訴妳,我永遠不會當眾故意兇利乏音。」史蒂薇.蕾說。

「這是因爲他並非二十四小時都是臭男生。要是我,我也很難對一隻鳥發脾氣。妳和他,就像和小狗狗約會,我敢說,他每次飛回來,見到妳時,一定開心到巴不得能像小狗一樣搖尾巴。」愛芙羅黛蒂說:「天哪,光想到那畫面,我就覺得很無力。」

「對,我有陣子很惹人厭,所以對於妳的惡毒,我沒什麼好說的,至於她,我就有意見了。」史蒂薇.蕾轉身背對愛芙羅黛蒂。「柔,妳是怎麼了?妳整個人煩煩躁躁的,活像一隻貓跑到被太陽曬到熱騰騰的鐵皮屋頂上。」

「伊莉莎白.泰勒是女神。」愛芙羅黛蒂說:「雖然是瘋婆子一個,但絕對是女神。」

「妳在說什麼啊?」我說。

「電影啊,妳去問我們的戴米恩女王吧,我相信他一定很希望自己是伊莉莎白.泰勒。」

「愛芙羅黛蒂，有時我眞覺得妳說的是外國話，不過，說正經的，我之所以不對勁，是因爲我受夠你們成天吵來吵去，受夠史塔克一看到元牲就變得怪怪的，受夠每次元牲一出現，我就變得不知所措，只因爲西斯在他身上。我受夠有人被吃掉，我受夠要擔心奈菲瑞特接下來會幹出什麼事。我更他媽的受夠了自己像囚犯一樣，被關在夜之屋。」

愛芙羅黛蒂和史蒂薇．蕾看著我，表情好似我忽然長出翅膀。

「哇靠，柔，妳得喝點酒。」愛芙羅黛蒂說。

「贊安諾對雛鬼有用嗎？」史蒂薇．蕾問她。

「値得一試。」她說。

「喂，我人就在這裡欸。我不想喝酒，也不需要贊安諾。」

「如果妳想把藥放入可樂一起喝，我可以幫妳磨碎。」愛芙羅黛蒂說。

「就這麼辦吧。」史蒂薇．蕾說。

然後兩人哈哈大笑。

我搖搖頭。「不好笑。遲到了啦。」我逕自走掉，不理會她們。她們跟上來，繼續咯咯笑，尋我開心。

看見卡羅納站在桑納托絲背後，我非常訝異。他叉著手，擱在結實的赤裸胸口，看起來像一尊復仇天使雕像。

他幹麼不穿件衣服啊？這念頭掠過腦海時，我剛好看見桑納托絲揮手要我們過去。「太好，柔依來了，我很高興見到小女祭司長史蒂薇．蕾和女先知愛芙羅黛蒂也來了。」

卡羅納往後退一步，好讓我們三個，連同桑納托絲，可以被電腦攝影機拍到。大螢幕上是最高委員會的會議室——它就位於威尼斯外海聖克利門蒂島的神殿裡。一個看似舞臺的地方擺著七張石製寶座，每一張寶座上都飾有繁複雕花。其中六張已經坐了人，我知道空著的第七張是桑納托絲的。看到她們沒找人替補桑納托絲，我內心五味雜陳。一方面，我很高興桑納托絲在這裡陪我們時，仍有權力保留她在最高委員會的席次，但另一方面，這可能代表她隨時會打道回府。

我忽然發現沒人說話，所有人的視線都在我身上，頓時我的臉紅燙，趕緊握拳放在心臟位置，鞠躬致意。「歡喜相聚，各位女祭司長。對不起，我遲到了，我，呃……」我一時語塞，完全忘了原本要說的藉口。

「她壓力過大啦，因為我們都被困在這裡。」愛芙羅黛蒂替我把話說完，匆忙地鞠躬。

「歡喜相聚。我是愛芙羅黛蒂啦。」

「我們記得妳，女先知。」杜安夏率先開口。「妳是我們的第一個人類女先知，要忘記妳很難。」她坐在那張雕飾最華麗的寶座上，一看就知道是最高委員會的領導人。接著，她把目光轉向我。即使跟她們相距幾千里，我仍可以感覺到她們位高權重。「遲到難免，壓力也難免，但身爲女祭司長，得學著降低遲到次數，學著面對壓力。」我還來不及再次道歉，杜安夏就把視線移向史蒂薇．蕾。「歡喜相聚，史蒂薇．蕾，有機會的話，委員會和我想邀請妳和妳那位特別的伴侶利乏音來聖克利門蒂島。我們對兩位非常有興趣。這位男孩，白天眞的會從人變成渡鴉？」

「歡喜相聚，」史蒂薇．蕾說，恭敬地鞠躬，然後怯怯地微笑，但回答杜安夏的問題時毫不遲疑，也不難爲情。「是的，夫人，夜晚時，利乏音就跟正常男孩沒兩樣，但太陽一升起，他就會變成渡鴉。」

「他完全不記得變成渡鴉後的事情嗎？」另一位最高委員會的成員問道。

「不記得，起碼他沒告訴過我。利乏音不太喜歡談這件事。」

「等到妳和妳的伴侶造訪聖克利門蒂島，我們再來細問。」杜安夏說。

「到時，妳得找個裝大型狗的旅行籠子喔。」愛芙羅黛蒂壓低聲音對史蒂薇．蕾說。

我用手肘撞撞她。

「現在，回到正題吧。」杜安夏說：「桑納托絲已經大致說明昨晚的事情。愛芙羅黛蒂，委員會對於令尊的死，深表遺憾，請節哀。失去至親的慟，總是最難捱。」

「謝謝。」

「柔依、史蒂薇．蕾、愛芙羅黛蒂，昨晚那個幽靈在校園現身時，妳們都在場。桑納托絲說，妳們認爲那是奈菲瑞特。妳們三位都這麼認爲嗎？」

「是的，我們都這麼認爲。」我說：「愛芙羅黛蒂和我先見到蜘蛛，我一看就知道是奈菲瑞特。她以前就曾以蜘蛛的型態現身過，就在夜之屋這裡，而且，當她從馬佑大樓的頂樓陽臺摔下去時，她的身體好像就是分裂成一大窩蜘蛛。」

「打從一開始，那些蜘蛛就很詭異。」愛芙羅黛蒂補充。「而且，柔開始設立守護圈後，詭異的情況變得更明顯。」

「如我先前所述，在柔依跟我報告校園發生事情之前，我就已經感覺到學校的能量變得不一樣。我原本以爲我感受到的是死亡，結果那晚校園裡眞的有人死掉，不過現在回想起來，我認爲我當時其實也感受到了特西思基利的存在。她是從死亡和黑暗汲取力量，並藉此強化她的不死性。我同意柔依和她的守護圈成員的看法。奈菲瑞特確實試圖現形。」

「我們看見她了。」我說。眞不喜歡看到委員會那種存疑的表情。「我們利用元素把她轟出校園之前，奈菲瑞特整個人眞的快要完整現形了。」

「可是她沒逃很遠，」愛芙羅黛蒂說：「因爲我們發現她在學校大門旁殺了我爸。沒有吸血來補充能量，她最遠大概只能逃到大門邊。」

「我們還相信那晚有個雛鬼拒絕蛻變而亡，也跟奈菲瑞特有關。」桑納托絲說：「奈菲瑞特逃離守護圈時，她的幽靈直接穿越一個女雛鬼，幾分鐘後，那個雛鬼就死了。」

「嗯，那孩子對水有感應力。」杜安夏說：「眞遺憾，夜之屋失去一位被女神恩賜天賦的雛鬼。」

「從死亡和黑暗汲取力量的不死生物，的確有可能以這種方式害死雛鬼。」另一位委員會的成員說：「她之所以有足夠的能量讓自己完整現形，很可能是透過雛鬼的死。」

「總之，奈菲瑞特殺了依琳和愛芙羅黛蒂的爸爸。」我堅定地說：「我們試圖告訴刑警眞相，但不管怎麼解釋，還是不可能說得很完整，況且，他們也不相信我們說的話。」

「現在，警方要求我們的老師提供DNA樣本，以便跟他們在市長屍體上找到的證據做比對。」桑納托絲說。

我聽見愛芙羅黛蒂驚愕地倒抽一口氣，這才想到，我早該把細節告訴她。要命！我眞的該好好管理我的時間。

「人類想調查妳的夜之屋。」杜安夏這話不是問句，但桑納托絲還是回答：「對，而這正好違背我們的傳統。我不會允許人類侵擾夜之屋，所以，我才希望妳們出面。」桑納托絲說：「人類的所有執法單位必須明白，我們吸血鬼已經認定奈菲瑞特是殺害市長的兇手，我們絕對會鍥而不捨將她繩之以法。所以，他們可以停止調查，解除對夜之屋的各種禁令。我們發誓，一定會讓奈菲瑞特爲她的罪行付出代價。」

「然而，陶沙市的人類相信奈菲瑞特本身才是暴力的受害者。」杜安夏說。

「那是因爲我們沒辦法解釋，讓他們知道其實奈菲瑞特利用黑暗勢力綁架了我阿嬤，所以，我們才不得不使出魔法來拯救她！」我不想這麼義憤塡膺，可是我眞的好無力。這世界怎麼如此該死的不公平！

「柔依，我們無法對人類解釋的事情太多了。」杜安夏說：「妳母親死在奈菲瑞特的手裡，就是另一個無法解釋的悲劇。」

我點點頭，沒說話，就怕聲音洩漏了我的情緒。

「柔依，如果警方解除對夜之屋的禁令，妳和史蒂薇．蕾仍堅持要住在校園外嗎？」一位始終沉默的委員會成員忽然開口問。

「對。」我說：「對紅成鬼和紅雛鬼來說，火車站底下的坑道比較舒服。」

「可是，妳既非紅成鬼，也非紅雛鬼。」

我皺起眉頭。「嗯，但我也不是正常的雛鬼啊。」我舉起雙手，掌心朝外，讓鏡頭能完全拍攝到女神賜給我的格狀刺青。

「而我也不是一般的女先知。」愛芙羅黛蒂說：「所以，我會跟他們在一起。」

「我是第一個紅女祭司長。」史蒂薇．蕾說：「這也不正常，所以，我要和柔依及愛芙羅黛蒂在一起。我們不是故意惹麻煩，我們只是想團結在一起。」

「我不覺得我們住在火車站有什麼問題。之前妳們也同意了。」我說。

「對，但那時奈菲瑞特還沒囂張到綁架妳的母親，殺害雛鬼和人類，造成執法當局進入夜之屋。」同一位委員會成員說道。

我幾乎不敢相信她的話。「這又不是我們的錯。」

「沒人責怪妳們。」杜安夏趕緊說：「我們只是想好好研究最近的幾樁悲劇。」接著，她的注意力忽然移開。「卡羅納，你是這裡唯一的不死生物，你有何看法？」出乎眾人意料，杜安夏提出這個問題。坐在椅子上的桑納托絲不安地挪動身子，愛芙羅黛蒂和我往旁邊移幾步，好讓卡羅納可以站在我們之間，面向最高委員會。

他鞠躬，握拳放在心臟位置，然後才回答。「我不覺得柔依和她那群朋友——其中包括我的兒子利乏音——住在火車站會有什麼問題。他們有英勇忠誠的戰士保護他們，而且坑道對他們來說是安全的地方，至於兇手，我非常肯定奈菲瑞特在校園現形，奪走兩條命。此外，我相信人類無法將她繩之以法。」

「卡羅納，我們接受你是我們的一份子，因爲你誓言效忠桑納托絲，不過，有個問題，我們特別想知道你會怎麼回答。」杜安夏說。

卡羅納一聽，身體繃緊，翅膀沙沙作響，但回答時的音調平穩。「女祭司長，諸位的任何問題，我絕對有問必答。」

「你從未百分之百承認你是來到人間的冥神俄瑞波斯，但奈菲瑞特假裝你就是。她說，是你耍心機，讓她這麼相信。」

「雖然我從未宣稱我是冥神俄瑞波斯，但此刻我站在這裡，宣誓效忠貴委員會的成員之一，而奈菲瑞特呢，她殺了一個雛鬼和人類後，逃之夭夭，不知人在哪裡。」

「的確，這樣的轉折很耐人尋味。我們的問題就是，你到底是誰？」

所有人，包括桑納托絲，都睜大眼睛看著卡羅納。他會老實告訴委員會，他是冥神俄瑞波斯的哥哥嗎？這下有好戲看了！

「我的身分有很多種，我曾是神、情人、破壞者、拯救者。現在，我是死亡使者的戰士。」卡羅納說：「此外，妳們也可以說我是不死生物。」

我有想過要開口，告訴大家，他是冥神俄瑞波斯的哥哥，可是，他真的是嗎？況且，我遲到了，在委員會眼中已經是個不負責任的女祭司長，再說，我想讓她們知道，我對她們很不爽。萬一我滔滔不絕講了一堆，結果卡羅納半句話不吭，或者更慘的是，矢口否認呢。所以，我決定難得一次，閉緊嘴巴。

「卡羅納，我曾向妮克絲祈求，求她告訴我你的事，讓我知道你的存在是否會對桑納托絲或夜之屋構成危險。」杜安夏說。

「那女神怎麼說？」卡羅納問。

「妮克絲沉默不答。」

「我想，她的沉默本身就是答案。」桑納托絲說，那語氣聽來，好像不怎麼高興。她和杜安夏就這樣不發一語地直視著對方，直到杜安夏移開視線，對她的委員會說話。「女祭司們，桑納托絲要求我們介入陶沙市人類的事，今晚，各位聽了他們的陳述後，是否要改變先前對這事的看法？」

五位女祭司長異口同聲回答，整齊劃一到讓人起雞皮疙瘩。「不改變。」

杜安夏再次面向我們。「所以，我們決定了。陶沙市發生的幾起事件已經造成吸血鬼和人類之間的緊張關係，也讓陶沙市夜之屋裡的雛鬼和成鬼心生芥蒂。你們其中一些人選擇脫離學校，從最近這些事來看，我們認爲對吸血鬼族群來說，這樣的分隔不是好事。我們已經罷黜奈菲瑞特，她不關我們的事了，所以，將她繩之以法並不是我們的責任。」

「可是奈菲瑞特就是所有事件的禍端啊。人類應該譴責的對象是她，妳們也應該譴責她。」爲了避免自己對她們大吼大叫，我克制到差點噎到。

「她是不死生物。如卡羅納所言，人類不可能將她繩之以法。」杜安夏說。

「所以，妳期望我們將她繩之以法。」卡羅納說。

「對，我們就是這麼想。」杜安夏說：「因此，我們不會出面和陶沙市的人類交涉，也不再允許某些雛鬼和吸血鬼脫離夜之屋。」

「史迦赫是成鬼女祭司長，她沒跟妳們住在一起，而且，妳們允許她脫離的時間已經長達好幾世紀。」我試圖跟她們說之以理。

「史迦赫沒造成吸血鬼和人類之間的緊張。她也沒跑來向我們求助。」杜安夏說。

「妳知道嗎？我現在完全明白爲什麼史迦赫堅持留在那個陷阱重重的小島，而不願跟你們有任何瓜葛。」我說。

「或許，陶沙市也該變成孤島了。」桑納托絲說，語氣凝重但充滿力道。「我決定退出最高委員會，立刻生效。」

「桑納托絲，妳該不會要帶著妳的夜之屋，脫離最高委員會吧！」杜安夏站起來，其他委員會的成員要不是一臉震驚，就是憤怒不已。

「我是要因時制宜。我會留在這裡，擔起陶沙市夜之屋的女祭司長之責。我要支持這兩位獨特的女祭司長和這位女先知，肯定她們渴望擁有自己的地方。最重要的是，我要將奈菲瑞特繩之以法，而且是在**我的學校不被人類侵擾的情況下**。」

「可是，這樣不——」

「誓言已許，如我所願！」

接著，桑納托絲按掉視訊開關。通訊軟體Skype發出滑稽的斷訊音，緊接著，螢幕一片空白。

10 愛芙羅黛蒂

「哇靠，桑納托絲，妳眞的好有種，太有種啦。」愛芙羅黛蒂說。

桑納托絲揚起眉，說：「女先知，妳那些粗俗用語，我就當作沒聽到，只接受妳話語之中的讚美。」

「跟妳說喔，我這種用語是超級大讚美欸。」愛芙羅黛蒂邊說邊恭敬地對桑納托絲鞠躬。

「妳是眞的挺我們，謝謝，女祭司長。」史蒂薇．蕾說。

卡羅納和柔依互看一眼，然後說：「所以，我們要靠自己來面對奈菲瑞特和陶沙市執法當局。」

「又來了。」柔依補上一句。「這不是最高委員會第一次拋下我們。」

「他們沒惡意。」桑納托絲嘴巴上這麼說，但語氣聽來介於難過和挖苦之間。「她們只是想做符合吸血鬼整體利益的事，畢竟，這就是遠古之前委員會設立的目的。」

「她們還活在黑暗時代啦！」柔依衝口而出。

愛芙羅黛蒂盯著她直瞧。對，最高委員會很混蛋，可是他們還有桑納托絲、守護圈的力量，以及兩位女先知（雖然夏琳很惹人厭）、一個牛小子，和一個不死生物。

「我認爲擺脫掉她們更好。反正，她們是一群老女人——無意冒犯啊，桑納托絲。」愛芙羅黛蒂說：「柔，她們唯一能幫的，說不定只是讓陶沙市警局不再來煩我們。我們要打造自己的天地，不需要她們的同意，畢竟，我們也是這個世界的一份子，所以，我們要**創造**自己的天地。」

「對，我也這麼認爲。」史蒂薇．蕾附和。

柔依雙手抱胸。「所以，我們就窩在一塊兒，什麼都不做？」

「在抓到奈菲瑞特之前，恐怕什麼都做不了。」桑納托絲說。

「抓到她？就算抓到她，那又怎樣？」柔依說。

愛芙羅黛蒂發現自己不是唯一瞅著柔依猛打量的人。桑納托絲揚起眉，側著頭，說：

「女祭司，大家都同意奈菲瑞特是昨晚的兇手，不是嗎？」

「是奈菲瑞特幹的啊。」柔說。

「既然這樣，我們必須找到她，將她交給警方。在此之前，警方找不到證據，證明我們哪個人跟市長的死有關，所以，我們是清白的，不會有事的。」

「等等，妳的意思是，妳要讓夜之屋的老師接受警方的DNA比對？」柔依問。

「不是，我的意思是，我們要找到奈菲瑞特，將她的DNA交給警方去做**比對**。」

「奈菲瑞特這個不死生物超級厲害，我們不可能抓到她，更甭提將她交給警方。」

「柔依，妳嘴巴上這麼說，但事實上妳和妳的守護圈就曾打敗過這個厲害的不死生物，將妳阿嬤從她的手中拯救出來。」

「我們曾經打敗過她，未來也會再次打敗她。」看來史蒂薇．蕾比小柔更有信心。

「其實，只要找到奈菲瑞特就行了。我們設法在公共場合逼問她，到時她一定會發火，做出超級扯的事情，特別是如果警方要求她提供DNA樣本的話。」愛芙羅黛蒂說：「不過，萬一她整個人爆開，變成蜘蛛，或者吃掉幾名市民之類的，那人類就會明白吸血鬼和人類之間的故事不是那麼簡單。不過，話說回來啦，就算這樣，也不會比被軟禁在學校，被強硬冠上莫須有的罪名來得更糟。」

「我相信經過這次，人類就會了解，這世上除了吸血鬼和人類，還有另一種勢力在運作。」愛芙羅黛蒂沒料到卡羅納會同意她的話。「被低估的邪惡通常更可怕。」

「所以，你打算現身讓人類看到？」柔依問卡羅納。

「我打算將奈菲瑞特繩之以法，保護這所學校。如果，這代表我必須在人類面前現身，那就現身吧。」

「我有個問題。」史蒂薇．蕾的手半舉。

「什麼問題？」桑納托絲說。

「我們要怎麼找到奈菲瑞特？」

「這部分不難。我們只要留在夜之屋，繼續遵行女神的道路，等著奈菲瑞特自己出現就行了。」桑納托絲說。

「太扯了！」小柔的口氣彷彿整個人快要爆炸。「奈菲瑞特綁架阿嬤時，我坐在坑道的廚房裡等待，哀求妮克絲幫助我拯救阿嬤，結果，你們猜怎麼著？女神在我面前現身，告訴我，小孩子才只會坐著哭泣，女祭司長應該要奮起力行。可是現在妳卻告訴我，我們深思熟慮後所做的重大決定，就是坐著等待？」

「不是，我是在告訴妳，我們要展現智慧，用耐心來行動。我們有個雛鬼等著安葬，接下來學校要重新開課，恢復正常生活，努力不讓大家受到憤怒的市民或我們自己所影響，或者被奈菲瑞特的黑暗勢力所淹沒。我希望妳和史蒂薇．蕾能展現領導能力，協助我和其他老師安撫所有同學，讓他們專注在課業上。現在，對於那位我所忠誠服事了幾世紀的女神，如果妳已經指教完畢，請容我先告退。有場葬禮正等著我去主持呢。」從桑納托絲的語氣聽來，她已經聽夠了大家的意見——尤其是柔依的看法——所以，她決定起身離去。卡羅納跟上前，亦步亦趨走在她背後的陰影裡。

愛芙羅黛蒂往柔依和門口之間一站。「我知道這樣說，會讓我聽起來跟妳很像，但即使冒著這個險，我還是要告訴妳，妳得調整一下妳的態度。」

柔瞇起眼睛，說：「遇到這種情況，難道妳不生氣？」

「我當然生氣啊，可是妳這樣頂撞一個站在我們這邊的成年女祭司長，眞的很蠢。」

「柔，妳的口氣聽起來確實像頂撞。」史蒂薇．蕾一臉不自在，但還是忍不住唸柔依幾句。

柔依深吸一口氣，然後慢慢吐氣，手指撫弄著脖子上那條銀鍊上的占卜石——那模樣好似把它當成救生工具。「我只是他媽的很氣餒，不行嗎？奈菲瑞特又開始幹一些該死的壞事，但我們竟然什麼都不能做，只能等她出招。」

「很好。聽到妳一句話裡同時出現『他媽的』和『該死的』，我反而開始覺得有希望了，因爲，這代表妳顯然快崩潰的情緒幫助妳更新了妳的髒話辭庫，不然，妳原本的措辭實在有夠乏味的，想罵髒話時連個髒字都沒有。」愛芙羅黛蒂說：「不過，我還是要說，妳得反省一下自己的態度。現在的奈菲瑞特，跟以前可不一樣，她被最高委員會罷黜了。」

「就是說呀。雖然她們很懦弱，不敢緝捕她，但起碼她們罷黜她了，這可是一大步欸。」史蒂薇．蕾補充。

「我認爲用懦弱來描述她們不夠傳神，不過，妳確實說到重點了。而且，全校都會起來對抗她，奈菲瑞特不可能永遠躲著——就像我們之前說的，她根本是瘋女人，不可能長時間保持低調。」

「不對。」柔說：「這就是問題之一。並非全校都與她爲敵，達拉斯和他那票狐群狗黨就站在她那邊，沒跟我們站在一起。」

「可是，柔，奈菲瑞特殺了愛芙羅黛蒂的爸爸後，一切就變得不一樣了。」史蒂薇．蕾瞥了愛芙羅黛蒂一眼。「不好意思啊。」愛芙羅黛蒂聳聳肩，史蒂薇．蕾繼續說下去。「她這次眞的太猖狂了，竟然吃掉市長。現在警方介入了，而且桑納托絲一定會確保他們找到證據，證明人是奈菲瑞特殺的。達拉斯肯定不想蹚這種謀殺案的渾水，就連幫兇的罪名，也避之唯恐不及。」史蒂薇．蕾說。

「達拉斯和他那票噁心的狐群狗黨若進了監獄，絕對會很痛苦，因爲到時必須坐得筆挺，閉上嘴巴，乖乖聽話。他們不管走到哪裡都惹人厭，這點無庸置疑，可是監獄就跟多數的學校一樣，對他們來說，也稱得上是可怕的地方。」愛芙羅黛蒂說。

「對，妳們說的都對，」柔說：「對不起，我不應該那麼悲觀。我只是很希望能做點什麼，讓一切回歸正途，大家都願意當好人，沒人召喚黑暗勢力或什麼鬼東西的。」

「妳這不是悲觀，妳是天眞。大部分的人就是這麼爛，成天做蠢事，不願當好人。事實就是這樣。」愛芙羅黛蒂告訴柔依：「爲了證明我說的沒錯，我們這就去依琳的葬禮吧。她生前不學好，現在，我他媽的很確定她的葬禮也一定烏煙瘴氣的。」

愛芙羅黛蒂眞的受夠了葬禮。不止因爲好人的葬禮讓人難受——比如龍·藍克福特老師和那可憐的小同志傑克——更因爲就算穿得再漂亮去參加，也無濟於事，心情一樣會很糟。黑暗、乏味、悲傷、難過。

雪上加霜的是，今天柔依的火氣又特別大，對最高委員會說話兇巴巴，還頂撞桑納托絲。根本不像柔依嘛。而且，她竟然還忘了跟市長的親生女兒提一個「微不足道」的細節：警方要採集師生的DNA樣本以找出兇手。想到這裡，愛芙羅黛蒂的目光瞥向柔依。她站在史蒂薇·蕾旁邊，一邊聽著鄉巴佬滔滔不絕講著什麼，一邊點頭，可是臉上沒有平常那種**微笑看著閨蜜**的表情，反而皺著眉頭，看起來累壞了。不對，她看起來不是累，而是生氣。或者不爽。對，柔一臉不爽。

愛芙羅黛蒂不知道天殺的該怎麼辦。

或許應該讓柔依知道她最近出現的那個靈視——女主角就是柔，她氣到失控，還進了監獄，而且，有一堆人被吃掉。

可是愛芙羅黛蒂的直覺告訴她，柔依是無法講道理的——起碼此刻不行。

或許等葬禮結束後。或許柔只是因爲葬禮讓人難受，而變得超級緊繃。

她們三人走到校園正中央——這個被巨大橡樹環抱的區域，正是她們太過熟悉的火葬柴堆／葬禮的舉行地點。桑納托絲和卡羅納站在火葬柴堆的頂部，旁邊有達拉斯。他面無表情，不過對於桑納托絲對他說的話，不停點頭回應。至於他的那票朋友，則在他的背後圍成半圈，一個個不入流的外表裝扮，看起來就像時尚災難。

達瑞司朝她揮手，轉移了她的注意力。「我們的小夥子在那裡。」她說，於是一行三人改變方向，去跟她們的戰士、其他守護圈成員，以及史蒂薇．蕾的紅雛鬼會合。這些紅雛鬼已在火葬柴堆的另一邊圍成半圓。

達瑞司上前擁抱她，愛芙羅黛蒂依偎在他的懷裡，暗自希望此刻只有彼此。

「桑納托絲和卡羅納繃著一張臉，看起來好可怕。你們剛剛跟最高委員會的會議，是不是不順利？」他附在她耳邊問道。

「超級不順利的。晚一點再跟你說。」她低聲回應。這時，老師們也來了，他們站到學生圍成的半圓缺口，將另一邊的半圓補齊，形成一個完整的圈，製造出全校團結一致的假象。

桑納托絲率先開口，聲音清晰有力。她很擅長演說，不過，當她開始喃喃唸起押韻的祝禱詞，愛芙羅黛蒂還是分神了。

愛芙羅黛蒂看著達拉斯。以她的標準來看，達拉斯這傢伙太矮，眼睛太圓，就算以前，他腦袋還算正常，還沒變成紅雛鬼時，她就很不喜歡他。這會兒，他凝視著火葬柴堆和裹著壽衣的依琳，不時用衣袖抹抹眼角。嚴格說來，他的確在哭，不過，多半時間是一副氣呼呼的樣子。愛芙羅黛蒂的視線移轉到達拉斯背後那些紅雛鬼，他們沒人掉淚，多數人不是看著火葬柴堆，就是桑納托絲。嗯，是有幾個人瞠目結舌地看著卡羅納，不過，話說回來，通常小雛鬼看到卡羅納，每一個都會目瞪口呆。

愛芙羅黛蒂的目光掃過圍成一圈的師生，這才發現妮可沒跟達拉斯那群人在一起，而是站在一群老師當中，就在蕾諾比亞和崔維斯旁邊。她好像察覺到愛芙羅黛蒂的目光，視線往愛芙羅黛蒂看過來，那眼神不惡毒，但也不友善。愛芙羅黛蒂心想，如果眼神會說話，那她的眼神大概在說，**看什麼看**？

愛芙羅黛蒂繼續盯著妮可，一會兒後才繼續環視圍成一圈的師生，目光掃到夏琳時，再次停駐。她就站在討厭鬼艾瑞克的旁邊。夏琳這女孩，這陣子經常出現在艾瑞克身邊，愛芙羅黛蒂忍不住納悶，她的識人能力是不是有問題。艾瑞克確實很帥，要不是他那麼帥，當初愛芙羅黛蒂就不會看上他，還跟他有一腿，不過，她終究看清楚他的眞面目，毅然決然地甩了他，展開新人生。當然，她是沒見過夏琳和艾瑞克做過相互吸臉之類的噁心動作，而且，他也不曾公開牽她的手。說不定，不是夏琳喜歡艾瑞克，而是艾瑞克成天巴著夏琳，只因爲她是他變成躡蹤使者後第一個追蹤到的雛鬼。確實有這個可能。

據說夏琳能讀到別人的氳氣，還是顏色什麼的，並藉此看出對方的眞正內在，所以，艾瑞克很有可能變了，不再那麼混蛋，而這樣的轉變被夏琳看出來了。不過，可能性應該微乎其微吧。

愛芙羅黛蒂把頭髮往後甩。夏琳也讀過她的顏色，愛芙羅黛蒂知道這件事時，簡直氣炸了，所以一開始沒給夏琳好臉色看，不過後來她就跟她道歉了。其實，夏琳說得對。她告訴愛芙羅黛蒂：**妳的月光色當中有閃爍的黃光……這就是妳獨特的地方——妳是溫暖的人……但這部分很微弱，而且隱藏起來，因為多數時候妳不想讓別人發現妳有多溫暖，有多善良，**

可是，就算如此，妳依然是個溫暖的人。愛芙羅黛蒂一邊回想，再次把頭髮往後甩。雖然她看了夏琳就討厭，但她的直覺告訴她，夏琳不是唬爛的，她確實有眞視，而且女神也賜給她詮釋眞視的能力。

愛芙羅黛蒂瞥向柔依，她就站在史蒂薇．蕾和利乏音那邊，介於史塔克和簫妮之間。果然，簫妮和史蒂薇．蕾已經哭腫了眼，可是柔完全不見哀容，這點實在很怪。柔通常會在葬禮上哭得一把鼻涕一把眼淚的，況且，即使依琳去世之前有段時間誤入歧途，她終究還是柔原本的守護圈成員啊。

愛芙羅黛蒂又把目光移回夏琳身上。這女孩已經沒再看著桑納托絲，而是望向柔依，表情似乎訴說著，她很不喜歡當下所看到的柔依。

就在這一刻，愛芙羅黛蒂決定了。

於是，她把注意力拉回葬禮。達拉斯正舉起熊熊燃燒的火炬，桑納托絲高舉雙手，提高分貝，說：「達拉斯，我委由你點燃依琳的火葬柴堆，同時，我決定由簫妮以女神賜給她的天賦，來幫助我們這位墮落的女兒回歸塵與土。」桑納托絲示意簫妮站到她旁邊。

簫妮滿臉淚痕，但毫不遲疑地走向火葬柴堆，在達拉斯將火炬碰觸乾燥木頭的剎那，對著夜空高聲喊道，「火，降臨我！」頓時，她的四周旋起一股熱浪，一頭烏黑的長髮也應聲飛揚。「解放我孿生姊妹的肉體！如是所求，如我所願！」轟的一聲，火葬柴堆爆出熊熊火焰，所有人不得不往後退幾步，遠離烈火，但簫妮依舊駐足原地。愛芙羅黛蒂伸手遮眼，但目光依舊注視著簫妮——仍然淚如雨下的她，見到她的元素聽從指令，開心地笑了。

愛芙羅黛蒂心想，她看起來眞像個火神啊。雖然這話不曾對簫妮說過，但……

桑納托絲關閉守護圈，願大家祝福滿滿，這時愛芙羅黛蒂壓低聲音對達瑞司說：「我得去辦點事，等一下在寢室碰面。」親吻他之後，她立刻鑽入人群，一邊穿梭，一邊尋找夏琳的身影。眞希望這位小姐的身材沒那麼天殺的嬌小。

心不在焉的愛芙羅黛蒂差點撞上一棵該死的樹。幸好利乏音就在樹的另一邊，愛芙羅黛蒂見到他時立刻回神，才沒撞上樹。他正抱著在傷心哭泣的史蒂薇．蕾，任她的淚水浸濕了他的T恤。

「我知道這很難受，可是依琳現在跟妮克絲在一起了啊。」利乏音對史蒂薇．蕾說，並抬頭看了鬼鬼祟祟繞過大橡樹的愛芙羅黛蒂一眼。

她趕緊把食指放在嘴唇中央，嘟出**噓**的唇形，還搖搖頭。現在，她最需要的，就是讓史蒂薇．蕾以爲她也和她一樣忙著傷心哀悼依琳。幸好，利乏音沒理會她，回頭繼續全力安慰史蒂薇．蕾。愛芙羅黛蒂趁機悄悄溜走。

她忽然不寒而慄，感覺**不對勁**，還整個人愣住，沒幾秒視線就發現了達拉斯。他看不見愛芙羅黛蒂，因爲有樹擋住，可是愛芙羅黛蒂認爲，就算此刻她像一頭小母牛粗魯地橫衝直撞，他也不會注意到她，因爲，他正忙著看利乏音和史蒂薇．蕾。他眼神裡的恨意讓人看了害怕。愛芙羅黛蒂不動聲色地繞過橡樹，接近達拉斯。他喃喃自語，愛芙羅黛蒂專注地觀察他的一雙薄唇，豎起耳朵聆聽。

「這樣不對。我的死了，她的甚至不是人，這樣不對……」

就是這些話。達拉斯就是這麼說的。愛芙羅黛蒂等著，靜靜觀察，準備好等著，要是達拉斯敢輕舉妄動，她就要去告訴利乏音，並喊達瑞司來幫忙，可是，這傢伙只是不斷重複同樣的屁話，就連離去時，也沒停止喃喃自語。

愛芙羅黛蒂搖搖頭。達拉斯的確不對勁。看來柔很可能眞的崩潰了，但她的崩潰確實有道理，誰想和這傢伙一起被關在夜之屋啊。

「好，艾瑞克，那明天見！」

愛芙羅黛蒂聽見夏琳的聲音，如釋重負地吁了一口氣。在她揮手跟艾瑞克道別，漫步走向女生宿舍時，快步趕上她。

「喂！」愛芙羅黛蒂在她的背後叫住她。

夏琳回頭，滿臉問號。

「過來。現在。」愛芙羅黛蒂指著人行道那盞閃爍的煤氣燈所照不到的陰暗處。

兩人一起走過去。夏琳雙手抱胸，「妳別想使喚我。」

「可是這會兒妳不正乖乖照我的話做。」

夏琳不發一語，轉身離去。

「等等！我是開玩笑的。回來啦。」見夏琳沒停步的意思，愛芙羅黛蒂嘆了一口氣，補上一句：「請妳回來。」

夏琳一聽，立刻轉身回來。「多說『請』個字不就得了嗎？下次記得先說啊。」

「好，好。隨便啦。」

愛芙羅黛蒂覷著夏琳，夏琳回覷她，接著愛芙羅黛蒂撥頭髮。夏琳睜大眼睛，說：「妳在緊張？」

「我這人從來不緊張的。」

「妳緊張得撥弄頭髮了。」

「我只是輕輕撥一下。」

「妳有求於我。」夏琳笑著說。

「我沒有。有求於妳的，**是妮克絲的女先知愛芙羅黛蒂**。」

「妳用第三人稱來說自己，會讓我寒毛直豎欸。」

「閉嘴，聽我說就好：我不久前出現靈視，而這個靈視跟柔依有關。她失控發脾氣，還因此導致不好的事情發生。」

夏琳的笑容頓失。「妳跟小柔說了嗎？」

「我認為不應該告訴她。起碼，現在還不該說。」

「那，妳有跟妮克絲禱告，聆聽她給的答案嗎？」

「白癡，我當然有啊，所以才會站在這裡跟妳說話，而不是去找柔依。」

「別叫我白癡。」夏琳說。

「那就別說話像白癡。妳早就知道小柔不對勁？」

夏琳咬著唇。

「說啊？」愛芙羅黛蒂逼問她。

「我不想跟妳談這種事。」

「別去想妳在跟愛芙羅黛蒂說話。想像我們是以女先知對女先知的立場，在討論女祭司長的事情。事實上，我們的確是女先知。」愛芙羅黛蒂看著她的眼睛，繼續說：「這不是聊八卦，況且我們也沒惡意，我們是在善盡職責。」

「她的顏色變得愈來愈怪。」夏琳靜靜地說。

「愈來愈怪？所以，之前就有這種現象？」

「對，之前在坑道，我跟她說話時，就發現她的顏色變得混濁，還攪成一團。當時我告訴她，我覺得她好像困惑迷惘。」

「然後呢？」

「她說，我說的沒錯，還有，我不可以到處跟別人亂說她的事。」

「嗯，我可以理解爲什麼她會這麼說。」愛芙羅黛蒂說。

「結果，我現在就在亂說。眞不敢相信我會做這種事。」

「放心，我不會告訴別人的，就連柔依都不會說。夏琳，現在柔依的顏色還是混濁的嗎？」

「非常混濁，而且會打旋，類似漩渦快要出現時那樣，或者像龍捲風的頂端。」

「這代表什麼？」

「憤怒、困惑、沮喪。基本上，不是好東西。好，我給妳舉個例子吧：達拉斯的顏色總是在打旋。」

「靠！柔依的也一直在旋轉？」

「不是，她的才剛開始旋轉，而且並不是持續地旋轉。今晚她剛來到葬禮時，她的顏色是打旋的，可是桑納托絲一開始說話祈禱，她就變得愈來愈平靜，顏色也愈澄澈。等到簫妮開始點燃火葬柴堆，她的顏色已經恢復成原本的紫色，還摻雜著點點銀光。不好意思，我知道這聽起來會讓人一頭霧水。」夏琳說，搖搖頭。

「我覺得妳描述得很好。」見夏琳不敢置信地眨眼看著她，愛芙羅黛蒂補上一句：「我就跟妳說了呀，現在站在妳面前的人，是妮克絲的女先知愛芙羅黛蒂。」

「又是第三人稱——詭異。」

「習慣吧。現在，這位女先知要妳這麼做——持續盯著柔依，每次她的顏色開始旋轉，就來告訴我。」

「立刻嗎？」

「對，白癡，當然是立刻。」

「現在妳的口氣分明是愛芙羅黛蒂，不是女先知。」夏琳說。

「那是因爲我和女先知合爲一體啊。反正妳就照我說的去做，這樣才不會有人受傷害。」愛芙羅黛蒂說。

「妳真的很奇怪。」夏琳說。

「說我正常才是高估我。我剛剛說的，妳會做到吧？」

「我剛剛跟妳說的這些妳保證不會告訴別人？除了柔依和妮克絲。」

愛芙羅黛蒂躊躇了一下才點點頭。「我保證。我不會說柔依的八卦。」

夏琳打量她，然後說：「好，我相信妳們。妳和妳身上的女先知。」

11 元牲

元牲納悶，葬禮有沒有可能不讓人那麼難受？如果已經活了好幾十年，是不是遇到葬禮時，會比較容易面對？參加葬禮後，假使有朋友可以聊聊天，心情會不會好一點？

他離開人群，漫無目標地走著。沒人跟他說話，沒人注意到他，可是元牲注意到了所有人事物。

簫妮仍站在燃燒的柴堆旁輕聲啜泣，只是淚水一滑落，立刻被火焰烘乾；桑納托絲在可忍受的溫度範圍內，盡可能靠近她。至於那長著翅膀的不死生物，依然像一座雕像，佇立在陰暗處，雙眼不停掃瞄火葬柴堆的四周，彷彿預期敵人會從依琳的灰燼中冒出來。

元牲敏捷、安靜地走著，始終保持在卡羅納的視線外。他不知道那個不死生物的底細，他到底是朋友、敵人，或者，是一個神，來人間的目的是要觀察世人，取笑他們？

元牲繼續在陰暗處走動。利乏音正在安慰史蒂薇．蕾。元牲好羨慕他們那種親密關係——尤其是史蒂薇．蕾毫不保留地接納利乏音，沒有一絲批判或遲疑。

他也注意到了達拉斯。這個年紀輕輕的紅成鬼似乎很痛苦，有滿腔憤怒和嫉妒。元牲很不喜歡他喃喃自語，盯著史蒂薇．蕾看的神情。或許，他應該跟桑納托絲談談達拉斯，雖然女祭司長和其他人已經很清楚達拉斯是個危險人物。

愛芙羅黛蒂溜走了。元牲看見她在叫喚夏琳。兩名女先知互通有無，似乎正常不過，尤其在這種非常時期。

他應該再往前走，離葬禮更遠一些，繼續隱沒在黑夜中，等著天亮時，史蒂薇．蕾旗下的紅雛鬼回到位於地下室的新窩，到時他會重新出現，站崗守衛，靜靜地保護他們，提高警覺，心無旁騖地服事這所夜之屋，並透過這所夜之屋，服事女神妮克絲。

可是，柔依總會吸引他的目光。元牲停步，允許隱身陰暗處的自己停下來凝望她片刻。她正和戴米恩及達瑞司說話，一旁的史塔克緊握著她的手。她的視線在交談對象和簫妮之間不斷流轉，表面上很專注交談，還不時點頭，但元牲看得出來，她的注意力多半在她那個非常靠近燃燒柴堆，始終哭個不停的朋友身上。

柔依應該會繼續待著，等簫妮準備好跟依琳做最後的道別，才會離開吧，元牲心想。那一刻，他考慮也留下來——跟柔依一起等待。或許，他可以說些什麼或做些什麼來協助她們。

不。史塔克會陪著柔依的，況且，除非柔依不在場，否則史塔克根本無法忍受元牲的出現。

然而，跟柔依這位年輕的女祭司一樣，元牲也被史塔克所吸引。他是眞心喜歡這位戰士。今天，他幫忙史塔克和達瑞司整理要給紅雛鬼居住的地下室時，跟他們合作無間，氣氛融洽，元牲幾乎要以爲自己是他們當中的一份子，直到史塔克和達瑞司差遣他跑腿，接著，桑納托絲叫他去找柔依——因爲她開會遲到了。

元牲一下子就找到了柔依。他心想，自己好像總能輕易找到她。

可是，一旦史塔克跟柔依在一起，這位戰士就會變得很奇怪，態度冰冷、還排擠元牲，逼得柔依當眾責罵他。

他在嫉妒我，元牲心想。可是，他認爲自己根本沒什麼好讓史塔克嫉妒的啊。柔依毫不在乎元牲，幾乎連看都不看他一眼。之前甚至無法忍受跟他同桌吃飯。

元牲知道自己內心裡有一個名叫西斯的人類男孩，這男孩曾是柔依的男友——她未來的伴侶——即使她已經有一位緊緊相繫的誓約戰士。

元牲曾拿這事去問戴米恩，戴米恩人很好，耐著性子跟他解釋情況，不過他的說明並沒多大幫助。

並非元牲不了解雛鬼或成鬼可以同時擁有人類伴侶和戰士，甚或吸血鬼配偶。在元牲看來，這完全可以理解，畢竟愛情本來就是一種複雜的感受，無法侷限於狹隘的定義。

元牲不懂的是，他身上怎麼會有一個人類男孩的靈魂。

這個西斯，到底在哪裡？

元牲曾試著跟他接觸，試著跟他說話，但始終沒有得到任何回應。沒錯，偶爾他會做奇怪的夢，夢到他在釣魚或運動。或者親吻柔依。

不，這個夢不是來自於他內在的另一個人。他之所以夢到親吻柔依，是因爲**他**想吻她。她漂亮，有能力，而且，她比他自己相信他不止是源於邪惡的工具人。

元牲在心裡搖醒自己。柔依怎麼想，其實沒什麼意義，反正，她對他**沒**興趣。因爲，即使她的人類愛人跟他共享同一個靈魂，她也不可能忘記元牲是怎麼製造出來的。透過她母親的死，他才得以存在於這個世界。

這一點，連他都無法原諒自己，柔依怎麼可能原諒他呢？

可是，我沒殺她母親！元牲在心裡吶喊。

要不是她母親的死，我也不可能存在！他的良心提醒他。

這不是我能決定的！不是我的錯！

然而，我還是得為她母親的死負責！

因為，我就是那條人命所換來的產物！

這場永遠改變不了，永遠分不出勝負的內心爭戰，讓元牲心力交瘁，所以，當下他只能去做那件事——想要平息內心的掙扎，他只知道這個方法。元牲在沒驚動任何人的情況下，走到了隔離夜之屋與外界的那道石牆，以驚人的力量，一躍躍上這道足足有十二呎高，兩呎寬的高牆，然後無聲無息地落在牆外。整圈石牆的長度有六千八百二十三呎，元牲之所以知道，不是因爲他曾查過學校年鑑，而是因爲這道巨大石牆的每一吋，都有他跑過時投下的陰影。他在高牆外的陰暗處奔跑，繞著夜之屋，一圈又一圈地跑，直到身上的感官只剩大口喘息，只剩急速心跳，還有發熱的身體。而內心的交戰，終於消失殆盡。

於是，元牲當下開始奔跑。

一根根等距隔開的鐵桿突出於牆面，一盞盞探照燈高懸在鐵桿上。整個夜之屋唯一的電器照明，就是這些燈。熾亮刺眼的探照燈懸掛在圍牆外，成功地發揮作用，有效阻止人類窺探只有煤氣燈照明的昏暗校園。這一刻，探照燈讓高牆底部出現一道影子，元牲就沿著這道陰影，以凡人和吸血鬼所不能及的速度，宛如隱形般地奔跑著。

前一晚，死了一個人類和雛鬼之後，元牲繞著學校跑了十圈，心情才得以平靜。他想，今晚恐怕得跑個十圈以上。

他穩穩地深吸一口氣，用力擺動手臂熱身，然後毅然地將身體往前拋出去。奔過校園西北側的彎道時，元牲的左肩擦掠到石牆。他速度之快，看不到鐵桶，見不到人類，所以就這麼撞個正著，栽了跟斗，翻了好幾呎後才停住。

「靠！是吸血鬼欸！」有個男性人類喊道。

「哪有，什麼都沒見到啊！」另一個男性聲音說。

元牲頭暈目眩地起身，面對威脅。他開始汲取兩個男性身上所飄散出來的恐懼情緒，準備藉由恐懼的力量，加速變形，讓自己盡速變身成那個可以輕易擊倒他們，以便保護夜之屋的生物。

兩名少年倉皇地奔離元牲。被元牲撞上之前，兩人的手裡都拿著一杯裝滿了液體的紅色塑膠杯，但這會兒，他們各自抱住小圓桶，拖著桶子，後退踉蹌，遠離元牲。

「喂，那不是天殺的吸血鬼。」其中一個男孩說。

另一個瞇眼看著元牲，瞅著他沒任何記號的額頭猛瞧。「靠，札克，你說對了。」

於是，兩人不再拖著鐵桶逃命。「靠，王八蛋，你害我們把啤酒灑光了，還差點害我們把酒桶丟在這裡，拔腿逃命。」

「就是說嘛，萬一眞是這樣，那可就不妙。」另一個少年說，還搖搖頭，抹了一下灑在衣服上的液體。「等一下！他剛剛跑得跟飛一樣。有吸血鬼在追你嗎？」

「追我？沒有。」元牲說。

「那你幹麼跑得跟飛一樣？」

「因爲我就是想奔跑啊。」元牲老實回答。

「老兄，下次跑的時候記得**看路**啊。」

滿頭霧水的元牲說：「那，你們在這裡幹麼？」

「靠，老兄，跟你一樣啊，想看那些吸血妞的鮑魚啊。」

「吸血妞的鮑魚？」

「吸血妞的鮑魚。」元牲又重複這句話。他在想，到底該把這兩個傢伙的頭抓起來相撞，還是哈哈大笑。

第一個少年嘆了一口氣。「聽好了，除非你把嘴巴閉緊，否則我們是不會分你看的。」

「給他看一下沒關係啦，賈森，他看起來不像他們的人。而且，如果他敢說出去，他自己以後也會沒得看。」

賈森聳聳肩。「好吧，可是，你不准大驚小怪，說哇靠喔。」

「好，我不說哇靠。」元牲說。

「好。你過來。」賈森作勢要元牲跟著他到牆邊。到了牆邊後，他停步，指著鐵桶，說：「把那個拿過來，牆太高了，沒用它墊腳的話，根本看不到。」

元牲輕輕鬆鬆地抓起鐵桶，拿給在牆邊的賈森。

「靠，你也太強了吧，這桶子他媽的有一噸重欸。」賈森以激賞的口吻說道，然後將鐵桶滾去靠在牆上。他小心翼翼地站上去，在牆面找到施力點，手抓好，穩住身子。「就在這裡，看得一清二楚。」少年將臉貼在牆上，窺探校園，雙眼隱沒在牆洞裡。「該死，現在有點暗，有時候，通常就是這個時間，可以清楚看到吸血鬼。不管天多冷，她們都穿得很少。我眞的見過吸血鬼的粉腿和奶頭喔，超養眼的。」他跳下鐵桶。「換你。」

元牲覺得這一切好超現實，但他還是學賈森站上鐵桶。他毫不費力就站穩，隨即看見視線水平處的圍牆上，有一個拳頭大的洞。元牲從洞望進校園，看見那條連接男生宿舍和女生宿舍的人行道。這時，兩個女雛鬼映入眼簾。她們的聲音傳入他的耳裡，但話語迷失在夜色中。他不認得這兩個女孩，但見到她們穿著露出大腿的短裙，以及只遮到胸緣上方的緊身小可愛，還是頗驚訝。

元牲跳下鐵桶，看著兩個小夥子。

「有沒有看到？」札克問，興奮得眼睛發亮。

「沒有。」元牲說。

「靠，今晚裡頭很熱鬧欸，可惜我們什麼都看不到。」賈森說：「要不要啤酒？我們有多一個杯子。」

元牲不知還能怎麼辦，只好點點頭。

「我叫賈森，這是我表哥札克。」賈森說，打開桶子上的龍頭，倒了滿滿一杯給他。

「敬辣妹！」札克說，賈森和他一起舉高杯子，兩人以期待的眼神望著元牲。

「好！」元牲努力讓口氣聽起來正常且興奮。兩個小夥子將杯子往嘴中一倒，大口灌下，他也跟著做，將塑膠杯裡的液體一口灌入嘴裡。啤酒冰冰涼涼，有點苦，不過他喜歡這味道，非常喜歡。

「盡量喝。」賈森說：「還有一大堆呢。其他人說要來，結果超沒種的，竟然放我們鴿子。」

「喂，這樣我們才可以喝到爽啊！」札克說。

元牲跟著他們一起喝。眞沒想到光是和兩個男孩站在這裡，沒被看成怪胎，就可以讓他整個人輕鬆起來。

元牲又灌下長長一口，一飲而盡，用手背抹抹嘴邊的酒沫後，他聽見自己脫口這麼說：「我叫西斯。你們經常來這裡嗎？」

賈森又把三人的杯子裝滿酒，然後跟表弟坐在草地上，背靠著牆。元牲也坐了下來，跟他們面對面。

「沒有啦，我們是幾天前才發現這地方。」

「怎麼發現的？」元牲問，又喝了一口。

「嗯，有一天，我們有事開車經過這裡，札克忽然叫我停車——他說，他看見有光線穿過圍牆，照了出來。」賈森說：「我心想，他瘋了。」

「你當時是以爲我醉了。」札克糾正他。

「反正，你瘋了也醉了。」賈森哈哈笑著說。

「好，可是，我沒說錯啊。我們下車後，我把賈森抬上去，他果然看見牆上有個洞。」

「以前比較容易偷窺，因爲那時校園裡有很多聖誕樹，樹上掛滿燈泡，所以，我們就不客氣，盡情地大飽眼福嘍。天哪，那些吸血鬼美眉有夠辣的。」

「是雛鬼。」元牲不由自主地糾正他。

「什麼？」

「你看到的應該不是吸血鬼，而是雛鬼。」

「隨便啦。反正我看到了粉腿和奶子，眞是超級辣。」賈森說：「所以，你也發現牆上有洞？」

「沒有。」元牲說。

「吼！我還以爲你知道有更多洞可以讓我們偷窺哩。」賈森說。

「喂，豬頭，你該高興啦，要不是我發現這個洞，我們哪能看見眞正的吸血鬼啊。」札克對表哥說。

「是雛鬼。」元牲又出聲糾正，還舉起杯子討酒。

賈森打開啤酒桶的龍頭，將杯子裝滿，札克開始細細打量元牲。

「你怎麼知道那麼多吸血鬼的事情？」札克問。

賈森一聽，坐挺了身子，說：「喂，你該不會是他們的捐血人吧？我是說，自願讓他們吸你的血之類的？」

「還有，找你上床？」札克補上一句。

「沒有，沒有。」元牲說，並搖搖頭，這時發現有一種感覺很怪，醺醺然，而且腳下踩的地好像有點搖晃。

「這樣吧，你就告訴我們怎樣可以撈到這種好處。我們保證不會告訴其他人。」

「眞的，誰都不會說，保證不會有其他人知道。」賈森說。

「我不是誰……的配偶啦。」元牲說，還打個嗝，然後哈哈大笑。他的話爲自己惹麻煩了，可是，他覺得好舒服，眞的好舒服。

「老兄，你在笑什麼啦？」

「你有好東西只顧著自己享受，一點都不好笑。」

元牲一大口灌完第三杯酒。「我是在笑我腦袋裡那些小氣泡。」

札克皺起眉頭，說：「酒量眞小。最好你不需要開車回家。」

「我不需要開車。」元牲開心地說。

「所以，你**真的**住在這裡嘍！」札克說。

元牲眨了好幾次眼，努力讓眼睛的焦距集中在男孩身上。「有時候住這裡。」他口齒不清地說。

「好，你聽好喔，我們不是在開玩笑，我們是眞的很想『捐血』，而且不收費喔。」賈森說。

「可是，不能跟男的。我沒辦法讓男的吸血鬼碰我。」札克說。

「當然，絕不能是男的。」賈森附和。「如果是小妞就可以，完全沒問題。」

「那，我們現在該怎麼做？」札克問。

元牲的腦袋裡滿滿都是不可思議的小氣泡，而且雙腿感覺怪怪的——變得好沉重——不過，腦筋似乎還管用。他知道這兩個傢伙不該出現在這裡，他知道自己不該迎面撞上他們。可是，從他嘴巴冒出來的話卻是：「等……等，我想一想。」

賈森嘆了一口氣，又灌下一大口。「他可能被吸太多血，酒量被搞壞了。」

「只要能享受到吸血以外的其他福利，我不在乎酒量被搞壞。」

「你說的喔。」賈森說。

然後兩個表兄弟一起看著元牲。

元牲的腦袋忙著衡量各種方案。一邊思忖，還舉起杯子討酒。

「你確定？你看起來很醉了欸。」賈森說。

「我是在思考。」元牲話都說的口齒不清了。

札克聳聳肩。「倒給他啦，反正他說他沒開車。」

元牲一邊喝酒，一邊想著該怎麼做。他可以變身成牛獸，嚇跑他們兩個。或者，直接將他們拎起來，扔到馬路上，然後號吼一聲。這兩種方式，一定都可以把他們嚇得屁滾尿流。

可是，啤酒在他們手上。

元牲愈想，就愈覺得嚇跑他們不是好主意。現在，夜之屋已經被警方封鎖，如果這兩個少年嚇到跑去報警，對學校來說可不是好事。

元牲好想讓時間倒流，讓自己沒撞上他們。可是，他希望還是能喝到啤酒，他真的好喜歡啤酒的味道。

今晚發生的一切都該被抹除殆盡。全部消失。全部遺忘。不曾發生過。除了啤酒。

札克傾身靠向元牲。「喂，你想好了沒？」

「要不要給我們電話或什麼的，讓我們可以跟你聯絡？我們說過了，絕不會告訴其他人。」

就是這句話，給了元牲靈感。這個主意很棒，除了可以搞定這兩個發現牆上破洞的小鬼，還能讓史塔克知道，元牲不是他的敵人——他是真的想當他的朋友。而且，能繼續保有啤酒。他笑著對小夥子說：「我沒有電話，不過，你們等著，我去找他們來。」

「哇！」札克說。

「吸血鬼嗎？」賈森的性格似乎比較多疑。

「沒有女生。我要找的是專門處理捐血事宜的吸血鬼專家。」元牲說得結結巴巴。

「唉呀，剛剛不是說了嗎，我們對男的沒興趣。」賈森說。

「閉嘴啦，老哥！他要找的那個男的，一定可以帶我們去找辣妹啦。」札克說：「你以爲我們可以大大方方走進去釣美眉，然後若無其事地離開啊。人家是有規矩的嘛，是不是啊，西斯？」

「對，」元牲說：「我們要守規矩。」他起身，遞出杯子，再次討酒喝。接下來，他指著札克和賈森，說：「你，還有你，你們乖乖待在這裡，我會帶著那個吸血鬼和規矩回來找你們。」

元牲小心翼翼地拿著裝滿啤酒的杯子，稍微蹲伏後，用力一躍，站上了十二呎高的牆頭上。

「眞不是蓋的！」賈森說。

「難怪他們對這種事情那麼低調。要是大家知道被吸血鬼吸過血，就有這種飛簷走壁的超能力，這間該死的學校外頭一定大排長龍！」札克說。

「待著別動啊。」元牲說，小心地握好紅色杯子後，跳入校園裡。

他原本打算俐落地奔到體育場，因爲通往地下室的入口就在那裡，史塔克很可能正在那地方協助紅雛鬼安頓。可是，元牲怎麼跑就是歪歪斜斜的，所以，他抵達體育場入口時的姿態不僅沒能安靜迅速，就連轉個門把都笨手笨腳。好不容易打開門，卻重心不穩，直接摔進去，起身後，他踉蹌地橫越沙地，走入通往地下室的走廊，然後，不知怎地，跟克拉米夏撞個正著。

「該死，元牲！你這個冒失鬼。」她氣沖沖地對他說。

「我不是故意的——那個門好難開——好啦，對不起。」他終於道歉。這時，他才發現她和她背後那群雛鬼正睜大眼睛看著他手上的啤酒。他循著他們的目光，低頭看著那個九分滿的杯子，抬起頭後，咧嘴對她一笑，口齒不清地說：「我都沒灑……出來喔！」

「看看你醉成什麼德性。」克拉米夏對他說，然後轉身對著通往地下室那扇敞開的門，喊道：「柔！你的男孩在這裡丟人現眼啦！」

「沒……有！沒有，小柔，我只是要來——」元牲想壓低聲音對克拉米夏說話，但她伸出手，在自己的面前猛揮，還皺起鼻子，往後退，離他好幾步。

「走開啦！」

「克拉米夏，什麼事啊？」柔依從地下室走上來，元牲看見史塔克就在她背後，鬆了一口氣。

「那東西臭死了。」克拉米夏指著元牲說：「他喝酒欸，還喝得醉醺醺。我不知道他到底算是人還是牛，不過我很確定，他醉成這樣，實在很糟糕。」語畢，她對著其他仍瞅著元牲猛瞧的雛鬼揮手，示意他們跟她走。「我們去地下室把東西整理一下，這裡就留給柔自己去處理吧。」

元牲看著他們離去，說：「我不是**那東西**。」

柔依和史塔克走到他旁邊。柔依往他身上聞一聞，看看他那幾乎滿的杯子，再看看他的臉。她那雙原本又大又美的眼睛變得更大了，但沒變得更美。「搞什麼啦！你竟然喝得醉醺醺！」

12 史塔克

「喝醉？」元牲說，一臉茫然，但醉意全寫在臉上。

「喝醉？」這小子重複說了一次，然後以誇張的嚴肅表情點點頭。「對，我喝醉了。」

柔依張開嘴，任何人一看就知道她要問元牲到底是怎麼一回事，沒想到元牲不理她，逕自走向史塔克，還侵入他的私人空間，就著滿口酒氣，以自以爲悄聲的音量，高分貝地說：「史塔克，你跟我來，你要假裝是專門處理捐血事情的吸血鬼專家，讓他們忘記吸血妞的鮑魚。」

柔依忽然冒出一種像是被嗆到的聲音。史塔克沒看她，因爲他正忙著克制自己，免得爆笑出聲。元牲醉蠢了！竟然提高嗓門說出吸血妞的鮑魚這種話。天哪，柔依肯定會氣炸！好戲要上場了。

「元牲，你喝了幾杯啊？」史塔克指著那個九分滿的紅色塑膠杯。

元牲瞇眼看著杯子。史塔克發現他伸出手指開始數。「一、二、三、四，這是第四杯，而且我拿著杯子跳上圍牆，還跳下來，都沒有灑出來喔。史塔克，啤酒眞好喝！」

「我的頭要爆炸了。」柔依說。

「不會！不會！不會！」元牲急著要她安心，激動得把酒灑得到處都是。「不會有事的，史塔克會讓那些人類小夥子忘記吸血妞的。」

這話一出，史塔克忽然覺得元牲不好玩了。「等等——什麼人類小夥子？」

「就是帶了酒桶，想看吸血妞的那兩個啊。」元牲說，一副純粹陳述事實的語氣。

「這到底是怎麼一回事！」柔依咆哮。

「天哪，小柔，冷靜一下。」元牲說：「我和史塔克會搞定的。」

霎時，元牲完全就是西斯的口吻，史塔克震驚得趕緊看了一下臉色蒼白的柔依。她伸手觸摸掛在脖子上的占卜石，緊張地撫弄著。

「柔依。」史塔克輕聲說，試著安撫她。「沒事的。**元牲**說的對，不管發生什麼事，他和我可以搞定的。」

柔依看著他的眼睛，點點頭，什麼都沒說，於是史塔克將注意力放回西斯身上。要命哪，這眞是他媽的太詭異了！這傢伙看起來**完全不像**西斯，平時說話舉止也**沒半點像**西斯，可是，這裡確實有西斯的靈魂，浸沐在啤酒裡的靈魂，透過元牲閃閃發亮，亮得史塔克和柔依幾乎目盲。

「給我。」史塔克從元牲手中搶過那杯啤酒，扔到體育場的沙地上。元牲看著啤酒灑出來時的表情，彷彿史塔克在沙漠中隨便浪費水。「現在，告訴我到底是怎麼一回事。」

「我跟他們一起喝啤酒啊，好好喝，而且他們人很好，可是他們不應該來這裡。我不想嚇到他們，免得他們跟其他人類提起。」說到這裡，他停頓一下，再次用眾人皆可聞的「悄悄話」音量，說：「**你知道的，就是我身上那隻牛啊**。所以，我就叫他們在原地等，然後我來找你，讓你把他們趕走，讓他們忘記剛剛發生的事。」

「學校裡有人類？」柔依問。

元牲蹙眉看著她，整張臉皺成一團。「不是**這裡**，是外面，外面**那裡**。」他大略指著他們背後的方向，就是通往體育場的那扇門那裡。

「在體育場外！」她的音量幾乎可以用吼叫來形容。

「小柔，有時我眞的覺得，妳很不懂得傾聽欸。」元牲說，繼續皺眉看著她，開始慢條斯理地說話，那樣子就像試圖讓她聽懂他說的外國話。「兩個男孩。在圍牆**外**。他們有酒桶。還有杯子。他們，想要，吸血鬼，辣妹。」

「好，我想我懂了。」史塔克抓住元牲的手臂，將他拖往門的方向，離小柔遠遠的，免得她撲上前掐住元牲的喉嚨，雖然這樣的畫面肯定很好笑。「你看見兩個少年在喝啤酒，他們還想翻牆進來，是嗎？」

「瞧，你眞的比較會傾聽。」元牲拍拍史塔克的背，力道之猛，害他差點趴到地面上。

「不過，他們沒有想要翻牆進來，他們只是想從牆上的洞偷看吸血鬼的鮑魚。」

「如果你敢再說一次鮑魚，我就痛扁你。」柔依說著，向元牲和史塔克追了過去。

「妳不可以過去喔！」元牲猶豫自己是不是該閉嘴，但他還是這麼說了：「因爲妳有粉腿和奶子！」

「喔，我的天哪，我一定要殺了他！」

史塔克趕緊擋在他們之間。他面向柔依，看著她的臉在零點零零零一秒內從慘白變成通紅。「柔，我想，這種事應該交由戰士來處理。」

他背後的元牲打了個嗝，呼出一波啤酒味，襲向史塔克和柔依。

柔依瞇起眼睛，指著元牲，說：「你根本不該喝酒的！」說完後氣沖沖地轉身，踩回地下室的出入口，進去後，將門重重關上。

「她好像氣瘋了。要不要拿杯啤酒給她？」元牲說。

史塔克用咳嗽來掩飾笑聲。「呃，不用啦。柔不喜歡啤酒。」

「不喜歡啤酒？她應該會喜歡的。啤酒可以讓她輕飄飄，比較開心欸。」史塔克這次懶得再遮掩了，直接哈哈大笑，說：「我也希望酒對她有用啊，可惜不管用。」

「因爲她有粉腿和奶子？」

史塔克知道這樣做不對，但他就是忍不住。「我不確定她有沒有欸，或許下次你見到她，可以問問她。」

元牲點點頭，露出一個醉漢所能表現出的最嚴肅表情，說：「好，我會問問她。」

「這樣會挺有趣的，不過，你得先帶我去找那些人類，在走去的路上，你要把事情經過，也就是他們給你紅色塑膠杯之前和之後發生的所有事，從頭到尾好好說給我聽。」

柔依

元牲是西斯。惹人厭、呆頭呆腦，滿身啤酒味的西斯。**吸血妞的鮑魚**——誰會說出這種話？我百分之百知道答案：就是那些喝得醉醺醺的臭男生。

「嗯，他們一到地下室，就舒服地窩著，眞像老狗身上的跳蚤。」史蒂薇．蕾說，打斷我的思緒，將我的注意力從酒醉的元牲／西斯，拉回到地下室，讓我不再擔心他和史塔克去處理那兩個人類少年，目前還沒回來。眞要感謝她。

「還有多久天亮？」我問她。

「不到一小時。」利乏音說，

「咦，史塔克還沒回來啊？」愛芙羅黛蒂問，偕同達瑞司和夏琳一起走過來。

「沒有，還沒。」我說：「元牲醉得一蹋糊塗，所以可能還要一會兒。」反正克拉米夏已經把元牲喝醉的事情大肆宣傳了，所以，我直接告訴他們，史塔克會設法讓元牲清醒的。但我沒說，他得先讓那兩個害元牲喝醉的小鬼喪失這段記憶。我之所以不提，是因爲大家今天的壓力已經夠大了——要命哪，根本是一整年的分量——所以，除非必要，我實在不想驚嚇大家。況且，史塔克說的對，他幾乎什麼事都可以搞定，所以，我直接放手讓他去處理。

當然啦，等他滾回來，我絕對要他把這件事鉅細靡遺地說給我聽。此外，等元牲／西斯那傢伙清醒後，我還準備了幾個字要奉送給他：白癡。

「我同意克拉米夏說的，元牲喝酒，非常不妥。」史蒂薇・蕾說。

「毛頭小子的典型舉動。」愛芙羅黛蒂嘟噥。

「嗯，西斯以前就經常喝得醉醺醺的，你們還記得，那時他喝醉了，出現在——」史蒂薇．蕾開始發表意見，但被愛芙羅黛蒂戳手肘後，立刻打住，轉而去擁抱利乏音，對達瑞司微笑，說：「哇，你們把地下室整理得真好！」

「是啊，」我插話，很高興她轉移話題。「整體看起來非常棒——溫馨舒適。」史塔克、達瑞司和利乏音攬下了最辛苦的部分，讓史蒂薇．蕾的紅雛鬼可以在葬禮之後，以最快速度，悄悄地將睡袋、枕頭等用品搬進去。（這時，達拉斯和他那票朋友已經躲到女神才知道的什麼鬼地方。）

「謝謝你們。」利乏音笑著說。

「確實一切都很順利。」達瑞司說，點頭表示讚賞。

「好像睡衣大派對喔！」史蒂薇．蕾說。

「所以，達瑞司和我才**不**留在這裡咧。」愛芙羅黛蒂說：「不過，說實在的，」她誇張地打了一個大哈欠。「我真的準備上床睡覺了。你呢？帥哥？」

「我的美人兒，妳有求，我必應。」達瑞司說，還俯身親吻她。

「**看來**，仍留在宿舍的，都該各自回房嘍。」我說。

「有人看到達拉斯和他那票白癡朋友嗎？」愛芙羅黛蒂問。

「沒有，不過，他們應該在校園的某個地方。」我說。

「我覺得啊，我們應該慶幸他們沒在這附近閒晃。」史蒂薇．蕾說：「說不定達拉斯已經傷心地到回房間了。畢竟，依琳是他的女朋友。」

「剛剛見到他時，我覺得他是憤怒，不是傷心難過。」愛芙羅黛蒂說。

「什麼意思？」我問她。

「葬禮結束後，我看見他直盯著史蒂薇．蕾和利乏音。」愛芙羅黛蒂說。

「他散發出來的顏色很難看。」夏琳說：「憤怒的漩渦。我同意愛芙羅黛蒂說的，他是憤怒，不是難過。我很不想這麼說，可是我眞的認爲，他和他那群爛朋友如果躲在他房間，一定不是因爲他們想安慰他。我敢打賭，他滿腦子想的是報復，不是療癒破碎的心。」

「要報復，他應該找的人是奈菲瑞特。如果，依琳的死可以歸咎於任何人，那個人就是奈菲瑞特。」我說。

「從他的顏色看來，他並不這麼認爲。」夏琳說：「他憤怒，就這樣。而且他很想見人就攻擊。」

「我們得看著他。」愛芙羅黛蒂說：「尤其是妳，夏琳。如果妳見到他的顏色變成混亂、奇怪，像漩渦般的鬼東西，一定要立刻告訴戰士，愈快愈好，然後，去找桑納托絲或柔。」

我的視線游移在這兩位女先知之間。「真高興見到妳們相互合作。」

「我也是。」史蒂薇．蕾說。

「我們只是善盡職責，」愛芙羅黛蒂說：「不需要說得那麼肉麻。對了，說到職責，你們有人去看看簫妮嗎？」

我嘆了一口氣。「她大概還在火葬場那裡。這樣吧，大家一起去找她。她現在需要好好洗個澡，睡個覺。」

「好啊，好啊。」史蒂薇．蕾說：「真高興我跟她睡同一間，我保證會先讓她吃點東西再上床睡覺。」

「對了，有件事我得問一下，利乏音到底是怎麼進去妳房間的？妳的窗戶一直開著嗎？」愛芙羅黛蒂說。

「妳是故意問來讓我難堪的嗎？」

「不是啦，鄉巴佬，這次不是。我純粹是出於好奇。」

我沒說話。其實，我也好奇。至於夏琳和達瑞司，他們同樣不吭聲。沒辦法啊，**利乏音每天會變成鳥，這真的是太詭異了，大家想知道細節，也是很自然的事**。

「她是把窗戶開著，不過只開一小縫。」利乏音替她回答。

「哈，」愛芙羅黛蒂說：「所以，你就從窗戶飛進飛出嘍？」

「通常只有飛進去。」利乏音說：「我會在天亮之前用走的出去。太陽下山後飛回來。」

「那你的衣服怎麼辦？」其實夏琳這個問題，我也很想問，但始終沒開口問過，因爲，我還想不出身爲女祭司長的我，該用什麼措辭才恰當。

「日出前一刻，他會先把衣服脫掉。」史蒂薇．蕾說：「我把衣服帶回我們的房間，等他回來後再穿上。」

「萬一時間沒抓準，不就糗大了？」夏琳說。

利乏音笑笑。「妳說的對。我可不想掛在三樓高的窗戶邊，大喊求救，等著別人聽見，打開窗戶，放我進去。」

史蒂薇．蕾咯咯笑著說：「而且還光溜溜的。」

「那不就像我常做的那種惡夢：上課上到一半，發現自己全身脫光光。」我說。

「我也做過這種夢欸！」夏琳說：「好可怕。還有，怎樣都找不到鞋子。眞是的，都已經光溜溜了，幹麼還擔心鞋子啊？」

「我眞高興你百分之百是一個又高、又帥、渾身是肌肉的戰士。」愛芙羅黛蒂對達瑞司說，還踮起腳尖親吻他一下。「光溜溜的鳥，會超出我的精神負荷。」

「他變成鳥時又沒有光溜溜。」史蒂薇．蕾說：「那時他有羽毛。」

「走了啦。」我趕緊說，免得她們兩個又開始鬥嘴，搞得我頭痛。

於是，我們向地下室那群孩子道別。他們舒服地窩在成堆的睡袋、毯子和枕頭上，擠在超大的平板電視前——眞巧，這部電視機剛好可以嵌進狹窄的樓梯底下。我們一行人，在電影《決殺令》的片頭曲當中走上樓梯。「不曉得我會不會喜歡這部電影。」我說。

「柔，導演昆丁．塔倫提諾是鬼才欸。雖然他的影片都很瘋狂，可是他眞的是天才一個。」愛芙羅黛蒂說，這時，我們也到了樓梯最上方，離開前將通往地下室的樓梯門關上。

「不像妳，妳只有瘋狂。」夏琳對愛芙羅黛蒂說。

史蒂薇．蕾對著夏琳咯咯笑。這時，妮可忽然從體育場出來，步入走廊中。史蒂薇．蕾的笑聲戛然而止，彷彿電燈開關被往下按。一陣沙沙撲翅聲，卡羅納出現在妮可的背後。

「她在這裡做什麼？」史蒂薇．蕾把妮可當隱形人，逕自問卡羅納。

「她來找我，跟我說，她在找妳。」卡羅納回答。

「應該說像間諜跟蹤我比較適當吧。」史蒂薇．蕾說。

「間諜？眞的嗎？這種說法，比說塔倫提諾是天才還蠢欸。」妮可說。

愛芙羅黛蒂發出貓咪生氣時的嘶嘶聲。

我往前一步，同時感覺到達瑞司也移動到我的身邊。「妳想做什麼，妮可？」這位紅雛鬼看著我的眼睛，眼神毫不閃躲。「我有話要對史蒂薇．蕾說。」

「那就說吧，」我說：「她人就在這裡。」

妮可深吸一口氣，走向史蒂薇．蕾。利乏音緊盯著她，卡羅納則跟著她的背後。我全身緊繃，準備應付她可能做出的瘋狂舉動，這時，我感覺有人碰了我的手臂。

「沒關係，」夏琳靜靜地說：「沒什麼不好的顏色。」

夏琳說的對。妮可站到史蒂薇．蕾的前面，握拳後擱在心臟位置，恭敬地對她鞠躬。

「我想告訴妳，我很抱歉之前做了那麼多錯事。對不起，我曾試圖傷害妳。對於這些事，我沒有藉口，總之，我就是做錯了。我決定洗心革面，棄暗投明。我要妳當我的女祭司長。」

我看得出來，史蒂薇．蕾很驚訝。我想，在場所有人都不敢置信。嗯，除了夏琳吧。史蒂薇．蕾看著我，我聳聳肩，於是她把視線放回妮可身上，問她：「我爲什麼要相信妳？」

「嗯，其實，我來找妳之前，也想過這問題，可是想不出任何明確的答案，所以，我就想，乾脆直接認定妳會相信我，因爲我認爲，女祭司長應該**無所不知**——如果眞是如此，那麼，妳就會知道妳可以相信我。」

「徵詢一下妳的女先知。」卡羅納對史蒂薇．蕾說。

「喂，我什麼都不知道喔。沒有靈視，也沒有那種嗡嗡的感覺。什麼都沒有啦，」愛芙羅黛蒂說：「妳去問夏琳吧。」

史蒂薇．蕾看著另一位女先知。「妳看到了什麼？」

「我看到她的顏色很漂亮，不再是紅色，而是粉紅色，像花朵。她也沒有隱瞞什麼，不過，她的內心比外表更爲緊張。」夏琳停頓一下，對妮可笑笑，說：「不好意思啦，最後那一句。我必須跟史蒂薇．蕾說實話。」

妮可的嘴抿成一條直線。她點點頭，趕緊說：「我明白，妳說的對，我很緊張。」

「達拉斯人呢？」史蒂薇．蕾問她。

「我上次見到他，是在回房間的路上。他說，他要回男生宿舍，在寢室玩《惡靈古堡》玩個痛快。我說，我沒辦法打這種電玩了，因爲我實在受夠這陣子的血腥和死亡。」她說。

「所以，妳不想再和他廝混？」愛芙羅黛蒂問她。

妮可看著她，說：「我不想和他有任何瓜葛。」

「因爲妳還在氣他背著妳跟依琳有一腿？」愛芙羅黛蒂故意刺激她。

「因爲我不想和邪惡的人在一起。達拉斯很邪惡。」她說。

「她說的是實話。」夏琳說。

「妳有責任給她機會。」卡羅納對史蒂薇・蕾說。

從他的口中聽到這種話，一開始我覺得很怪，可是後來仔細想一想，如果，有誰能體會第二次機會的重要性，那人一定是卡羅納。

「我想，他說的對。」我告訴史蒂薇・蕾：「妳是她的唯一一位紅女祭司長，如果她誓言效忠妳，妳必須接受她，給她機會，讓她證明她的誓言值得一聽。」

「所以，妳是要宣誓效忠我？」

「對。」

「好，那我給妳機會。」史蒂薇・蕾說。

我看到妮可的臉頰一陣緋紅，她還用力眨眨眼，一副快哭出來的模樣。史蒂薇・蕾顯然也注意到了，因爲她再次對妮可說話時，聲音輕柔了許多。「我得去看看簫妮，所以，就讓夏琳帶妳去找其他人吧。」

「去宿舍？」妮可問。

「不是，我那群紅雛鬼都窩在地下室了。」史蒂薇・蕾說。

「地下室？眞的嗎？」妮可開心地說：「太棒了！」

我原本對妮可始終持保留態度，但這會兒聽見她的話，立刻鬆了一大口氣。看來她真的不知道有地下室。

「夏琳，妳可以帶她下去嗎?幫她安頓好。」史蒂薇·蕾問。

「當然沒問題!反正我本來就要住那裡。來吧，妮可，他們正在看《決殺令》，我們去看看演到哪裡了。這部片也有血腥和暴力，不過，起碼有大家此後都幸福快樂的結局。」

妮可在笑著跟夏琳離去之前，先握拳放在心臟位置，再次對史蒂薇·蕾鞠躬，說：「謝謝妳，女祭司長。」

史蒂薇·蕾優雅地點頭回禮，以成熟女祭司長的威嚴口吻說：「祝福滿滿，妮可。」

13 簫妮

「妳不必留下來陪我。」簫妮對桑納托絲說，但沒看著女祭司長，視線仍停駐在燃燒的火葬柴堆上。「我要留下來守夜。我應該這麼做，而且，我也想這麼做。」

「妳果然是她最要好的朋友。」桑納托絲說。

「希望是。我想當她最要好的朋友，可是後來搞砸了，什麼都跟我預期的不一樣。」

「孩子，人生就是如此啊：混亂、困惑、心碎，但同時也很美好。我們能做的，就是盡己之力，從錯誤中記取教訓，也從勝利當中學習。」

「是啊，現在我該做的，就是留在這裡，陪著依琳，看顧她，直到天明。」

「根據古禮，死者最摯愛的人，會在已逝愛人的火葬柴堆旁守著，從第一道火苗開始，直到第一道曙光出現爲止。好，妳就在這裡守夜吧。祝福滿滿，簫妮。」

簫妮握拳放在心臟位置，對桑納托絲恭敬行禮，然後轉身繼續看著熊熊燃燒的火葬柴堆。

「你也不需要留在這裡。」簫妮對不死生物說。她知道他正在陰暗處看著。「史蒂薇・蕾和柔會需要你。我沒事的。」

「我不喜歡今晚達拉斯的眼神。他想爲依琳報仇，但這是不可能的。」卡羅納說。

「他點燃火葬柴堆時，看起來很傷心，或許他那樣子純粹是因爲她是他的女朋友。」簫妮說，但其實心裡也很希望只是如此。

「如果他眞的愛她，那他就會跟妳一樣，留下來守夜。」卡羅納說出了簫妮不願去想的事。

「每個人悲傷哀悼的方式不盡相同。」她說。

「我懂他的悲傷方式，我知道那悲傷最後會變成憤怒。他會出手攻擊，用暴力和報復來減輕自己的痛苦。」

「你自己就是這樣，對吧？」簫妮的視線從火葬柴堆轉向卡羅納。這長著翅膀的不死生物美得光芒四射，就像眼前的熊熊烈火，不過，他的美，還摻有另一個世界的銀色光芒。

「對。」他緩緩地承認。「對，我就是這樣，所以我才懂達拉斯的感覺。這也是爲什麼我知道他會變得多危險。」

「我不懂，」簫妮說：「爲什麼失去愛人反而會讓你想傷害別人？依琳和我鬧翻時，我只覺得難過孤單，但從沒想要做出任何傷害她的事，或者去傷害達拉斯，即使我認爲他根本配不上她。」見不死生物沒回話，簫妮轉身面向他，但一隻手仍舉著，掌心對著火葬柴堆，控制她的火元素，讓熟悉的溫度撫平她內心的憂傷。

「我想，妳的問題，不同人有不同的答案。」

「所以，你不打算回答我？」

卡羅納遲疑著，簫妮看出他那張俊俏臉龐閃過錯綜複雜的情緒：哀傷、疑惑，甚至惱怒，甚至煩躁地舉起了翅膀。不過，他終於還是回答她。「失去妮克絲時，我覺得唯一可以讓自己承受那種痛的方式，就是用憤怒來取代我對她的愛。彷彿只要怒火攻心，我就能讓自己相信，當初我對女神的愛是一場騙局。」卡羅納凝視簫妮的目光。在他那雙琥珀色的眼眸裡，簫妮似乎見到了萬世亙古的痛。「要保有這種憤怒，需要付出代價，那代價就是暴力和毀滅，死亡和黑暗。」

「可是，你應該去找妮克絲，告訴她，你不能沒有她，這樣會比較有意義吧？」

卡羅納的笑容裡有深沉無止境的哀傷。「鑑於自尊，我完全不考慮任何能回到她身邊的方法。」

「現在仍是如此嗎？」

「我已經沒這麼想了。現在，是妮克絲不願讓我回到她身邊。」卡羅納說。

「我想，她不會永遠拒絕你的。」簫妮說。

「妳還年輕，」他說：「妳所經歷的人事物還沒多到足以讓妳失去希望。」

「呃，我是不像你那麼了解妮克絲，不過我很肯定她是一位公平正義、寬容饒恕的神。雖然我才十八歲，但我已經一次又一次地親眼見證這一點。」說到這裡，簫妮停頓了一下，才又說：「或許，這跟年齡無關，而是有沒有能力抱持希望，即使情況看似無望。也就是說，跟個人的信心有關。」

「我有信心啊，小雛鬼，我有信心妮克絲會原諒那些值得原諒的人。」他說。

「你不認爲自己值得她原諒？」

「我知道我沒資格。」他對她輕微地點了一下頭，說：「妳繼續看守著好朋友吧，我不打擾了。」說完，他遁入黑暗中。

簫妮轉身看著火葬柴堆，舉起另一手，並往火堆靠近一步。她閉上眼，讓元素籠罩著她，開始喃喃祈禱，讓禱詞隨著輕煙飄向妮克絲。

「女神啊，這是我跟依琳的最後道別，我知道她已與祢同在，終享平安喜樂。感謝祢愛她，看顧她。另外，也要謝謝祢愛卡羅納，保守他。我知道，不管怎樣，祢絕不會背棄祢愛的子民。」

「妳以爲妳就是他媽的比我優秀，是嗎？」

達拉斯的聲音嚇到了她，簫妮有好半晌說不出話，只能設法控制元素，因爲，火葬柴堆的烈焰忽然飆竄，如實地反映出她所受到的驚嚇。要不是簫妮集中精神去控制它，火舌延燒的路徑一定會波及達拉斯。

重新掌控元素後，簫妮終於能把注意力放在達拉斯身上。這蠢蛋就站在那裡，對著她冷笑，從那白癡模樣看來，顯然完全沒意識到她剛剛才救了他的白癡小命。

「沒有，達拉斯，我沒認爲我比你優秀。或者應該這麼說，我根本連想都沒想到你。」

「依琳認爲，妳是個假端莊的賤貨。」

簫妮沒回擊，而是咬著唇忍耐。其實，她大可用她的火燒他一頓，或者對他破口大罵，但她不想出手，也不想用言語暴力，尤其在依琳的火葬柴堆面前。因此，在尷尬的沉默中，她想了很久，終於說出她所能想到最友善的話語：「你確定你知道依琳的所有想法？」

「我操過她欸！當然知道她腦袋裡在想什麼。」他從陰暗處走出來，朝簫妮進逼兩步，臉上的冷笑變成訕笑：「難不成，妳要告訴我，妳以前也操過她。」

簫妮瞪著他，被他惡毒的話語震驚得說不出話。

「幹！我就知道妳們的感情好得不正常。妳眞的跟她上過床！她竟然沒告訴我，眞是太可惜了，不然就來個三人行，好好爽一下。」

簫妮內心那把火愈燒愈旺，旺到她驀然回神，然後狠狠瞪了達拉斯一眼。

「你和史蒂薇．蕾在一起時，我就看你不順眼，加上你又是矮冬瓜一個。」她忍不住補上最後這句。接著，她重新集中精神，讓自己能好好說出肺腑之言，不意氣用事，不口出惡言。她將火的力量導引過來，但不是爲了燒灼他，而是透過眞話來親炙他。「依琳這一生，最大的渴望就是有人肯定她的存在，讓她覺得自己**很特別**，任何人都行。而你，只不過剛好是這份長長名單上的最後一個。我了解她的脆弱和不堪，我是眞的關心她，即便那時我已不再是她最要好的朋友。如果你眞的在乎她，就跟我一起留下來，在這裡守到天亮，懷念跟她有關的一切回憶。」

達拉斯似乎被這番話感動了，直直看著簫妮，眼眶噙淚，不一會兒，淚水汨汨滑落。簫妮覺得，有那麼片刻，她似乎見到了一個眞誠的男孩——能夠眞心愛依琳的男孩。但他隨即眨眼，用衣袖抹去淚水，嘴角一斜，以不屑的口吻說：「妳果然跟依琳說的一樣笨。我怎麼可能在這裡待到天亮，我是**紅成鬼**欸，會被太陽燒死的。」

火元素的能量灌盈簫妮，讓她得以保持平靜。她知道這時絕不能用更惡毒的話來回應他。「你永遠都知道何時天亮，所以，你可以在這裡待到太陽升起前一刻再離開，剩下的時間，就由我來陪她。我相信依琳會很感激的。」

「妳不是說，我只不過是她長長名單中的最後一個。」他說。

「我不該那麼說的，我嘴巴太壞了。我們不該在依琳的火葬柴堆前吵架，達拉斯，對不起。」

他露出譏笑的表情，「妳不必說對不起，問題出在妳很遜，很沒用。依琳當初甩掉妳，就是因爲她知道妳的斤兩，就像我甩掉史蒂薇．蕾時一樣，知道她根本是窩囊廢一個。」

「不是你甩掉史蒂薇．蕾，是史蒂薇．蕾愛上了利乏音。她主動離開你，你受不了，所以投向黑暗，而且到現在仍執迷不悟。」

「操他媽的史蒂薇．蕾！操他媽的你們所有人！依琳就是被你們這些朋友害死的！」達拉斯咆哮，還往她逼近一步，作勢威脅。

簫妮舉起一手，送出熱氣，讓她和他之間築起一道劈啪作響的熱牆。他伸手護臉，踉蹌往後退。「我會讓妳爲妳所做的付出代價！你們全都必須付出代價！」

史塔克

「元牲那傢伙，明天一定會宿醉得很難受。」史塔克走進柔依的寢室時說道。只剩十分鐘天就亮了，難怪他覺得從內而外累到幾乎要趴在地上。

「你去了好久，我都開始擔心你沒辦法在日出前趕回來呢。」柔依說，從床上坐起身，放下正在閱讀的書。

「是啊，對不起。他醉得一蹋糊塗，我沒辦法把他丟著不管啊。」他對柔笑笑，然後走到洗臉檯邊。「簫妮還好嗎？」

柔依似乎不高興他問了這問題。「她很好。是啊，她是很傷心，不過，這也是人之常情啊。她守在火葬柴堆旁，直到日出才離開。達拉斯好像去那裡鬧事——想也知道他會幹這種事——幸好，簫妮處理得很好。」

「妳該不會認爲，妳得陪著她吧？」

「簫妮？陪她守著火葬柴堆？」柔依對他皺起眉頭。

「對啊，妳是她的女祭司長欸。」

「嗯，嚴格來說，只要我們被困在夜之屋，她的女祭司長應該是桑納托絲，不是我。況且簫妮自己說，她告訴桑納托絲，她想一個人留守火葬柴堆，既然桑納托絲都尊重她的意願了，我想，我也應該尊重她。怎樣，你有意見嗎？」

史塔克雙手捧起水，洗淨臉上的肥皂，思忖著該怎麼跟柔談才好。自從馬佑大樓那起事件證實元牲就是西斯，西斯也是元牲之後，小柔就變得天殺的暴躁易怒，讓他覺得自己彷彿跟一隻隨時會抓狂的豪豬生活在一起！

「沒有。」他終於回答，「我完全沒意見。小柔，我不想跟妳吵架，我只是想知道簫妮好不好。」

「依琳的葬禮結束了，簫妮沒事，就這樣。倒是你，你是不是該告訴我，元牲和那兩個人類男孩是怎麼一回事。從西斯口中，我根本聽不出個所以然來。」

史塔克的胃揪緊。「妳是指元牲吧？」

「對，元牲。」柔依皺起眉頭，說：「我剛剛就是這麼說的。總之，到底是怎麼一回事。」

史塔克累到不想和她爭辯，所以決定將她那句洩漏眞正想法的口誤甩到腦後——即使這個佛洛伊德式的口誤讓他的心很痛。「反正就是兩個小鬼無意間發現，離這裡不遠的學校圍牆上有個洞，他們喝了酒，就說要找很辣的吸血妞來樂一樂。就這樣。」他故意學她說話，然後脫掉衣服，開始刷牙。

「史塔克，認眞回答我，好嗎？很多細節你根本沒說。」

他聳聳肩，一邊刷牙一邊回答，希望她能看出他根本不想說，停止逼問他。「沒什麼啊，反正，我施展我的紅成鬼超能力，讓他們相信我是警察，但我沒打算將他們丟進牢裡，依公共飲酒罪起訴，並通知家長，所以，遇到我算他們走運。另外，我還讓他們認爲，夜之屋是我的轄區，所以，我每天晚上都會來看看他們有沒有再出現。換句話說，我可以保證，他們不會再回來。」

「喔，那就好。」

從他刷完牙，一直到上床這段時間，柔依都沒再說什麼，但從她咬著唇，皺著額頭的表情看來，他知道她有很多話要說。而且，他也感受到了她緊繃的情緒——她的緊張，他永遠都能感受到。他知道，這種時候他應該搓搓她的肩膀，幫助她放鬆，但他對於她緊繃的**理由**，就是過不去。

元牲是西斯，而柔依愛西斯。

這個事實讓史塔克好受傷，好難受。

所以，當他躺下來，吹熄那一小盞搖曳的煤氣燈後，好希望躺在身邊的柔依能靠過來，倚在他的肩頭，伸手環抱他，告訴他，他完全不需要擔心她會選擇元牲或西斯，因爲，她什**麼人都不要，只要他**。

可是，在黑暗中，柔依只開口問他：「他幹麼去外面？」

史塔克嘆了一口氣。「我只知道他繞著圍牆跑步，但不知道原因，因爲他醉得話都說不清楚。」

「用跑步來讓心思麻痺。」柔依說。

「妳怎麼知道？」

短暫沉默，但他幾乎可聽見她的思緒。終於，她開口。「每次西斯遇到問題，就會這麼做。他會跑到精疲力竭，沒辦法思考。」

「噢。」史塔克說，頓時覺得自己更悲哀了。

「他現在人在哪裡？」她問。

「在地下室昏睡。」史塔克說。

「我不認爲他睡得著。」

「就算沒睡著，但我保證是不省人事的狀態。」

「你有沒有讓他側躺著?不然嘔吐時會嗆到。」

「沒有，不過，如果妳這麼擔心他，那就請便，去照顧他啊。」

「史塔克，我只是——」

「我知道妳只是什麼。我什麼都知道，柔依，這就是問題所在。」

「你不需要對我生氣。」她說。

「我沒生氣，我是很累。快日出了，我想睡覺。晚安。」史塔克翻身側躺，背對著她，但心裡好希望她能伸手摟著他，將他拉進她懷裡，告訴他，沒事的，他們會**一起**想辦法搞定一切的。

可是，他只聽見她輕聲說：「晚安。」然後，感覺到她翻身背對他時，床震動了一下。

史塔克從沒這麼高興地臣服於日光，以及無夢之眠的拂曉。

史蒂薇·蕾

跟利乏音道別，總是那麼困難。史蒂薇·蕾孤單地躺在床上，輾轉反側。太陽幾分鐘前就升起了，難怪她那麼累，累到每秒鐘都必須費力對抗睡眠需求。但她眞的無法關閉心思，無法不去想自己有多希望利乏音能陪在她身旁。她並非不知感恩，可是經過了這麼多事——依琳的葬禮、桑納托絲和女祭司長決裂、妮可誓言效忠她（**她！**），還有奈菲瑞特目前在沒人知道的什麼鬼地方——她眞的，眞的好想依偎在利乏音的懷裡，感受被愛和安全感。

可是，她別無選擇，只能在日出前一刻，跟利乏音在戶外道別，然後回到她和簫妮共用的房間。史蒂薇·蕾挑了那張離大觀景窗較近的床鋪，雖然這樣的決定不夠聰明，因爲這個房間朝東，早上會曬進滿屋子的陽光。要是沒有漆黑的窗簾遮擋光線，她絕對會變成煎鍋上的焦熟培根。

幸好她們的確有漆黑窗簾，又厚又黑的大窗簾。這些窗簾的質料之厚重，縫合之密實，就算史蒂薇·蕾睡覺時讓窗戶開著，也不成問題，因爲，即使颳起大風，窗簾也能文風不動。所以，她可以永遠開著窗戶，以防利乏音必須回來找她，以防他變成渡鴉時，遇上了麻煩，得找地方躲藏。她選擇相信，當他變成禽鳥時，她深愛的那個男孩，仍在他的內心深處。

所以，她才會希望他同意她陪著他，親眼看看他變成渡鴉的過程。關於這事，她想了很多，或許，她可以試著撫摸他，試著馴服變成渡鴉的他。彼時，女神寬恕了利乏音，讓他在日落到日出之間擁有人類的形體，事發隔天，她曾這麼告訴他：「**畢竟，我以前也馴服過**

動物，或許我可以再試試看！」她原本期待利乏音聽了之後會咧嘴微笑，接著哈哈大笑，就像他通常會有的反應——因爲，他很喜歡有她在身旁，沒想到，他變得一臉嚴肅，握著她的手，說：「**我變成仿人鴉時，內心確實還有一些人性，但，妳現在必須記住，我不一樣了。當我變成男孩子，像現在這樣時，我徹頭徹尾是個人類，可是當我變成渡鴉，我就只是一隻鳥，不再認識妳，也不知道自己是誰。我只認識天空，只渴求乘風遨遊。**」

這番話嚇到了她，但她還是把這種感覺老實告訴他。她從不對利乏音隱瞞任何事，因爲，兩人親密至此，豈有祕密好瞞。

「**可是，你每次都會回到我身邊，這不就代表，你變成渡鴉時，仍保有現在身為人的某種東西嗎？**」

他一臉哀傷，但還是依照兩人的約定，有話實說，絕不隱瞞。「**我變成渡鴉時，就只是一隻鳥禽，不懂愛，不認識妳，所以，拜託，別對我有不切實際的期望。**」

「**可是，你真的都會回來我身邊呀。**」

「**史蒂薇．蕾，**」他雙手捧著她的臉，說：「**我認為，這只是妮克絲所創造的奇蹟。**」

「**類似她把ＧＰＳ裝在你身上，好讓你找到我？**」

「ＧＰＳ？」

「現代化的奇蹟，可以讓人找到回家的路。」

他咧嘴一笑，說：**「對！妮克絲在我身上裝了GPS，讓我找得到妳。」**

史蒂薇．蕾踢掉毯子，看著簫妮的空床鋪。她應該保持清醒，確定簫妮平安沒事回房，畢竟她失去了最要好的朋友，一定很痛苦，雖然之前她和依琳曾鬧得不愉快，但這並不能改變她們在夜之屋的期間，是形影不離的好姊妹，直到幾個星期前。跟閨蜜吵架是一回事，但對方死掉又是另一回事。

史蒂薇．蕾的思緒不由自主地飄回依琳咳血而亡的那一晚。當時，柔依寸步不離地守在她身邊，帶給依琳很大的幫助。簫妮也在場，一定也讓依琳很安慰。而現在，簫妮正在做該做的事——看顧著好友的火葬柴堆，直到天明。

史蒂薇．蕾翻身，凝視著遮光窗簾，努力不讓眼睛閉上，努力對抗精力耗盡的感覺——這是太陽掛上天空時，紅雛鬼和紅成鬼會有的自然反應。對她來說，白天保持清醒，並非完全**不可能**，只是很困難，非常困難。她眨著眼皮，心想，或許可以小憩片刻，就在這時，她聽見簫妮進房，走到她床鋪邊看著她——

房門打開時靜悄悄，所以，史蒂薇．蕾幾乎沒被吵醒。**簫妮的動作怎麼這麼輕**，全身無力的史蒂薇．蕾心想著，**她大概不想和人說話吧，可能只想好好睡個覺**。史蒂薇．蕾決定翻過身，睜開眼，但不說話——只要讓簫妮知道她（算）醒著，因爲，說不定簫妮想找人聊一聊。就在她準備翻身時，忽然聽見肩膀上方出現奇怪的劈啪聲。她試著坐起身，這時，劈啪聲變成更怪的嗡嗡聲，類似靜電聲音。有道電流穿透她全身，將她按壓在床上。

史蒂薇．蕾瞬間清醒，嚇得不知所措。她再次試著坐起身，並開口說話：「簫妮，這裡不對勁。」

即使上方沒有任何東西，她還是再次受到電擊！仍側躺著的史蒂薇．蕾緊貼著床，設法避開上方的隱形危險物。「簫妮！」她大喊：「快來幫我！」

「她不在這裡，她還在依琳的火葬柴堆旁哭哭啼啼。操他媽的，有夠虛僞。」

史蒂薇．蕾認出他的聲音，呼吸開始變得淺急。「達拉斯，你來這裡做什麼？」史蒂薇．蕾本能地想尋求元素的幫助，無奈這個房間位於三樓，離地面太遠，沒有守護圈或柔依的爆發力協助，她沒辦法啓動土元素。

他步入她的眼簾了。一抹深黝剪影投射在漆黑窗簾上。她可以看出他舉高一手，發亮的掌心對著她，另一隻手抓著固定窗簾的粗繩子。「這麼說吧，我來這裡討債。」

史蒂薇．蕾試圖從床上起身，但再次被電擊，痛得她哀哀叫，縮回床上。「達拉斯，你這樣太扯了！簫妮隨時會進來。」

「就算進來，也晚一步了。還有，別擔心，簫妮該受的，我一定不會讓她逃過。不過，先從妳開始吧。」他目光空洞，語氣充滿憤怒。「對於她，我會速戰速決，可是妳，妳活該被慢慢折磨，因爲，妳背叛了我，搞上那個變態的生物怪胎——現在，受死吧。」

達拉斯將窗簾上的粗繩用力一扯，遮光簾子嘩地散開。他將靠近自己那半部的窗簾拉開，整個過程小心翼翼地躲在窗簾後，逐步往後退。

亮晃晃的日光從毫無遮掩的開敞窗戶傾洩而入，直接灑在史蒂薇．蕾身上。

就這樣，她整個人似乎到了火爐口一般。仍被電流按壓在床上的她，強忍著陽光對肌膚的灼烤。史蒂薇．蕾伸手遮臉，痛苦地扭動，開始哀號尖叫。

接著，超級瘋狂的事情發生了。

一陣刺耳尖鳴穿透了史蒂薇．蕾的痛苦。

「啊！放開我啦！」達拉斯鬼吼鬼叫，在房內踉蹌繞圈。

制伏她的那道電流消失，史蒂薇．蕾跌下床。她緊挨著床側，躲進陰涼處。

達拉斯從她身邊踉蹌而過，顯然是要逃到門口，但一隻大渡鴉仍毫不留情地攻擊他。被嚇壞的史蒂薇．蕾看著那隻鳥的利喙戳得達拉斯血痕斑斑。他在半空揮舞著手，試圖攻擊巨大鳥翅，但隨即被渡鴉的銳爪耙得傷痕累累。他一路憤怒痛苦地尖叫。

門倏地彈開，簫妮奔進房內。

「史蒂薇．蕾！這是怎麼——」

達拉斯一把抓住她，將她押在他的身體前方當人肉盾牌。

「不要，利乏音，不要傷到簫妮！」

渡鴉的爪子擦掠過簫妮的臉側，幸好最後一秒及時打住，但攻擊力道的反作用力讓他自己撞到牆壁。

達拉斯趁機將簫妮推向渡鴉，拔腿奔出門後，還不忘用力將門關上。

簫妮倉皇地跑向房間另一頭的史蒂薇．蕾。「喔我的天哪！妳的皮膚！史蒂薇．蕾，妳被灼傷得好嚴重！別動——不要動喔，我立刻拉上窗簾，去找人來幫妳。」

史蒂薇．蕾抓住她的手，即使痛得猛喘氣，還是用力擠出這句話：「先把利乏音放出去，不然他會嚇壞的。」

簫妮不用過去找渡鴉，因爲他已經飛向她們。從她們上方飛掠過去時，史蒂薇．蕾甚至感覺到空氣分子的擾動。他降落在床尾板上，停踞不動，側頭俯視著史蒂薇．蕾。

「去，」她說，努力讓語氣顯得正常平靜。「我沒事。快出去。」史蒂薇．蕾舉起一手，虛弱地指著敞開的窗戶，不管自己的整隻手——她相信臉也是——被陽光灼燒得血淋淋。「簫妮會照顧我的，日落後我們再見面。」

他又側了一下頭，發出輕柔的嘎嘎聲。

史蒂薇．蕾想著，他眞是她見過最美麗的鳥。

「我愛你，利乏音。」她說：「謝謝你來救我。」

這隻大渡鴉彷彿就在等這句話，所以，史蒂薇．蕾說完後，他立刻展翅，飛出窗戶。

簫妮奔到窗邊，關上窗，拉緊遮光窗簾，以最快速度牢牢地將窗簾固定好。

她蹲到史蒂薇．蕾的身邊。「要不要我扶妳到床上？」

「不要，妳去找人來。」

簫妮奔出房間時，史蒂薇．蕾將臉貼在冰涼的地板上，祈禱自己別昏過去才好。

14 奈菲瑞特

妮克絲奪走了我唯一愛的東西。蜷縮在獸穴中的奈菲瑞特，被這句低喃團團圍繞，身上的黑暗卷鬚也因此簌簌顫抖。在卷鬚冰冷銳利的撫觸下，奈菲瑞特的意識在不同時空中穿梭——如打水漂的石子在平靜的湖面上跳躍——她開始回憶過往。

還是小雛鬼時，她就已經備受矚目。蛻變爲成鬼後，她理所當然地成爲女祭司長。這頭銜不是她去掙來的，而是不費功夫就落到她頭上，畢竟，她實至名歸啊。

所以，很自然的，戰士也會自己來到她身旁。

他叫亞歷山大。她還記得兩人初次見面是在夏日競技賽場上。那天，他打敗眾多對手，成爲御劍大師，而那頂以鮮紅絲帶串成的橄欖葉花冠，就是由夜之屋史上最年輕的女祭司長奈菲瑞特戴到他的頭上，並根據儀式，在他的唇上留下勝利之吻。

她還記得，她在他身上聞到他擊敗對手後所留下的氣味——那種混和著鮮血的汗水味。那一吻之後，整場儀式結束前，他的目光就離不開她，不過，日後他告訴她，那晚他並沒想要引誘她，因爲剛從競技場退下的他，全身髒兮兮，還沾滿了對手的血。然而，奈菲瑞特主動勾引他，不讓他先清理淨身，不給他時間準備。

每次聊起這段回憶，他總不掩笑容，說他的女祭司長竟然那麼想要他，急切到不願等他先梳洗乾淨。其實，當時亞歷山大不知道——但後來終於明白——奈菲瑞特之所以那麼迫不及待，是**因為**她眞正要的，是他渾身的汗味和血漬。

接下來整場競技賽期間，亞歷山大被奈菲瑞特迷得團團轉，甚至爲了她，跟原本所屬的紐約夜之屋提出申請，試圖轉到聖路易斯市，和她一起待在塔林夜之屋——她在那裡教咒語和儀式課程。剛奪得夏日競技冠軍頭銜的他，如願以償，順利轉校。

要不是那隻貓咪，他一抵達，應該就會被奈菲瑞特甩掉，就跟她之前的歷任愛人一樣。亞歷山大當然聽說了她的愛貓克洛伊死掉的事，還有那晚妮克絲賜給奈菲瑞特的大「天賦」。所以，他一抵達塔林夜之屋，就單膝一跪，恭敬地對她頷首行禮，然後從背上的行囊裡拿出一隻喵喵叫的黑色貓咪。牠十二隻趾上的閃亮小利爪不停地拍打他的手。

奈菲瑞特的手伸向貓咪。「是多趾貓！你怎麼找到她的？」

「在曼哈頓的東河岸。水手都大力稱讚六趾貓，說牠們的捕鼠量是一般老鼠的兩倍。我一看見她，就知道她的主人非妳莫屬——就像我知道，我的主子必然是妳。」

奈菲瑞特整個人被貓咪的淘氣眼神所迷住，一時忘了拒卻亞歷山大。

亞歷山大確實厲害，他的劍術天賦搭配奈菲瑞特的療癒天賦，可謂相得益彰。對於他愛慕她所呈現出來的諷刺意涵，奈菲瑞特覺得有趣極了，也很喜歡。他傷人，然後奈菲瑞特療癒被他所傷的人，即便她的療癒不過是撫摸他們，或者幫助他們安詳地進入另一個世界。

當然，亞歷山大不會故意致人於死，除非他或夜之屋受到威脅。而在一八九九年時，鮮少有人膽敢威脅有權有勢的塔林夜之屋。

對亞歷山大已經喪失興趣的奈菲瑞特，開始對他視而不見。她有她淘氣可愛的小貓咪克萊兒就滿足了，更何況她在夜之屋還有職責要盡。最重要的，她的能力逐漸強大，幾乎是與日俱進。這些事情，都比那個外表體面，但依賴心重，乏味枯燥的亞歷山大有趣多了。她甚至不需要用她心電感應的能力，就能猜到他會公開宣示對她的永恆愛戀，不過，想要不在他面前打哈欠，她就非得使出圓滑的外交手腕不可。

一九〇〇年初，奈菲瑞特接到一封難得的邀請函。最高委員會邀請她到聖克利門蒂島開會，討論吸血鬼族群面對新世紀該有的因應——他們相信，創新發明和科學技術將會以前所未有的速度急遽發展。

亞歷山大懇求奈菲瑞特讓他陪同，但她斷然拒絕。聖克利門蒂島有那麼多新鮮的戰士可以挑選，她怎麼可能繼續忍受這個成天膩著她的無趣戰士。在聖克利門蒂島的夜之屋，保護最高委員會的戰士可都是萬中選一，最稱頭，最精良，也最資深的戰士欸。

不過，她還是同意讓他駕馬車載她到密西西比河，接受夜之屋以專屬的蒸汽船迎接女王的排場——不，如果是女神的排場，那會更好——將她送到紐奧良港。她將在那裡，跟著其他的女祭司長，搭乘遠洋渡輪，橫越大西洋。

他們一抵達河岸碼頭，就遇到盜匪襲擊。那六個人類以為夜之屋這輛以高級紅木打造而成的豪華馬車是某個富裕賭客所有，加上整輛車只有一人駕乘，不見護衛隨同，便決定攻擊亞歷山大。黑暗中，他們沒看見他額頭上繁複、細緻的刺青，所以不知道他是吸血鬼，等到他亮劍，懊悔也莫及了。

奈菲瑞特從馬車的窗戶往外探，被亞歷山大屠宰那六名盜匪的英姿——快狠精準，毫不留情——迷得神魂顛倒。他的劍劃過空中所發出的聲音，在奈菲瑞特聽來，簡直像北歐神話中的女武神盤旋在戰場上方所唱的歌。據說，她們會等著戰士死掉，挑選具資格的人，將他們帶到神話國度中的天堂——英靈神殿。

敵人的血從亞歷山大身上滴答流淌，他大步走向馬車，一把將門拽開，然後喘著氣，說：「我的女祭司！感謝女神，妳毫髮無傷。」

「是我該謝謝你。」她瞅著他打量，仔細看著滿身是血的他散發著打鬥的香甜氣味。剛剛那場廝殺，已經讓他和她熱血沸騰。

接著，他屈膝一跪，恭敬行禮，說：「女祭司長奈菲瑞特，我畢生的愛，我誓言當妳的戰士，護衛妳的身心靈。請接受我！」

「我接受你的誓約。」奈菲瑞特聽見自己這麼說，同時整個人因他的碰觸而怦然悸動。「從現在起，你就是我的誓約戰士。」

但一天一夜後，她就後悔了。幸好，奈菲瑞特的心應天賦讓她可以阻斷戰士與其女祭司之間常有的情緒交流。亞歷山大哀嘆自己無法感應到奈菲瑞特的情緒，也無法聽到她的需求，他懊惱地說，這樣一來，她要是身處危險，他就無法像其他的誓約戰士一樣，在第一時間就知道。

奈菲瑞特只是聳聳肩，說這確實有點諷刺，但不知為何，她的心應能力就是抵銷了戰士與女祭司之間該有的心電感應，而他傻到竟然相信她。他怎麼會看不出來，他們之間的誓約連結，完全被**她**操控了啊？她如果好心一點，就該告訴他，他無法知曉她的真正思緒和情緒，其實是他的福氣。抵達威尼斯之前那段航程，奈菲瑞特曾想將他從遠洋輪船扔下海，這念頭出現過整整三百六十一次，但他毫不知情，兀自沉浸在喜悅中。

奈菲瑞特對聖克利門蒂島戰士所抱持的想像，果然正確。他們太讓人讚歎了，其中翹楚，非亞圖斯莫屬。他是最高委員會專屬的劍術大師。

亞圖斯冷傲，高不可攀，威嚴若天神，對冥界之子來說，更是所言如律令，可謂一人之下萬人之上，而那一人，正是最高委員會的領導者杜安夏。

最重要的是，他好戰嗜鬥。每次訓練戰士，非得讓對方見血三次，正式求饒，否則絕不罷休。

奈菲瑞特不會用俊俏來形容亞圖斯，因爲，他根本是讓人嘆爲觀止。他高大，肌肉線條精實，肌膚黝黑如鴉翼。而且，跟亞歷山大那光滑無瑕的年輕肉體截然不同的是，亞圖斯全身布滿暴力衝突後留下的累累傷疤。

然而，眞正吸引奈菲瑞特的，不是他的外貌，而是藏蘊其中的東西，所以，她使用她的天賦，去探索他的心智，讀取他的欲望，了解他的需求。原來，痛楚可以讓他情緒高昂，活力百倍。難怪，他會把麾下的戰士逼到極限。難怪，舊世紀是頂尖劍術大師的他，即便到了新世紀，仍保有此等殊榮和地位。難怪他沒跟任何女祭司長有誓約連結——因爲他不希望任何人知道他的眞實內在，發現他的眞實需求。因此，他沒找吸血鬼愛人，而是選擇人類妓女當性伴侶，來滿足情欲。讓奈菲瑞特驚訝的是，她幾乎沒聽過誰對他這種選擇有過任何議論。幾乎所有的女祭司長都討厭他，因為他太過冷傲，太過嚴肅。聖克利門蒂島的吸血鬼只看到他比全世界任何戰士更優秀，更出類拔萃，而其他吸血鬼，對他的了解也僅止於此。然而，在奈菲瑞特面前，亞圖斯無所遁形。對她來說，他就像一幅以鮮血寫成的卷軸，一拉開就昭然揭露，讓她讀得愛不釋手。奈菲瑞特對亞圖斯起了前所未有的渴望。所以，她開始處心積慮要得到他。

奈菲瑞特沒想到，亞圖斯會那麼難引誘。他身邊圍繞的，確實都是當代最有權勢，地位最高，最脫俗絕美的女祭司長，可是奈菲瑞特一站出來，還是豔冠群芳，但即便如此，亞圖斯似乎仍不為所動。

然而，他的冷傲，反而讓奈菲瑞特更想得到他。

她仔細研究他的一切，了解他的各種習慣。奈菲瑞特刻意穿上義大利古代女祭司長的傳統儀式服。所以，她袒露著乳房，頭髮以鮮花和常春藤為飾，豐翹臀際圍著一條透明絲巾，而絲巾，正是名為羞澀少女的玫瑰顏色。接著，她設法讓自己有機會主持每日祈求妮克絲賜福給冥界之子戰士的守護圈儀式。

那天，她可以感覺到亞圖斯的目光落在她身上，可是，每次她想跟他眼神接觸，鼓勵他放膽凝視她，就會見到他迅速撇開目光。

討厭的是，這番大費周章，卻引來亞歷山大的癡迷凝望，怎樣都不放過她。她的這位誓約戰士，以為她之所以花那麼多時間在眾戰士身上、在體育場上，是因為她把對他的愛，愛屋及烏了。所以他趾高氣昂，享受著他那些戰士新朋友的忌羨眼光，還跟他們吹噓，奈菲瑞特不僅人美，法力也很高強。他像一隻小型寵物犬，主人一出聲，就趴到她腳邊。這樣的亞歷山大，讓奈菲瑞特又惱怒又不解。他怎麼會看不出自己對她來說可有可無呢？於是，她去探索這位戰士的心靈，看看他是否在耍什麼詭計，但什麼都沒發現。他的感情眞眞切切，他確實深深迷戀她，而且完全相信她對他也是相同的感覺。

亞歷山大根本大錯特錯。

奈菲瑞特渴求的，是某種更陰暗、更感官、更能滿足她的東西。她渴望的是亞圖斯。後來有一次，她帶領戰士祈禱時，亞圖斯的目光又撫摩過她全身，這次，奈菲瑞特全力施展她的心應天賦，潛入他的內心，結果，收穫滿滿，她清楚知道該怎麼勾引這位冷傲的戰士了。

奈菲瑞特謹愼地布局，耐心地等著日出。她知道亞圖斯訓練完戰士後，會回到他位於體育場後方的房間，準備休息。六個鐘頭後，他會當班，在吸血鬼最難熬的烈日時刻站崗，守護大家的安全。

其他女祭司長都以為，亞圖斯之所以願意値這種時間的班，是因為他有犧牲奉獻的精神，但奈菲瑞特知道，這種便宜行事的說法背後，另有眞相。其實，艱困日班和烈陽所帶給他的痛楚，反而能讓他益發強壯，情緒高昂。奈菲瑞特牢記著這個美妙的祕密，同時盤算著她的勾引計畫。

首先，得將亞圖斯的雛鬼助手打發走。這一步最簡單。她先找機會讓那個雛鬼愛撫她，假裝她想要他的青春肉體，讓他相信，**如果**他願意到鄰島托塞拉島上的隱密小屋跟她幽會，她會派另一個雛鬼幫他代班，服侍亞圖斯。

想也知道，她不會承認她勾引他，甚至，當她想到亞圖斯發現那孩子蹺班的原因，憤而教訓他一頓，就覺得眞有趣。

接下來，她偷偷甩開亞歷山大。她原本想打發他去威尼斯，要他爲她尋找一種顏色稀罕難尋的完美絲布，但後來，她甚至懶得浪費力氣去構思給那傻子的任務，直接就趁著他不注意，召喚雲霧和暗影，藉由它們的掩護，偷偷溜開。她很確定，他發現她不見，一定會找她，因爲他成天都在搜尋她的身影。想到這裡，她憎惡地抽動嘴角。她怎麼會讓血液和情欲將她鐐銬在這個無趣乏味，毫無新鮮感的傢伙上？一想到亞歷山大這個人和他的忠誠投入，她就渾身不舒服，趕緊將他拋到腦後。她完全不願想到他，她可不希望即將到手的歡愉被那傢伙給汙染。

亢奮雀躍的奈菲瑞特神不知鬼不覺地來到體育場，從最靠近亞圖斯房間的後門溜進去，靜靜等著。

她知道毋須等太久，因爲她早發現亞圖斯是一個有固定作息的吸血鬼。日出過後三十分鐘了，他發現雛鬼助手沒準時出現，果然打開房門，厲聲喊道：「薩維多，小鬼！你跑去哪裡了？」

「薩維多不在這裡。現在，這裡只有你和我。」她說。

他從房間走出來，頭髮溼答答，上身袒露，只有一條浴巾鬆垮低垂地圍著精實的臀部。

「女祭司，妳是不是走錯地方了？妳的戰士不在這裡。」

奈菲瑞特翹高下巴，以嚴厲的口吻說：「戰士，你是不是沒弄懂對女祭司該有的禮貌。我是女祭司長，你理當以該有的方式來迎接我才是。」

亞圖斯挑起一道黝黑深眉，但還是聽命，一手握拳，放在心臟位置，對她鞠躬，說：「奈菲瑞特，有什麼可以爲妳效勞的？」

「哦，你**知道**我的名字嘛。」

「聖克利門蒂島上的每個人，都認識妳。奈菲瑞特，有什麼可以爲妳效勞的嗎？」他重複問道。

「我來這裡上課。」她說。

「閣下的戰士是位優秀的劍術大師，何不跟他請益呢？」

她噘起豐唇，以嬌嗔的聲音說：「喔，你誤會我的意思了，我不是來這裡學習，我是來當老師。」

說著說著，她開始解開腰際上的皮革束帶，並高舉原本藏在背後的短刃。接著，她將肩帶往下扯，讓禮服滑下，就這樣，赤身裸體地往前走，直到伸手可及他，才開口說話：「伸出手，將手腕併攏。」

「奈菲瑞特，妳在幹——」

「我沒叫你說話！照我的話做！」見他一動也不動，宛如雕像靜立著，她便舉高短刃，輕撫過他的胸膛。

他急促地倒抽一口氣，但依舊文風不動，也沒撇開頭。

奈菲瑞特微笑，但說話的語氣尖銳又殘酷。「照我的話做！」

「是的，女祭司長。」他沉著聲音說，並舉高雙手，併攏手腕。

奈菲瑞特用皮革束帶緊緊纏住他的手腕，直到兩手呈現不自然的狀態。亞圖斯的呼吸開始急促，黝黑的身體開始冒出斗大汗珠。

「很好。可是，你沒有一開始就聽我的話，所以，我要懲罰你。不過你得求我，我才願意動手。」

接著，兩人目光相接。她在他的眼裡見到了驚訝，然後是頓悟，最後是欲望。「拜託，奈菲瑞特，懲罰我吧。」他哀求。

她非常樂意地答應了。

蜷縮在獸穴裡的奈菲瑞特，一想起她是怎麼懲罰他，就渾身溫燙起來。她騎在亞圖斯身上，想像自己是古代女神，騎乘著即將獻祭的公牛。就在這時，亞歷山大撞見了。他吶喊著她的名字，那聲音之淒厲，像傷心欲絕的男童。她完全沉浸在狂喜與疼痛交織的狀態中，被這麼一喊，倏地轉身，面向亞歷山大。這一轉身，她之前精心打造，阻隔眞相的那道藩籬，也跟著應聲而倒。

「知道我的眞面目了吧！知道我是怎麼看待你了吧！」

她的感覺，無情地鞭打著亞歷山大。她還記得，他的臉瞬間慘白，哭著跑出亞圖斯的房間。隔天，他刎劍自盡，了結可悲乏味的人生，屍體被發現時，就跟他前一天那張臉一樣慘白。

奈菲瑞特當然非得在大家面前裝出傷心欲絕的模樣，反正這種戲碼，不是第一次，也絕非最後一次。她編了一個故事取信大家，將亞歷山大描述成一個有心理問題的年輕戰士。她哭著說，她之所以接受他的誓約，是因爲她以爲自己有能力療癒他。而且，就是因爲她很關心情緒不穩的他，所以，才會花那麼多時間在體育場，才會堅持帶領戰士們祈禱。

最高委員會對她深表同情，還讚揚她有愛心，想要療癒一名顯然心理有問題的年輕人。其實，她們會這樣回應，並不令人意外，畢竟，奈菲瑞特向來擅長操弄女祭司長。至於亞圖斯的反應，則讓奈菲瑞特驚訝不解。

隔天，她用暗影將自己隱藏起來，在日出前一刻，偷偷潛入他的房間。他完全不想再見到她。雖然他說話客氣，該有的禮貌都有，但她看出他內心的感覺了。**他對她這個人，厭惡透頂**。

奈菲瑞特直接戳破他的僞裝伎倆，毫不拖泥帶水，就像她劃開他的肌膚時一樣。

「如果你敢告訴任何人亞歷山大自殺的眞正原因，我就把你的被虐需求，鉅細靡遺地告訴最高委員會。你心裡早就清楚她們會怎麼做，所以，才會將你這種變態欲望隱藏在人類妓女身上，付錢給她們，讓她們閉嘴。如果，最高委員會發現你的眞面目，她們一定會認爲，你的這種癖好，會影響你身爲戰士的職責，所以非罷黜你不可。」

「妳這個沒心沒肺的女人。」奈菲瑞特永遠忘不了他那種憎惡的語氣。

「我們每個人都戴著自己的面具，不是嗎？你幫我守密，我就幫你守密。」

隔天，點燃亞歷山大的火葬柴堆後，奈菲瑞特便立即離開聖克利門蒂島。最高委員會對她的決定表示理解，也深表同情。她當然會想立刻返回自己所屬的夜之屋，畢竟失去誓約戰士，對任何女祭司長來說，都是重大變故。

至於亞圖斯，依約保持沉默。

一年後，奈菲瑞特聽說他的屍體被人發現漂浮在大運河上，最高委員會震驚不已。他身上沒有受到暴力對待的跡象，只有過往的斑斑傷疤。顯然，他是投河自盡。聽到這消息，奈菲瑞特忍不住泛起笑意。

不過孤單返航的途中，奈菲瑞特深感絕望。她開始相信，這世上沒有哪個男性，無論是人類或吸血鬼，可以跟她匹配。航程一分一秒接近終點，絕望感愈來愈深，面對汪洋，奈菲瑞特的情緒就像眼前翻滾的浪濤——它們沖刷著海岸，滲入地底，濕濡了大地。

就在這時，一個夢境開始出現。她夢到自己被一種力量所包覆，跟一種奇偉狀態融合爲一，經驗到一種超越痛苦和歡愉的感受。

「凡夫俗男都配不上妳，因為，妳值得成為神的配偶！」他那美妙的聲音低絮著，此後，奈菲瑞特開始聆聽他的話語。

15 柔依

「啊，糟糕，她比我預期得還慘。」愛芙羅黛蒂說。

「是啊。」我顫抖著聲音說。我們站在學校醫護室的加護病房外，隔著大窗戶看著史蒂薇．蕾。

簫妮跑來找史塔克、我、愛芙羅黛蒂和達瑞司，在前往醫護室途中，她已經迅速地跟我們扼要描述達拉斯所幹的事。我告訴自己不能哭，因為我必須是一個堅強成熟的女祭司長，理當要做大家的榜樣。可是，一看到史蒂薇．蕾，我簡直嚇壞了，眼淚差點奪眶而出。她身上穿的那件過大衣服，是鄉村歌手肯尼．薛士尼演唱會的紀念T恤，全身上下，沒有衣服保護的地方，如臉、手臂和腿，被太陽灼得紅通通一片，還布滿一直滲血水的駭人水泡。負責醫護室的成鬼瑪格瑞塔說，史蒂薇．蕾還沒完全恢復意識，這點令人憂心，因為她得喝血，才有辦法讓身體啓動自癒療程。

「不能幫她輸血之類的嗎？」愛芙羅黛蒂問。

「這我問過了。」簫妮說。在一旁的我，已經開始抹眼角，吸鼻子，史塔克見狀，立刻將面紙遞給我。「吸血鬼跟人類不同，所以，輸血也沒用。我們必須透過嘴巴、喉嚨，還有，嗯，反正妳知道的那些器官去吸收血液，才有辦法讓身體自癒。」

「妳知不知道，這過程被妳說得很噁欸。」愛芙羅黛蒂說。

「愛芙羅黛蒂，只要能讓她好起來，就算要把大便嚼一嚼，吐進她的喉嚨裡，我也願意。」我說。

「不需要做到這種程度。」大家循著桑納托絲的聲音，轉向醫護室門口。她打開門，卡羅納走進來，利乏音緊跟在後。仍打著赤腳的利乏音已經穿上衣服，疾步越過父親。

利乏音直直奔向史蒂薇．蕾。我們一群人擠在加護病房門口，看著並等著。

「史蒂薇．蕾，醒醒啊。」利乏音坐在她的病床邊，淚水撲簌直流，但聲音保持沉穩。他繼續以冷靜自持的口吻說：「我以最快速度來看妳了。對不起，讓妳孤單地待在這裡這麼久，可是妳知道的，白天時，我身不由己啊。」他想苦笑，但偏偏發出的是泣聲。他清清喉嚨，抹抹眼睛，繼續說：「不過，陽光對我造成困擾，不像妳那麼嚴重。」他伸手欲摸她的臉頰，但一發現那赤紅的皮膚和水泡，立刻縮手，改將手放在她的胸口，心臟上方。「欸，妳得醒醒啊。」他反覆地呼喚她，淚水滑落的速度愈來愈急促。

卡羅納從我們身邊擠過去，進入加護病房，站在兒子身旁。「利乏音，你要設法讓她喝你的血。你跟她有誓約連結，而且你的血管裡怦怦流動的是不死生物的能量。只有你才能治癒她。」

利乏音抬頭看著父親。「可是她還在昏迷，醒不過來呀。」

「反正就是要強迫她喝下你的血。」

利乏音點點頭，縮回剛剛放在史蒂薇．蕾胸口的那隻手，用力對著手腕咬下去。

不需要用眼睛看，光用聞的，我就知道他的手腕正汩汩流出血來。那氣味，好怪，有點腥，類似霉味或剛翻掘過的土，還摻雜著其他氣味——讓我聯想到純黑巧克力、香料、以及月光盈盈，沁涼如水的夏日午夜。

「哇，好怪的氣味。」史塔克喃喃自語。

我沒答腔，因為我正不自主地流著口水。但我只能以羨慕的眼神看著利乏音傾身，輕輕托著史蒂薇．蕾的頭，然後將自己流著血的手腕貼在她鬆弛的嘴唇上。

「喝啊，史蒂薇．蕾，妳得喝下去啊。」利乏音求她。

史蒂薇．蕾毫無反應。利乏音的鮮血，從她的嘴角流出來，在白色的床單上形成幾處紅漬，看起來好美味……難以抗拒……

「柔依！幫她。」

被卡羅納這麼一喚，我才回神，發現自己著魔似地直盯著利乏音的血。「怎……怎麼幫啊？」我都結巴了。

桑納托絲替他回答。「召喚靈元素，讓它充盈她，給她力量。如果她的靈能被喚醒，就能吸配偶的血，這樣一來，她的身體就有自癒能力。」

「喔，對，我明白了。對不起。」我清清喉嚨，深吸一口氣，不理會肺部滿滿的鮮血氣味。「靈，降臨我！」當我的元素回應我，我終於覺得好多了——更像自己，更有自主能力。我再次穩住自己，堅定地下指令：「去找史蒂薇．蕾，充盈她，給她力量，好讓她回到我們當中！」靈從我身上離開，湧向史蒂薇．蕾，我的頭髮也應聲飛揚。而她，一被靈元素充滿，立刻倒抽一口氣，開始咳嗽，因爲利乏音硬灌入的鮮血嗆到了她。接著，她睜開眼，雙手緊抓住利乏音的手，猛吸他的手腕，拚命牛飲他的血。

「別讓她喝太多，免得你會太虛弱。」卡羅納的手搭在兒子的肩膀，叮嚀他。「你還得給她喝很多次，直到她徹底痊癒，所以，你得保持強壯的身體，才能眞正幫助她。」

利乏音點點頭，輕輕地將另一隻手擱在史蒂薇．蕾的手上阻止她。「史蒂薇．蕾，好了，晚一點再喝。」

她抬頭看他時，我見到了她的一雙紅眼睛。還有猙獰表情。

「啊。」史塔克驚呼。他和卡羅納也都發現了，幸好，桑納托絲的聲音舒緩了病房內的緊張氣氛。

「沒關係，別擔心。史蒂薇．蕾是吸血鬼，是女祭司長，所以，要信任她，她會找到自己的。」

果然，史蒂薇．蕾眨了幾次眼後，眼神就恢復正常了。她把利乏音的手從自己嘴邊推開，然後伸手抹掉嘴邊的血，一副快要哭出來的模樣。「我是不是傷了你？對不起，利乏音！」

「噓，」他安撫她，將她拉入懷裡。「妳永遠都不會傷到我。」

她忽然往後坐，直盯著利乏音。這時，我很驚訝地發現，她皮膚上的灼傷已經不再那麼赤紅，好了非常多。「你救了我！在你還是一隻渡鴉的時候，你來救我！」

「因爲妳需要我啊。我可以感覺到妳很痛苦，所以，我去找妳。」

籲妮已經把過程告訴我們，不過，這會兒從利乏音的嘴裡聽到他這麼說，感覺還是很超現實。我的意思是，這傢伙白天是鳥欸，就只是一隻鳥，其他什麼都不是，但竟然跑來拯救史蒂薇．蕾。

「你是全宇宙最棒的人！」史蒂薇・蕾對他微笑，那笑容裡，有愛，有喜悅。「那，你還記得整個過程嗎？」

利乏音抹掉眼角的淚水，給她一個微笑。現在，他敢輕輕撫摸她那紅通通的臉頰了。

「我只記得，妳需要我，然後，我變得很生氣。」

「嗯，這樣就夠了。」她告訴他，接著，對桑納托絲說：「達拉斯想殺死我**和**簫妮。」

「喔，天哪！」簫妮說：「他回到依琳的火葬柴堆時，我可以感覺到他很憤怒，但我沒想到他根本是瘋了。」

「他沒瘋，」史蒂薇・蕾說：「他是心狠手辣。」

「而且，他的法力高強。」桑納托絲說，接著對卡羅納下令：「去逮捕他，將他帶到我面前。最高委員會或許背棄了我們，可是我這個死亡使者還是會審判，會伸張正義。」

卡羅納握拳，放在心臟位置，表示接收到她的指示。就在他大步離開病房時，史塔克說：「我要跟他去。」

「去吧，別讓不死生物殺了達拉斯。我要活抓達拉斯。」桑納托絲說。

「是的，女祭司長。」史塔克快速對她行禮，然後對我鞠了個躬，便疾步跟上卡羅納。

「我的紅雛鬼呢？」史蒂薇・蕾說：「他們都還好嗎？」

桑納托絲點點頭。「有卡羅納和元牲保護著，白天可以安穩地睡覺。」

「而且，簫妮一來通報，達瑞司就直接去地下室，加入元牲的守衛工作了。」愛芙羅黛蒂說。

我很驚訝他們會提到元牲的名字。他不是醉得一蹋糊塗，整天昏睡嗎？不過，現在這時候當然不適合去證實。

「所以，他只針對簫妮和史蒂薇．蕾？」我問。

「我不曉得。」簫妮說：「他好像對我們所有人都很不爽。喔，我是指柔依的守護圈成員。我猜，他認為依琳會拒絕變身而亡，都是我們的錯。」

「是啊，他告訴我，簫妮和我，只是他討債的開始。」史蒂薇．蕾說，往利乏音的身上靠過去，彷彿這樣能從他那裡汲取能量。

「太扯了，」愛芙羅黛蒂說：「如果眞要怪，應該是怪奈菲瑞特吧。」

「他柿子專挑軟的吃啊。」簫妮說。

「沒人是軟柿子了——只要死亡使者是這裡的女祭司長，就不會讓他得逞。」桑納托絲說：「不過，在卡羅納和史塔克抓到達拉斯之前，大家還是要提高警覺。」接著，她對我說：「柔依，我知道，大家都認為所有的雛鬼睡在同一個地方不是很安全，不過，我還是決定要求妳和妳的守護圈，以及妳的女祭司們，跟紅雛鬼一起在地下室休息。這樣一來，我們就有雙重保護。第一層是達瑞司和冥界之子戰士，第二層就是妳們自己的守護圈。」

「妳所說的紅雛鬼，是指史蒂薇．蕾麾下的那些，對吧？」我說：「因爲達拉斯自己也有一群紅雛鬼。」

「而且他那票雛鬼跟他一樣可惡。」史蒂薇．蕾幫腔。「昨天晚上，那個小紅雛鬼妮可，妳知道吧？就是馬廄著火時，幫蕾諾比亞拯救馬匹的那個？」桑納托絲點點頭，史蒂薇．蕾繼續說：「嗯，她正式脫離達拉斯那票人，還宣誓效忠我。因爲，她認清了達拉斯和他那些狐群狗黨有多可惡。」

我正想開口，附和史蒂薇．蕾的話——畢竟，我可不想跟達拉斯那群豬狗朋友一起困在地下室——但被桑納托絲搶先一步。

「等我審判完達拉斯，就不會有雛鬼跟隨他了。」她的聲音冷若冰霜。

我心想，桑納托絲怎麼會以爲她有辦法讓那些混蛋紅雛鬼變成好人？不過，話說回來，人家確實有幾百萬年的吸血鬼資歷，而且，又超級厲害的，誰知道她還深藏了那些神奇的吸血鬼法寶呢？最好是超級可怕的法寶。經過今晚這件事，我已經受夠了，不可能再耐心對待那些想傷害我或我朋友的王八蛋。所以，如果桑納托絲打算學人類學校，狠狠體罰他們，那就用吧，反正，達拉斯和他那票人，都是自作自受，活該受罰。

「柔依，妳可不可以去看看我那些孩子？妳去跟他們說，我沒事，好嗎？妳知道的，克拉米夏和夏琳聽到我的事，一定會嚇壞了。」史蒂薇．蕾的聲音愈來愈虛弱，但還是對我微笑，並握著利乏音的手。最後，終於撐不住，躺回枕頭上，又露出被太陽摧殘後的灼傷虛脫模樣。

「沒問題，」我要她放心。「現在，妳只管照顧好自己的身體，其他的都不必擔心。愛芙羅黛蒂和簫妮和我都會去看那些孩子，告訴他們，妳不會有事的。」

「很好。妳們順便告訴紅雛鬼，雖然今天是星期六，我還是決定補課，之前漏掉太多課了。補課的事，我已經通知老師，一會兒後會對全校廣播。我希望大家能八點整準時上第一堂課。我不接受推託怠惰，也不容許我的夜之屋因爲暴力和憎恨而陷入混亂狀態。」桑納托絲說。

「靠——上課——噁。」愛芙羅黛蒂壓低聲音嘟噥。

「這眞是太棒了，」史蒂薇．蕾說：「小柔，幫我抄筆記喔。」

「好的，沒問題。」我說，不過心裡想著，抄筆記這種事應該交給戴米恩才對吧。「下課後我再來看妳。」

「我們都會來。」簫妮說。

愛芙羅黛蒂還在碎碎念。

果然，史蒂薇．蕾猜對了，她那群紅雛鬼嚇壞了。我們一進入地下室，克拉米夏立刻衝上前。

「要是她有個三長兩短，我一定要親手殺了達拉斯。」

「史蒂薇．蕾不會有事的。」我要她放心，這時，其他孩子也都圍過來。

「他眞的想殺死她？」大家的注意力轉向妮可。她離大家遠遠的，只有簫妮跟她站在一起。

「達拉斯想殺死史蒂薇．蕾和簫妮。」我說，跟妮可對望，想從她的眼神尋找蛛絲馬跡，看看她是否知道他想幹什麼。

結果，妮可滿臉只有嫌惡表情。她搖搖頭，說：「他變本加厲了，可是，我以為他不敢直接在夜之屋裡幹出可怕的壞事。」

「妳以前喜歡他。」我說。

「對，我**以前**喜歡他，可是，已經有好一陣子不再喜歡他了。」

「那我們怎麼知道妳沒爲了他說謊？」簫妮問。

「我相信她。」夏琳毫不遲疑地說：「我看見她身上的顏色改變了。」

我瞥向愛芙羅黛蒂，說：「妳相信她嗎？」

「她是指誰？夏琳？還是妮可？」

「兩者。」我說。

愛芙羅黛蒂的視線瞥向夏琳，然後又看看我。「我相信夏琳的判斷。如果她說，妮可變了，那我就相信她不一樣了。」

「她以前是達拉斯的女朋友，而現在，達拉斯想殺史蒂薇．蕾和我欸！」簫妮氣急敗壞地說：「我不是故意要跟她作對，我只是實話實說。」

幾個孩子喃喃附和她。妮可臉色蒼白，但還是抬起下巴，看著簫妮，說：「依琳是達拉斯的女朋友，妳還不是相信她、在乎她，願意守護著她的火葬柴堆，直到天亮。」

「那是因爲我認識依琳很久了。」簫妮說：「可是妳，我認識妳才不過兩秒鐘吧。」

「妳認識依琳這麼久以來，她一直都是完美的嗎？」妮可問。

簫妮把頭撇開，不願面對妮可。「對，對，她不完美。」

「我過去的確不好，但我希望能有第二次機會。」

夠了。我的女先知說服我了，而且，我的直覺也告訴我應該相信妮可。「這理由對我來說足夠了。」我大聲說：「對你們大家也是。如果，我們老是拿別人的過往來嫌惡他或她，那麼，卡羅納就不可能成爲女祭司長的戰士，而史塔克也不會是我的誓約戰士。唉，就連史蒂薇·蕾，都不可能再次成爲我的好閨蜜。」

「而我，也已經跟著奈菲瑞特一起被夜之屋放逐。」元牲說。我一直沒注意到他──他就站在我們後面，地下室的入口處。

我沒看著他，但點點頭表示認同他的話。「要不是大家給了元牲第二次機會，我的阿嬤很可能被奈菲瑞特殺害了。簫妮，我們應該立場一致，畢竟，最近發生太多鳥事，我們實在沒本錢相互猜疑。」

簫妮覷了妮可一眼，然後看著我的眼睛，說：「好，妳是我的女祭司長，我相信妳。」

「謝謝。」我說，環視所有人。「其他人有沒有什麼話要說？」

「史蒂薇·蕾眞的沒事嗎？」克拉米夏問。

「保證沒事。」我說。

「利乏音變成鳥時，眞的飛進來救她？」夏琳問。

我笑著對簫妮說：「把妳親眼見到的，告訴他們吧，不過長話短說喔。桑納托絲說了，她要我們今天補課，而且八點第一堂課的鐘聲一響，大家就要乖乖坐在教室裡。」

聽到這個消息，大家開始唉聲嘆氣，不過，簫妮一出聲，所有人立刻專心聽她重述那段過程。我趁著空檔到外面找達瑞司，他正站在地下室入口階梯的最上方。當然，愛芙羅黛蒂也和我一起過去。

經過元牲時，我瞥了他一眼。這傢伙一臉憔悴，雙眼布滿血絲，整張臉浮腫，原本完美無瑕的皮膚看起來像濕濕的石灰岩。「宿醉很難受吧？」我忍不住揶揄他，但我沒停下來等他回答，繼續走我的。愛芙羅黛蒂竊笑著爬完整段樓梯。

「卡羅納和史塔克去找達拉斯？」達瑞司見到我們後問道。

「對。」我說：「桑納托絲要他們活抓他，把他帶回來審判。她還說，她受夠了他那群紅雛鬼。」

「我真想看看她會怎麼處置他們。」愛芙羅黛蒂說：「嗯，如果他們有辦法找到他的話。這傢伙現在一定躲得很好，**不想**被找到。」

「卡羅納那個不死生物一定可以找到他的，這點我毫不懷疑。」達瑞司說。

「點過名了嗎？達拉斯那票人，有沒有誰留下來，沒跟著他？」我問。

「我把雛鬼安頓好後，大概看了一下。達拉斯確實不見人影了，不過，他們那票人沒跟著他走。」達瑞司說。

「不管桑納托絲要怎麼處置他，我只希望他這輩子都別再來煩我們。」愛芙羅黛蒂說。

我嘆了一口氣。「這傢伙可以控制電流欸，眞不曉得這樣要怎麼關他。一想到他有那麼多辦法可以脫逃，就覺得很沒力。」

「桑納托絲很有智慧，她一定會伸張正義的。」達瑞司說。

「就怕有心伸張和付諸實現是兩回事。」我說。

「既然妳的戰士不在這裡，那我就替他告訴妳，妳不必擔心那麼多。」達瑞司說。

「她死腦筋啦，不會聽的。」愛芙羅黛蒂說，吻了他的臉頰一下。「不過，感謝你願意試試看。」

他笑著對她說：「我已經很習慣應付固執的女人。」

「你是不是背著我，跟哪個死腦筋的賤貨亂來？」愛芙羅黛蒂說，假裝生氣。「別逼我動手把哪個醜女人的眼珠子挖出來喔。」

達瑞司哈哈大笑，將她一把拉入懷中。我賞他們一個白眼。「我要去餐廳，看看是不是那麼好運，可以連續兩天將義大利麵當早餐。掰，達瑞司，愛芙羅黛蒂。第一堂課見。」

我正決定先繞回寢室，梳個頭髮，打理一下門面再去吃早餐，就聽見他叫喚我的名字。

老實說，我眞不想停步。我想假裝沒聽到，疾步走回房間，設法躲著他，能躲多久就躲多久。可是，我發現他已經開始跑了，不可能追不上我。所以，我只好深吸一口氣，停步等他。

「柔依，可以跟妳談一下嗎？」元牲追上我，問道。

聽到他這種客氣的口吻，完全不像西斯，我才稍微放鬆了一些。「喔，好啊。」

「我想，我欠妳一個道歉。」

「爲什麼？」

他皺起眉頭，說：「我猜，昨晚，我對妳說了不得體的話。」

「你猜？」

「酒精讓我記不太得，只勉強記住一些片段。」

「元牲，喝醉對你的傷害不止是記憶力，還會讓你渾身不舒服，做出蠢事，說出蠢話。你不需要跟我道歉，別再喝醉就行了。」

他嘆了一口氣，搓搓額頭，一副頭痛的模樣——我看，喝成那樣，不頭痛也難。「可是，小柔，啤酒眞的好好喝。」

他這句話，好像一拳打中我的胃。「你是怎麼辦到的？」

他放下原本搓著額頭的手，茫然地看著我。「你是說喝那麼多啤酒？」

「不是！」我沮喪得兩手一攤。「我是要問，你怎麼可以說話那麼像西斯。」

「有嗎？」

「不是一直都像他，可是你剛剛那句話，叫我小柔那一句，完全就是他的口吻。」

元牲眨眨眼，說：「對不起，我冒犯了妳。」

「你沒冒犯我，你是讓我不解。」我說。

「妳也讓我不解啊。」他說。

「爲什麼？」

「因爲我對妳有不該有的感覺。」

「不該有的感覺？比如什麼？」我屏息等著他回答。

「我被妳吸引，我在乎妳，我會想妳。經常想到妳。」他緩緩地說：「而且，我知道我不該有這些感覺，因爲妳討厭我。」

我張嘴，想告訴他，我並沒討厭他，就連一點點反感都沒有，可是他舉起手阻止我。

「不，我知道妳爲什麼討厭我。妳不是壞人，妳是一個非常好的人，非常特別，妳對我有這種感覺，不是妳的錯。」元牲開始退離我。「我只是想跟妳說對不起，昨晚說了一些不得體的話。我這就離開，不打擾妳了。」

「元牲，等等，別走，我有話要跟你說。」我示意他跟著我到操場邊緣那幾棵大橡樹底下的石凳區。「陪我坐一下。我想想該怎麼說才好。」

他陪著我坐下來，嗯，但不是坐在我旁邊，而是在凳子的另一端，離我遠遠的。我嘆了一口氣。

「好吧，事情是這樣的。」我深吸一口氣，衝口而出：「我也被你吸引了，就像我吸引了你。我也會想到你，等等，不是，這樣說不對，應該說，我告訴自己**不要**想你，因爲，我老是想到你。」我又嘆了一口氣。「其實，這沒什麼好不解的，畢竟，我都十七歲了，而你裡面的靈魂又是那個我愛了七、八年的男孩。可是，**你**終究不是他，我經常這樣告訴自己，多數時候也這麼相信。後來，你開始做一些奇怪的事，比如開口唱起義麵歌，以西斯才有的語調叫我小柔，還有，像白癡一樣喝得爛醉，說一些西斯才會說的話。我眞怕，我已經無法說服自己相信了。」我一口氣把話說完。

「相信什麼？」

我皺眉看著他，說：「瞧，西斯就是這樣。我的句子稍微複雜一點，他就聽糊塗了。」

「對不起，小柔。」

「又來了！我剛剛說怕自己無法相信的，就是你和西斯不可能是同一個人。」

「噢。」他沒再說話，我看得出來，他腦袋裡正動個不停。「你還愛西斯嗎？」

我迎視他的目光，對他說實話。「我永遠愛西斯。」

他沒別過頭，所以，我清楚看見他是怎麼展露笑顏，還有，那個露齒的笑容，又是怎麼讓他的眼睛閃爍著西斯才有的淘氣眼神——那眼神，對我來說太熟悉了。「那很好。」他說。

「不，那會讓我迷惘。更何況史塔克是我的戰士，也是我的男友。」我說。

「可是，妳以前不是同時愛西斯和史塔克嗎？」

「呃，對啦，可是那樣會很複雜，壓力很大，對我們三個來說都很不好。」

「可是，妳還愛著他們兩個啊。」

他這話不是問句，但我還是回答他。「對，這點我承認。可是，我要告訴你的是，我希望你了解，我認為同時愛一個以上，真的很困難。此外，我可以肯定地告訴你，如果史塔克知道我想再次腳踏兩條船，他會有什麼反應。」

「昨晚史塔克對我很好。」

「嗯，史塔克和西斯後來變成朋友。我是說差不多像朋友。」

「那，說不定，我們現在也能再當朋友。」他說。

朋友，聽起來很安全。誰規定朋友只能有一個啊？「好，這可以試試看。」

「如果妳想要，我可以讓妳吸我的血。」

「元牲！不，不，我不想吸你的血。」我騙他。其實，我清楚記得之前吸西斯的血時，感覺有多美妙，**還有**，西斯有多喜歡我吸他的血。我對元牲瞇起眼，說：「元牲，你應該沒有西斯的記憶吧？」

他搖搖頭。「應該沒有，雖然有時候，我會被自己所說或者所做的一些事嚇到，因爲，我根本不知道自己怎麼會那樣說，或者那樣做。可是，有一件跟西斯有關的事，我非常確定。」

我知道我不該問，但我聽見自己開口了。「什麼事？」

「小柔，我很清楚他對妳的愛。」

16 史塔克

「你確定我們沒跟丟?」全力奔跑，以便趕上卡羅納的史塔克喘著氣，對著有翅膀的不死生物的背部，出聲問道。

「你沒聞到他的血味嗎?」卡羅納轉頭回應。他發現史塔克跟得很費力，所以立刻放慢速度，指著那片有人悉心維護，他們正準備穿越的草原。「那裡，瞧見沒?吸血鬼的血液濺得到處都是，仍流著血的達拉斯顯然來過這裡。我兒子幹得好，懂得去抓他的頭——頭部很容易流血，而且流血後很難止住。」

「對，尤其在快速奔跑的狀況下。」史塔克抹抹額頭上的汗水，跑到了卡羅納身邊。「眞沒想到達拉斯能跑這麼快。我還以爲我們應該早就追上他。不過，我們應該離他不遠了。這小子還眞能**跑**。我以前經常覺得他就像打電玩的宅男——肌肉軟趴趴，弱不禁風，除非開始扮演起電玩世界裡歐格星球上的外星人咒格，這樣，他們有辦法用肥肥的手指摧毀全世界。」

卡羅納蹙著額頭，說：「有時，你的世界還是讓我很迷惑，不過，我可以明確地告訴你，爲什麼達拉斯會跑得這麼快。因爲他在逃命。」

「喂，桑納托絲特別交代喔，**不准**殺死他。」

「太可惜了。如果能直接殺了他，這樣一來，我兒子所起的頭——抓傷他的頭部——剛好就由我收尾。」卡羅納說。

「你這樣說也對啦。」

忽然，卡羅納伸出手，阻止史塔克說話。他們追蹤達拉斯，一路朝西而行，繼續筆直前進，就會遇到交通繁忙的河岸大道。「在那裡。」卡羅納指著馬路另一側，在月光下粼粼閃爍的阿肯色河。「他想利用河水，讓他的血液氣味往下游分散，並藉此湮滅他的逃亡方向。」

「你說，他想這麼做，意思是這招沒用，他失敗了？」

「在我看來，確實沒用。他仍流著血，我嗅到的氣味，絕對是他，我也很確定他就是沿著這方向逃亡。」

「哈，太好了。」史塔克說，然後跟著不死生物橫越四線道的河岸大道。幸好天色已暗，天氣寒冷，所以附近沒什麼慢跑或騎單車的人。想當然耳，卡羅納披上了長大衣，不過，那對翅膀實在很難不引人注目。

跨越水泥單車道後，卡羅納停步，彎腰細看路旁的草木。「他就是從這裡往下爬，朝河裡去。」

史塔克看看野草，又嗅一嗅，試圖尋找達拉斯的血液跡象或氣味，但只聞到泥土味、河水的腥臭味。然而，不死生物非常肯定，所以史塔克聳聳肩，繼續跟著他下到河邊。兩人抵達河岸時，卡羅納再次停步。這次，他蹲下來，大口吸氣，望向緩慢流動的河水的對岸。十二月的冰風暴結束後，幾乎沒下過雨，所以水位很低，滯緩的河水裡處處可見大片沙洲。

「我都不知道你這麼擅於追蹤。」史塔克說，往他旁邊蹲了下來。

「我花了好幾世紀在追蹤一些邪惡靈體，它們遠比這個小吸血鬼有心機多了。所以，我練就的功夫，不可能輕易忘記。」卡羅納說。

史塔克以眼角餘光瞥他一眼，偷偷納悶——這不是他第一次這麼想——卡羅納墮落之前，到底都幫女神做些什麼事啊？如果，他的能力這麼強，強到即使過了幾世紀，仍有這般驚人的追蹤本事，怎麼會墮落人間呢？

「那裡！」卡羅納往前一指。「看到了嗎？就在那裡，遠處河岸附近的圓木上。」

史塔克笑著說：「就算看不見，我也有辦法正中目標。你稍微讓開一下，等我射中他，你就可以去把那混帳拎回來。現在，換我使出我驚人的天賦嘍。」他站起來，架箭拉弓，專注在他的念頭——他的目標——然後，把箭射出去。

一聲悅耳的彈撥音，利箭射出，咻咻劃過空中，速度之快，幻化無形，卻足以致命。

「啊！」達拉斯的哀號聲傳過河面，清晰可聞。

史塔克得意地笑著對卡羅納說：「去抓人吧。」

柔依

第一堂課漫長到永遠結束不了。平常，我喜歡上桑納托絲的特別課程，雖然她稱不上是教課最有趣的老師（呃，這個頭銜應當非艾瑞克莫屬），可是，她超級聰明，而且可以讓我們問任何問題，只要我們尊重她和所有同學。但今天，我在椅子上不安地扭來扭去，還不時轉頭看看同學。當然，達拉斯不在課堂上。就我所知，史塔克和卡羅納也還沒回學校——無論有沒有抓到達拉斯。不過，其他的紅雛鬼都在。不屬於達拉斯那一夥的紅雛鬼，如夏琳和克拉米夏、強尼、安蟻，以及史蒂薇．蕾旗下的孩子，就坐在我的守護圈成員以及愛芙羅黛蒂和我所在的第一排之後，他們乖乖坐得挺直，看著教室前方。至於妮可，她和夏琳一起進教室後，就坐在她旁邊的椅子上。她從以前那群朋友的旁邊走過去時，他們看著她的眼神彷彿她是橫死馬路的動物，不過，她完全不理會他們。

元牲沒像以前一個人遠遠地坐在教室的最邊邊。今天他走進教室，經過我們旁邊時，神色躊躇，但戴米恩對他揮手，告訴他，利乏音在醫護室陪史蒂薇・蕾，所以他旁邊兩個位子是空的。元牲朝我瞥一眼，見我聳聳肩，若有似無地點了一下頭，便跟戴米恩道謝，在他身邊坐了下來。換句話說，我和他之間，只隔著愛芙羅黛蒂及戴米恩。桑納托絲一開口，說今天要教的是《雛鬼手冊》裡提到的五大儀式，元牲就立刻動手寫筆記。

哈，說不定人家是好學生唷。這樣，就完全不像西斯了。一想到這個，我差點咯咯笑出來——不是那種覺得有趣的咯咯笑，而是會演變成失控大笑的前奏——所以，我趕緊咳嗽來掩飾。

「妳還好吧？」簫妮輕聲問我。她坐在我的左邊，一臉憂心地看著我。

「沒事啦，只是喉嚨癢癢的。」我趕緊要她放心。

桑納托絲轉向電子白板，拉出一張圖，畫面出現一把雕飾繁複的匕首。這時，一團紙從教室後方丟過來，落在我的桌面，看得出來紙張裡寫著字。我皺著眉，將紙張撫平，看著那幾個字：妳沒死，眞可惜。

愛芙羅黛蒂一把搶過紙條，將它揉成一團，丟入她的包包裡。「別理他們。」她低聲對我說：「我的字隨便寫都比他們漂亮。」

沒有達拉斯帶頭，他那幫紅雛鬼不敢公然囂張，不過，還是會暗暗幹些讓人生氣的小動作。比如，不回答桑納托絲的問題，上課時從不發言，還趁老師轉身時到處丟紙條。我清楚感覺到他們的一雙雙紅眼睛正盯著我，所以我轉頭。

「別看他們。」愛芙羅黛蒂低聲阻止我。桑納托絲正把《雛鬼手冊》發給大家。「他們就是要引起妳的注意。別讓他們得逞。」

「不曉得他們抓到達拉斯了沒？」我低聲回應她。

「一定會的。卡羅納那麼厲害，他絕對逃不出他的手掌心。」

「我現在要跟大家討論的，是『克麗奧佩脫拉的保護儀式』這一章中提到的幾個重要儀式。」桑納托絲那威嚴的聲音一出，我們的注意力全被拉回教室前方。她指著白板上那幾把雕飾七首。「誰能告訴我，這些只用於儀式和咒術的短刀，稱爲什麼？」

戴米恩舉手。

「請說。」

「儀式刀。」他說。

「這麼簡單，我也知道。」愛芙羅黛蒂嘟噥。

「正確。謝謝你，戴米恩。」桑納托絲說：「此外，各位會發現，在古代，最純正的保護儀式所召喚的元素是火。」說到這裡，她對簫妮點了一下頭，還笑一笑。簫妮興奮地立刻點頭回應她。「我們這所夜之屋很幸運，有一個雛鬼的感應元素就是火，或許，我們可以請她來告訴大家，在傳統的保護儀式中，最重要的是什麼。」

「喔，這簡單！最重要的是主持儀式的女祭司長。雖然火元素具有很厲害的保護作用，但其重要性不可能超過施展咒術的女祭司。」簫妮說。

我好高興她這充滿自信的答案。關於保護儀式，我只記得俗稱埃及豔后的克麗奧佩脫拉在執行儀式時搞砸了，因爲她整個心思都在愛人馬克・安東尼身上，所以最後他死掉時，火元素變成一尾燃燒的蛇，吞噬了她。眞是的。

「完全正確。簫妮，謝謝。所以，各位同學，保護儀式這一堂課，我眞正要教導大家的，不是保護，而是專注、正直與目標的重要。」桑納托絲說：「最近學校發生的事，讓我更認眞思考保護儀式。我發現，古代吸血鬼比我們這一代的吸血鬼更有天賦。」說到這裡，桑納托絲打住，看著我，繼續說：「不過，年輕吸血鬼變得愈來愈沒天賦的趨勢，最近似乎有了改變。」不知道她想說什麼，但這句話確實勾起了我的興趣。「請大家花點時間，想想這種改變所造成的影響。在古代，天賦異稟的吸血鬼，如克麗奧佩脫拉，在施展其天賦的同時，都必須爲自己的選擇和作爲負起完全責任。各位從手冊就可以讀到，克麗奧佩脫拉濫用了女神賜給她的天賦，這一點，我們的歷史學家也記載過。她把她的感應力視爲理所當然，不再聆聽別人的聲音，只想到自己的需求和欲望。最後，她被自己的元素火給吞噬了。」

我使勁克制，才沒被這番話嚇得畏縮。桑納托絲是想告訴我，我搞砸了嗎？我知道，這陣子我常對大家發脾氣，還成天因爲元牲／西斯的事情感到沮喪迷惘，可是，難道老師眞的在暗示我，我需要被五元素好好教訓一頓？

眞要命！希望她不是這個意思！我一直有在盡力啊。對，我最近是心情不好，還常發脾氣，可是我沒成天發牢騷啊。起碼最近沒有。

看到愛芙羅黛蒂舉手，我嚇了一跳，內心的喃喃自語也瞬間打住。

「嗯，愛芙羅黛蒂，妳有問題要問？」桑納托絲叫她。

「是的，我在想妳剛剛說的話。妳說，在古代，有天賦的吸血鬼很多，而且他們的天賦比當代的吸血鬼更厲害，但現在，具天賦的年輕吸血鬼人數似乎有成長的趨勢。不曉得老師妳知不知道爲什麼會有這種改變？」

「好問題，愛芙羅黛蒂。我希望能給妳一個明確的答案，但現在我也只是猜想。我認爲，這種改變，源於黑暗與光亮之間的平衡有了重大改變。」

「或許，妮克絲給我們天賦，是爲了幫助我們反擊，讓黑暗與光亮重新取得平衡狀態。」簫妮說。

「或許吧。」桑納托絲點點頭。

「這會不會也跟古魔法有關？」元牲問。

所有人目瞪口呆地看著他。

「你怎麼會這麼問？」桑納托絲說。

他聳聳肩，一臉不自在。「因爲牛啊。牠們不是古魔法的體現嗎？」

「的確是。」桑納托絲說。

「柔依的占卜石也是古魔法，不是嗎？」愛芙羅黛蒂說。

我皺眉瞟向她。

「確實是。」桑納托絲說。

「好，可是，我們眞的知道古魔法是什麼嗎？」我說。這話題讓我動氣了。

「打從我被標記這麼久以來，古魔法不曾在斯凱島以外的地方出現過。」桑納托絲緩緩地說，好似一邊回想，一邊大聲說出她內心的思考過程。「根據我對古魔法的了解，我頂多只能告訴你們，古魔法是一種最基本層次的能量——原始、強大，而且非善也非惡。古魔法是一種創造能量，但同時也具破壞力。」

「或許，這也就是爲什麼古代咒術的好壞——如克麗奧佩脫拉的保護儀式——與執行咒術的女祭司密切相關。」戴米恩說：「我們吸血鬼的五大儀式，很可能就是根源於古魔法。」

「有道理。」桑納托絲說。

「可是，這還是沒有回答古魔法是什麼東西，還有，爲什麼它又忽然活躍起來啊。」愛芙羅黛蒂說：「我很確定它眞的變活躍了，是不是啊，小柔？」

幸好，這時，門砰的一聲打開，卡羅納大步走向教室的中央走道，打斷愛芙羅黛蒂的話。

這個長著翅膀的不死生物對桑納托絲恭敬行禮，說：「女祭司長，我把妳的囚犯抓回來了。」

「很好。」她回答，然後面向全班，說：「我要大家立刻到火葬柴堆旁的空地集合。下課。」

大家魚貫走出教室時，我看見桑納托絲低聲跟卡羅納交談。不死生物睜大了眼，點點頭，再次對她鞠躬，而且這次他的腰彎得非常低，動作停留得比平常久，就連桑納托絲回到桌子拿起廣播系統的話筒，壓下按鍵時，他都沒抬起頭。她的聲音透過學校的廣播系統播送出去。「全體師生請注意，立刻到校園中央的火葬場集合！委員會的老師，請立即到會議室。所有課程都暫停，直到集會結束。」她按下結束鍵，匆忙從教室後門離開，卡羅納緊跟在後。

我有不祥之兆。「眞不知道到底發生什麼事？」

「誰知道啊。」愛芙羅黛蒂說：「不過，起碼接下來的事，會在大家面前發生，而且，我們還可以蹺掉一堂課，所以，哪能多不祥呢？」

我們直接到火葬場，以那片燃燒過的焦黑區域爲中心，圍成一大圈。任何人一看，就知道這塊區域最近使用得過度頻繁。我的視線蒐尋史塔克，但就是沒見到他或卡羅納。達瑞司過來我們這裡，牽起愛芙羅黛蒂的手，說他也不知道究竟是怎麼一回事。就在大家開始騷動，嘈雜到得用喊的才能溝通時，我們對面那群人開始挪動，往兩旁散開，空出一條通道。

通道上最先出現的是桑納托絲。她換上一襲黑色的絲絨禮服，素面禮服上只有絲線縫製的妮克絲捧月圖案。桑納托絲把頭髮放下來，她那一頭烏黑長髮在腰際形成一片厚實的面紗。我看見那片髮紗裡面似乎有銀色東西閃閃發亮，讓人想到用來縫製妮克絲圖像的銀絲線。她面色凝重，看起來好可怕，但也好美——有種古老卻跨越時空的美。

接著，卡羅納和史塔克出現，我的注意力轉移到他們身上。而達拉斯，一瘸一瘸地走在他們之間，一副衰運連連的窩囊模樣，兩隻手還被綁在一起，擱在身體前方。他的臉血跡斑斑，刮痕遍布，衣服又髒又臭，右大腿上有一片羽毛，羽毛底下就是史塔克射中他的那支利箭。卡羅納和史塔克將達拉斯拽到焦黑的火葬場中央時，表情看起來跟桑納托絲一樣，滿臉嚴肅，威風凜凜。

但達拉斯看起來既不嚴肅，也不威風，只有怒氣。我看著他把視線瞟向簫妮，對她冷笑，還把一大口噁心的痰沫吐到自己腳邊的灰燼裡。

「陶沙市夜之屋的老師，請上前！」桑納托絲下令。

於是，蕾諾比亞、潘特西莉亞、嘉蜜和艾瑞克從人群中走出來，站到桑納托絲的旁邊。我心想，沒有了龍老師、安娜塔西亞，以及諾蘭老師，這個教師委員會看起來好寂寥啊。桑納托絲繼續說：「兩位女先知，也請上前。」

「靠。」愛芙羅黛蒂嘟噥，但還是放開達瑞司的手，走到桑納托絲旁邊。夏琳則磨蹭一會兒，最後才鼓起勇氣，走向桑納托絲。女祭司長點點頭，要夏琳站到愛芙羅黛蒂身旁。

「我們學校很受女神恩賜，比其他學校多了兩位女祭司長。只可惜其中一位，也就是史上第一位紅女祭司長史蒂薇．蕾，因爲傷重，不克出席。」接著，桑納托絲的黝黑目光覷向我，我這才注意到她剛剛說了**兩位**女祭司長。「不過，我還是要請另一位女祭司長上前，柔依．紅鳥，請過來。」

我忐忑不安地站到愛芙羅黛蒂和夏琳旁。

桑納托絲面向達拉斯，說：「你就是那個叫達拉斯的紅成鬼？」

達拉斯揚起嘴角，說：「妳明明就知道我是誰。」

「達拉斯，今天破曉時，你攻擊紅女祭司長史蒂薇．蕾，試圖害她被太陽燒死，是不是？」

「對，我不否認。」

「達拉斯，今天破曉時，你還打算用妮克絲賜給你的天賦，殺死簫妮，是不是？」

「我不否認啦！」他的口氣很惡劣，雙眼還閃爍著鐵鏽色的光。「開除我啊！反正我早就想離開這個爛學校。」

桑納托絲轉身面向大家。「我知道有一群學生跟這個紅成鬼有相同的想法。我認爲，他們很清楚甚至協助他的罪行，所以，他們應該和他共同承擔後果。現在，跟隨達拉斯的人，站出來！」

我超級好奇接下來會發生什麼事。平常，達拉斯身邊大概有十個同黨，嗯，應該說九個，因爲妮可已經棄暗投明了。我還眞希望他那票混蛋紅雛鬼帶種一點，趾高氣昂地走出來，像課堂上那樣對大家扔紙條。

沒想到，站出來的只有兩個人。一個是那個叫柯帝斯的大塊頭。我記得他在火車站的坑道惹是生非，混蛋一個。另一個是艾略特，幾個月前上英文課時，我親眼見到他蛻變不成而死掉。我知道艾略特很可悲，在課堂上啥事都幹不了，只能呼吸等下課，不過，我以爲他會連站出來挺達拉斯都懶得站，尤其在達拉斯還可能被踢出學校的情況下。

唔，等等。**原來如此啊**。這傢伙不喜歡學校，所以，和達拉斯一起被踢出去，對他來說等於永遠放長假啊。

「艾略特、柯帝斯，你們是不是清楚知道，現在站出來，就等於承認達拉斯犯下的罪行，你們也有份？」桑納托絲問。

「對，知道啦！」柯帝斯說，雖然他回答得理直氣壯，卻神色慌張地左右張望。

「好，隨便。」艾略特說。

「現在，我要一一詢問委員會的成員，你們是否同意這個紅成鬼和他兩名同夥犯了罪？」

桑納托絲這麼一開口，我的占卜石立刻發熱。我伸手握住它，真希望知道它爲何發熱，還有我該怎麼做。

每位委員會成員都嚴肅地回答桑納托絲。「我同意。」

「妮克絲的女先知，這三名同學涉嫌謀殺一位女祭司長，請兩位女先知傾聽內心的聲音，利用妳們的天賦來判斷。兩位是否同意我以古代的方式，以最快速度公開懲處他們？」

愛芙羅黛蒂率先回答。「我同意。」

夏琳又磨蹭了好一會兒。她先是靠近達拉斯、柯帝斯和艾略特幾步，仔細打量他們，表情好似聞到什麼噁心的東西，但沒說什麼。回到桑納托絲旁邊後，她還是不說話，只是一直看著桑納托絲，時間久到令人感到不安。終於，她深吸一口氣，開口了：「我認爲，我應該同意妳的決定。」說完後，她低下頭，我很確定她還閉上眼，似乎在祈禱，但我沒時間看仔細，因爲桑納托絲點到我了。

「柔依．紅鳥，妳身爲在場的另一個女祭司長，是否同意我有權力執行古代律法，懲罰這三人所犯下的暴力罪行？」

對我來說，這問題簡直易如反掌。「是的，我同意。」我迅速回答，這時手中的占卜石更爲發燙。

桑納托絲舉起雙手，她的四周登時出現劈啪作響的能量，看得我起雞皮疙瘩。她的聲音被妮克絲的力量一加持，如雷鳴洪鐘，儼如死亡使者現身了。

「於此，我以陶沙市夜之屋之女祭司長的權力，對於危害我旗下女祭司長之罪行，論以古刑。主嫌達拉斯，由我的誓約戰士當場斬首示眾，其他兩位雛鬼嫌犯，則放逐於荒野，遠離任何吸血鬼，不久之後，他們將因沒能接近吸血鬼社群而拒絕蛻變，進而死亡！」

我還來不及驚愕，就見卡羅納以閃電速度抽出背上那把長劍，一個箭步，砍下了達拉斯的頭。史塔克迅速退開，看著達拉斯的身軀抽搐，鮮血從原本是脖子的殘軀上噴濺而出。我忍不住直盯著達拉斯那顆已落地的頭顱——上面的兩隻眼睛睜得大大，表情驚愕，嘴巴不斷一張一闔，彷彿乾涸地面上的魚。

柯帝斯和艾略特尖叫著跑走，但還沒衝出圍觀的驚恐人群，就被長翅膀的不死生物從腰部一把抓住。大家一哄而散，卡羅納邁開有力步伐，往前奔跑，巨翅揮了一次、兩次、三次，忽然間，他和那兩個傢伙就已經在半空中。他們兩個還在尖叫，四條腿猛踢，但卡羅納不爲所動，不消片刻，已經消失在西方的夜空中，完全不見人影。

「安靜！」桑納托絲的命令像開關，大家頓時鴉雀無聲，就在這時，我才察覺，旁邊的所有人，除了史塔克、夏琳和委員會的成員，不是嚇得大哭，就是震驚得啜泣。「懦弱與紛爭不再，以暴力相待者，必付出代價。我們的女神慈愛良善，但也高舉公義，所有違逆者，必嘗到她的公義怒火。請各位引以爲戒。我在此向諸位保證，凡與女神和我爲伍者，必受到保護，爲敵者，必受到懲處。陶沙市夜之屋的所有人，要與我們爲伍或爲敵，由諸君自行決定！」

17 柔依

我掌心裡的占卜石熊熊發燙。我知道為什麼我沒嚇得淚眼汪汪或者歇斯底里尖叫。桑納托絲說的對，該是公開擁護夜之屋，為良善奮戰的時候了。在外患頻傳之際，我們實在沒時間搞內鬨。她一直想說的就是這個，而我，也堅信這個道理。

我站出來，往前走，小心翼翼避開從達拉斯身上濺出來的血。握緊占卜石後，我深吸一口氣，開始祈求，**古魔法，幫助我，給我力量！**占卜石發散出熱氣，一股力量在我的全身滋滋奔竄。我一開口，聲音竟宏亮到勢壓全場。

「我的守護圈成員和我選擇妮克絲的道。我們要跟這所夜之屋站在一起！」

戴米恩和簫妮率先走到我身邊。對桑納托絲恭敬行禮，呼應我的話，「我們要團結在一起！」夏琳和愛芙羅黛蒂也走出來，站在他們旁邊。繼達瑞司和史塔克之後，我看見元牲也加入，又驚又喜。現在，守護圈成員圍繞著我，大家握拳放在心臟部位，恭敬行禮，以示團結的決心。

就這樣，大家紛紛表態。克拉米夏、艾瑞克、強尼、安蟻、妮可，以及史蒂薇・蕾旗下的紅雛鬼全都站出來。其中有幾個還在哭，有幾個如艾瑞克和克拉米夏，則嚇得臉色仍在發白，但大家都行了禮，宣誓效忠夜之屋。

其他人也開始宣誓要團結一致，遵循女神的道。我特別留意之前跟隨達拉斯的那票人。任誰都能一眼認出他們，男的不是髒兮兮，就是無精打采，女的則眼線塗得比身上的衣服還多。不過，這會兒，他們看起來沒那麼叛逆不馴了，反而驚怯不安。他們對桑納托絲鞠躬。我忍不住納悶，他們的誓詞到底有幾分是眞？因爲在這種無路可走的情況下，就算裝也要裝得願意效忠啊。我假想，如果我是他們，大概不會跟自己的小命過不去吧，所以，無論如何，一定要假裝跟桑納托絲站在同一陣營。至於日後，再變節也無妨。

我的占卜石慢慢冷卻，溫度下降到彷彿不曾像個迷你火爐。而我，卻仍昏眩作嘔，右側太陽穴還抽痛起來。

古魔法這東西眞詭異啊！

「現在，我要大家回歸正常生活，上課作息一切照舊。」桑納托絲說：「我們必須保持警戒，留意四周是否有黑暗勢力蠢蠢欲動，不過，我認爲它應該不敢再作亂才是。柔依和她的守護圈成員留下來，我有事要交代，其他人五分鐘後開始第二堂課。麻煩各位老師看著雛鬼。願大家祝福滿滿。」

我忽然覺得一盆冷水潑過來，讓我整顆心涼了半截。達拉斯才剛被斬首，還有兩個雛鬼即將死去，她竟然在乎第二堂課不能遲到？什麼東西呀？幾分鐘前才發生這種事，我們怎麼可能照常作息，彷彿啥事都沒發生？

「柔依，我要妳設立守護圈。」桑納托絲說著，並大步走向我。這時，其他人默默地解散了。

「在這裡？現在？」

「對，在這裡，圍繞著這個被斬首的紅成鬼，但不是立刻。等所有雛鬼回教室之後再開始進行。」

「好。」我慢吞吞地回答。「可是，得有人代替史蒂薇．蕾才行。」

「我可以代替她。」

大家望向元牲。

「你？」我還來不及說話，史塔克就這麼問道，聽得我很不爽。這是我的守護圈欸——可不是他的！

「爲什麼不能是我？我知道北方在哪裡，我也拿得住綠色蠟燭，懂得召喚土元素。況且，我想幫柔依。」

「我覺得這樣很好。」我說，完全不想看史塔克。「戴米恩，麻煩你、元牲和簫妮去拿守護圈要用的蠟燭和火柴，可以嗎？」

元牲恭敬地對我行禮後，他們三人便前往妮克絲神殿，拿取守護圈所需的用具。

「這是幹什麼？為什麼要現在設立守護圈？不是應該有人來收拾一下殘局嗎？」愛芙羅黛蒂問，指著達拉斯的屍體，但眼神瞥向別處。

「柔依和她的守護圈現在就是要這麼做。」桑納托絲說：「罪該萬死的吸血鬼不值得我們爲他火化，或者舉行傳統葬禮，也不應該被埋在有可能被人獻錯花，不小心變成祠堂的地方。就用最簡單、最低調、最快速的方式處理掉他的屍體吧。」

「噢。」我懂了。「妳要我設立守護圈，提高簫妮的能量，好讓她可以，嗯，呃——」

我一時間不曉得該怎麼說才好，畢竟，想到要做的事，就渾身不舒服起來。

「收拾殘局。」愛芙羅黛蒂幫我把話說完。

「對，就是收拾殘局。」桑納托絲的語氣好像在討論的是垃圾處理。「而且，愈低調愈好。我感謝兩位女先知能帶著智慧，得體地扮演女先知的角色。不過，現在，我要愛芙羅黛蒂去上課，夏琳召喚水元素之後，也立刻回教室。」

愛芙羅黛蒂蹙起眉。教室實在不是她的菜啊。我皺眉看著她——但她根本沒注意我——心想好希望跟她交換任務啊。

「來吧，美人兒，我們一起去教室。」達瑞司說，牽起她的手，往主校舍走去。

「我去拿藍蠟燭，順便叫戴米恩他們快一點。」夏琳開始往妮克絲神殿的方向移動，但走沒幾步，她停住，轉身對桑納托絲說：「我看到妳的顏色。妳做了該做的事，有時候，古法是最好的。」她說。

「我也這麼認爲。」桑納托絲說。

「可是剛剛發生的事還是很恐怖。」夏琳說。

「的確恐怖，不過，非得如此不可。」桑納托絲說。

「不是全校所有人都贊成妳這麼做。」夏琳說。

「我知道。」

「我想，如果知道哪些人表面上對妳和學校誓忠，但暗地裡有其他念頭，妳大概會很驚訝。」夏琳說。

「那，妳看到大家的顏色了，應該可以告訴我是哪些人吧？」桑納托絲說。

我的胃揪緊。「等等，」我說：「我完全支持大家團結一致，對抗黑暗。可是，我不贊成利用夏琳來刺探別人的想法。」

「妳這是什麼意思，柔依？」桑納托絲的目光銳利到彷彿能刺穿我。

「我的意思是，妳不該利用夏琳當間諜！」不曉得爲什麼一想到這個，我就滿肚子火，可是這樣做眞的不對嘛。

「如果是爲了服事妮克絲——」桑納托絲開始解釋。

我打斷她的話。「妮克絲給大家自由意志去做選擇，這代表我們的確可以去質疑別人所做的選擇，或者即將要做的決定，這不違反女神的天條。只有白癡才會對別人的話語全盤接收，傻傻地言聽計從。」

「夏琳，妳是不是從達拉斯的顏色看出他是危險人物？」桑納托絲問她，但仍和我四目相對。

「我知道他很憤怒，有暴力傾向，但我不知道他會想要殺掉史蒂薇．蕾和簫妮。」

「如果妳看見他的氳氣顏色後，我們立刻就阻止他，或許今早他就不會做出這種事，史蒂薇．蕾就不會承受這麼多痛苦。」桑納托絲說。

「阻止？妳的意思是，在他還沒眞正做出什麼事之前，就先殺掉他？」我整個人氣到快爆炸。

「桑納托絲應該不是這個意思啦。」史塔克緩頰。

「我很想聽到桑納托絲親口說出你這句話。」我說。

「在古代，對其他吸血鬼暴力相向的吸血鬼，都會被處死。」她說。

「現在又不是古代。」我說：「況且，我認爲，每個人都有**思想**自由，別人不該干涉。不過，妳知道嗎？有一個人認爲自己有權利傾聽其他人的思緒。那個人就是奈菲瑞特。看看她現在的下場，我可不想見到有人跟她一樣。」

桑納托絲一聽我這麼說，挑起眉。「小女祭司，妳說得很好。」

「夏琳，去看看戴米恩他們怎麼那麼久還沒回來。」我告訴夏琳。她遲疑了一下，才對我鞠躬，然後疾步離去。

「妳很有主見。」桑納托絲說。

「妳也不遑多讓。」

「好，妳願不願意設立守護圈，帶領簫妮處理掉那個有罪的吸血鬼？」

「願意。我跟妳一樣，不想見到他變成烈士什麼的。」我說。

「感謝。那我先走了，守護圈的事，麻煩妳。」她的目光移到史塔克身上。「戰士，你今天做得非常好。我以你爲榮。祝福滿滿。」她對他微微頷首致意，隨即離去。

「我敢發誓，她的行事作風愈來愈像死亡使者了。」我說，仍盯著她。

「柔，她只是想努力保護大家的安全。」

我很想開口跟史塔克爭論，問他爲什麼不支持我的看法，但認眞看了他之後，我才發現他的衣服破了，還沾有汙泥，衣褲上處處可見達拉斯噴濺的血跡。還有，他的臉，蒼白憔悴。頓時，我明白了，雖然站出來宣布將達拉斯活抓回學校的人是卡羅納，但若非史塔克的箭，這個逮捕任務不可能成功。

接著，他又親眼目睹卡羅納當眾斬首那傢伙。

我伸出雙手，緊摟著史塔克，臉貼著他的肩膀，告訴他：「我認爲，努力保護大家安全的人，**是你**。」

「妳還好嗎，柔？我一直想告訴妳桑納托絲打算怎麼處理他，可是沒時間說。」他遲疑了一下，再度開口。「妳剛剛說話時，我感受到一股強大力量，跟妳平常被靈元素充滿時不一樣。我在想，這可能跟古魔法有關。我猜對了嗎？」

被他這麼一說，我不禁尷尬起來。「呃，我的占卜石剛剛確實發燙，現在我整個人又變得很煩躁，所以，我想你說的對，跟古魔法有關。」

「難怪。尤其桑納托絲執行的又是古代的吸血鬼律法。」

「是啊，剛剛上課時我們還談到吸血鬼的古律法呢。不過，說眞的，我很希望知道她這樣做對不對。」我說出我的擔憂。

「嘿，」他抬起我的下巴，說：「擁有占卜石這種古魔法的人是妳欸，妳只要擔心**自己**有沒有做對就好了。而現在，處理掉達拉斯這個殘局，就是妳該做的事，好嗎？」

「好。」我吻了他一下，說：「那你呢？你還好嗎？」

「很累。」他說：「而且，砍掉達拉斯的頭——唉——我事先就知道桑納托絲要這麼做，所以，我以爲自己已做好心理準備，沒想到……」他開始結巴，把我摟得更緊。

「史塔克，我想，目睹人頭落地這種事沒辦法做好心理準備的。」我也把他摟得更緊，對他說：「喂，你該去洗個澡，換件衣服了。待會兒一起吃午餐吧？」

「這樣吧，下課後，我們什麼都不做，只要兩個人窩在一起，把影集《宅男行不行》狠狠看個夠。」

我笑著對他說：「全世界大概只有我知道你有多宅。」

「沒辦法啊，我得讓自己大笑，放鬆一下，剛好影集裡的主角薛爾登眞的很有『笑果』嘛。」

「好，可是，如果我聽不懂他的笑點，你可不能取笑我喔。」我說。

「其實，妳這樣也很有『笑果』欸。」他說。

「好，要笑就笑，反正，爲了你，我就犧牲一下好了。」我說。

他的表情忽然變嚴肅。「柔依，我永遠都願意爲妳犧牲。」接著，深吸一口氣，衝口而出：「但我不希望妳跟元牲有太多往來。」

我退出他的懷抱。「你在說什麼？」

「我知道，我說過我可以和西斯共享妳，可是，那時是因爲西斯已經死掉。現在，他又回來了，我想，我做不到。我希望妳離他遠一點。」他一口氣把話說完。

「不好意思啊，這麼久才回來！不知道是誰把儀式用的火柴放到薰沐草束的那個抽屜裡，害我找半天。我最討厭東西不物歸原位。」戴米恩喘著氣說，一副狼狽虛脫的模樣。夏琳、簫妮和元牲跟著快步走過來，手中拿著分別拿著蠟燭和火柴。

「夏琳事先告訴我，桑納托絲需要什麼，所以我先都準備好了。」簫妮說。

「怎麼了？」夏琳問，看看史塔克，再看看我，那專注的眼神看得我慌起來。

「沒有，沒事。」我說：「史塔克正要去洗澡換衣服。對吧，史塔克？」

結果這傢伙又伸出手，把我摟向他，往我的嘴唇用力吻下去，一副要把我據爲己有的樣子，一隻手還往我的背部往下滑，最後擱在臀部上。「對，小柔，今晚見嘍，就我們小倆口，期待約會唷。」離開之前，甚至當眾捏了我的屁股。

簫妮已經將代表靈元素的紫蠟燭遞給我，我努力克制才沒將手上那根大蠟燭朝史塔克扔過去。我到底該拿他怎麼辦？難道他眞以爲對我擺出這種占有姿態，告訴我什麼該做、什麼不該做，我就會不跟其他男生在一起嗎？門都沒有！

我把怒氣暫時擱到一邊，堆起笑容。

「好，那我們就來設立守護圈嘍。」我說：「大家都準備好了嗎？」

大家各就各位。我不理會夏琳繼續瞅著我猛瞧，但幾秒後我隨即想到，自己還沒站到該就定位的圓圈中央。站在中央，就代表我得站在達拉斯那具無頭屍旁邊，置身在沾了血的灰燼和焦土當中。一想到這裡，夏琳的目光和史塔克的混蛋行徑，忽然都變得不重要了。我呆愣在血跡的邊緣，痛恨自己竟然被血味刺激得猛流口水，卻被眼前的景象嚇得胃糾結。

「別看他。」元牲的聲音成功讓我的視線離開那具可怕的無頭屍。站在圓圈北方位置的他，對我微笑，說：「去戴米恩那裡，召喚風，然後往中央走，在妳就定位之前，元素的力量就會充滿妳，給妳力量。妳可以的，小柔。」

他的最後一句，聽起來就像西斯會說的話，聽得我眼淚盈眶。我用力眨眨眼，點點頭，朝戴米恩走去。

元牲說的沒錯。等我走到中央，點燃我的紫蠟燭，召喚靈元素時，我眞的已經平穩篤定了。所以，我毫不費力地帶領簫妮，對著達拉斯的屍體施放她的火元素。屍體燒成灰燼後，我很自然地要夏琳召喚水元素來沖洗火葬場地，接著要戴米恩召喚風來吹散焦味。最後，我以元牲當作土元素的媒介，眾人合力喚請大地，讓這片原本只有灰燼與血的區域，變成一片初綻綠地。

「這樣好多了。」關閉守護圈後，我站在柔軟草地上，大口吸入春天的氣息。

戴米恩從袋子裡拿出手機，看了一下時間。「唉呀！第三堂課都上一半了。我很喜歡文學課和潘特西莉亞老師欸。」

「第三堂！我是劍術課。」簫妮說：「我要走了，午餐時再見。」

我們跟她揮手道別後，我嘆了一口氣，說：「眞希望已經是第六堂課。」

「妳不是喜歡文學課嗎？」戴米恩說。

「我是喜歡啊，可是我不喜歡第五堂的西班牙語課，所以，如果現在是第六堂，那就等於跳過了西語課。」我揉揉額頭，因爲我的頭又開始疼痛暈眩了。

「妳還好嗎？」夏琳問我。

我望向她。她又直盯著我了。我內心開始冒出無名火，胃也開始翻騰，而胸口的占卜石開始發熱，讓我的那把無名火像被添上了油。**「夏琳，別一直偷窺我！」**我不是故意口氣那麼差，故意把她嚇得像剛痛扁了她一頓，可是，我就是這麼做了。

「對不起，我沒惡意。」她說，嚇得差點逃之夭夭。

我嘆了一口氣，伸手摸占卜石。它冷卻下來了，恢復成一塊普通石頭。「聽著，我不是故意吼妳，我只是頭很痛，肚子又餓。」

「嗯，小柔，妳剛設立完守護圈，應該讓自己平靜一下。去餐廳吃點東西吧。」戴米恩說，拍拍我的手臂。「我會跟潘特西莉亞老師說妳在餐廳。不會有事的。」

「妳說的對，戴米恩，食物可以減輕頭痛。」

「妳說的是食物，還是可樂？」戴米恩笑著問我。

「可樂也是食物啊。」我說。

「柔依，我可以跟妳去餐廳嗎？」元牲問我。

「你不必上課嗎？」我說。

「不用。我只上第一堂。之後就負責巡邏校園。」

「噢，呃，我不曉得這事。」我呆呆地說，不知道該羨慕他，或者替他難過。

「好主意，元牲也該去吃點東西。」戴米恩說：「這是他第一次設立守護圈。」他打住，對元牲笑一笑，才繼續說：「你很棒，表現得很好。」

「喔，謝謝你，戴米恩。」元牲展露笑顏，眼神閃爍著某種我熟悉的感覺。

那雙月光石顏色的眼睛，為什麼會讓我想起西斯？

「小柔，我跟妳去餐廳，可以嗎？」

被他這麼一問，我才驚覺自己正瞅著他猛瞧，而夏琳、戴米恩和元牲則直盯著我。我趕緊眨眨眼，說：「可以啊，不過，你得吃快一點，我還是希望能上到文學課，就算幾分鐘也好。雖然文學不是數學，但我的程度還沒好到可以蹺課。」說完，我迅速跟戴米恩和夏琳揮手道別，小跑步離開，元牲緊跟在後。

餐廳空無一人，但我聽見另一端的廚房正熱鬧滾滾，除了鍋碗瓢盆的聲音，還有香味陣陣撲鼻，惹得我唾涎分泌。元牲說：「妳去幫我拿飲料，我去廚房看看有什麼可以吃的。」

我想都沒想就說好，直直走向可樂，人還沒離開飲料區，就先灌下一杯。拿著兩大杯可樂到我和朋友的老位置時，我整顆頭感覺清爽多了。一邊喝著可以讓我上天堂的冰可樂，我一邊想著，同一個地方，空無一人時竟完全變了樣。比方說這個餐廳，平常人聲沸騰，香味四溢，這會兒，離午餐時間只剩半小時，卻難得空曠，陌生、詭異，彷彿有不屬於這裡的學生的鬼魂，正在看著我。

這情景令我毛骨悚然。

「我幫妳拿了烤起司三敏治和番茄糊。」元牲坐到我旁邊，將一個放有湯和三明治的盤子放在我們面前，開心地笑著說。

但我驚訝得說不出話，只能看著他。

他的笑容褪去，看看三明治和湯，又看看我。「我以爲妳會喜歡這個。如果不喜歡，我可以拿回去換。他們有火雞三明治，廚師還說，七彩沙拉快好了。」

「不是這個原因。我喜歡烤起司，還有那個番茄湯。」

「那，妳爲什麼這種表情？」

「烤起司三敏治和番茄糊。你爲什麼這麼說？」

他皺起額頭。「很自然就這麼說啊，不是這樣說嗎？」

「元牲，小學之後，我就沒這樣說過。西斯也是這樣稱呼它們，這是我們最愛吃的午餐，因爲我們那所小學的義大利麵難吃得要命。」

「義義麵。」他輕聲說。

我的理智告訴我，應該叫他閉嘴，快點吃東西，但我的嘴巴這麼說：「只有很好吃時，才會說義義麵。難吃的義大利麵不可能讓我們**瘋義義麵**。」我知道自己胡言亂語一通，但就是克制不住。「我們還有**瘋義義麵**的歌和舞。」

「我知道。」

「你還知道些什麼？」我感覺整個人發熱又發冷。

「我知道我好想摸妳，有時，甚至覺得，如果妳不讓我碰，我會痛苦到死掉。」他說。我的胃不停翻攪。「我跟史塔克在交往。」

「我知道，關於這點，我想，妳應該來點輕鬆的態度。」

來點輕鬆的態度！他這種說話方式完全就像西斯。我不能呼吸了。

接下來，我們都沒說話，一會兒後，他慢慢靠向我，將我擱在桌上的手，慢慢翻轉過來，用他一根手指，溫柔地撫過我整個掌心上的刺青圖案。

「這是妮克絲賜給妳的禮物。」他說。

「對。」

「妳的刺青不止這些。」他的手指從我的掌心移動到我的臉，撫摸著我臉上同樣的花紋。

他的手指好溫暖，我全身的神經被他一撫觸，全都活過來，所以，他的每個碰觸，都讓我渾身酥麻。他繼續沿著我脖子上的刺青，一路往下摩娑，直到我那件BDG牌T恤的深V領，接著，撫過我那條從左肩延伸到右肩的隆起疤痕上的刺青圖案。

「這條疤，差點要了妳的命。」他低聲說。

「差一點。」我說得氣喘吁吁，彷彿一邊跑步一邊說話似的。

他的指尖停留在我的身體上，雙眸凝視著我的眼。「妳跟西斯烙印了，他救了妳，所以，妳才沒死掉。」

「對。」

「妳還吸了他的血。」

這實在教人難以說出口，所以，我只有點點頭。

「小柔，我要妳吸我的血。」

「西斯，呃，我是說元牲，」我結巴了。「不可以，這樣會傷害史塔克，以及──」

我的話戛然而止，因為，他拿起了刀子，對著剛剛放在我胸口的那根手指戳下去。一顆血珠赫然湧出，他的血味登時飄散，撲鼻而來。那不是人類的血液，也不是雛鬼或成鬼。那是魔法的氣味。

我開始舔他的指尖，而他呻吟地喚著我。「**小柔！**」

那滋味，像核彈，在我身上爆炸開來。我緊抓著他的手，牢牢鉗住他，極度渴求他。我閉著眼，把他的手放入我的嘴裡。他傾身向前，頭頂著我的頭。

鐘聲響起，第三堂課結束，午餐時間開始。我的眼睛倏地睜開，這才意識到自己幹了什麼事。

「不，這樣不對！不行，元牲。」我猛搖頭，放開他的手。

他和我一樣氣喘吁吁。「我不會說出去的，我絕不會再背叛妳。」

我好想哭。「如果你眞的在乎我，立刻離開，拜託。」

他點點頭，用紙巾包住仍在流血的手指，奔出餐廳。

我一口氣灌下整杯可樂，然後抹抹嘴，撫平衣服，拿起三角形的烤起司三明治，強迫自己吃下去。當我的朋友聚集在桌位時，我開始跟他們談笑，任史塔克一手摟著我，宣示我只屬於他一個。

沒人知道我的心正在吶喊。沒有人知道。

18 奈菲瑞特

奈菲瑞特閉合的眼皮底下，瞳眸轉動不停，因爲，她正在經歷她的二十世紀。這世紀，可說是驚滔駭浪，因爲，她終於法力無邊，握有大權，而且開始進入不死生物的狀態。

但有兩件事除外：她的夢境和那名老嫗。前者最後證實是謊言一齣，至於後者，則比眞實更加眞實。諷刺的是，跟與老嫗的相遇相比，重新經歷那些夢境，竟然更有趣。

奈菲瑞特回到塔林夜之屋，這所學校以關懷和憐憫來迎接她，畢竟，她在短短時間內驟失兩位至親，一個是她的愛貓克洛伊，一個是她的戰士。所以，當奈菲瑞特拒絕參加任何社交活動，成天只顧著冥想祈禱時，大家都能理解。

他們不知道，其實奈菲瑞特不是在祈禱，而是讓自己陷入昏睡狀態，渴望那個只有在她昏睡時才會造訪的神再次來找她。

卡羅納聰明得很。即便外表俊俏，卻選擇以無臉神的樣貌進入她的夢；還說他只希望她能對他坦白她的綺想，允許他仰慕她。

其實，那完全不像是作夢。許久之後，奈菲瑞特才明白，她的確不是在作夢，是卡羅納侵入她的下意識去操弄她。當時，她只知道這個不死生物的碰觸點燃了她的欲望，於是，她繼續向他敞開自己，下意識繼續聆聽他的話語，讓自己變得愈來愈厲害。她開始質疑周圍那些吸血鬼的當代作風，最後，她相信，命中註定她該釋放那位飽受冤屈而被囚禁的神，如此一來，她和他，奈菲瑞特和人間的冥神俄瑞波斯，才能攜手統治世界，攜手開創新世紀，讓吸血鬼不再跟人類表面上和平共處，實際上維繫著一種可悲又尷尬的關係。奈菲瑞特不動聲色地進行各種計畫，準備一勞永逸地重新形塑吸血鬼與人類的關係。就像不死生物在夢中告訴她的：**行走於人間的神，為何要向那些照理說該膜拜祂們的人行禮呢**？

奈菲瑞特以失去戰士爲藉口，外出雲遊，免去身爲教師必須面對的繁瑣工作。透過雲遊，她在尋找，不斷地尋找那個占滿她的夢境，但一清醒就想不起來的東西。大家開始稱呼她爲妮克絲的大使，說她所到之處，該地的夜之屋就會受到滿滿祝福，對此美譽，奈菲瑞特笑著欣然接受。

但奈菲瑞特想到的是，權力大使。

她透過心應天賦去感受每位女祭司長的需要或**需求**，了解她們想被奉承或質疑，想被威脅或讚美，想被崇仰或漠視，然後滿足她們想要的，透過提供她們資訊、給她們療癒的碰觸、給予洞見、使其興奮……女祭司長們的需要和需求，永無止境。奈菲瑞特就透過這種「服務」，建立起她在吸血鬼社群的地位。她認為自己是一隻很厲害的迷人變色龍，懂得如何讓別的吸血鬼在她身上看見他們所最信任、最尊敬，與從根本上來說，最想膜拜的對象。

照例，如同往常，奈菲瑞特又被美國國土中心的奧克拉荷馬州給吸引，這片古老血色的大地上，出現一個新興城市陶沙市。在這裡，她可以埋葬過去身為人類的一切紀錄，讓卡羅納的夢境、低語和撫觸不停地牽引她。

想法子釋放我……想法子釋放我……他的低喃在她的夢境繚繞，也在她清醒時糾纏不休。

一九二七年四月二十二日，一對富有的夫妻韋特和潔妮維薇．菲力普，為了慶祝他們那幢名為菲爾布魯克的豪宅完工，廣發邀請函給吸血鬼的女祭司長，邀請她們來參加新居落成派對。

奈菲瑞特很確定自己也在受邀之列，但她對豪宅不感興趣，也沒興致去參加慈善活動，或者認識這對自由派作風的人類夫妻及他們的富有朋友。

但陶沙這個城市本身，深深吸引了奈菲瑞特。它散發出石油和酒精的氣味，還有金錢、血液與權力——她在乎的，始終是權力。

那種權力的氣味——相似於她夢境的本質——促使她溜出菲力普家的晚宴，在城市中遊蕩。放眼望去，一座座因石油而致富所興建的豪宅矗立天際，奈菲瑞特將自己隱身起來，在豪宅中穿梭。她的目光沒探進豪宅的窗扉，也對那些彩繪玻璃和新沁如冰的水晶吊燈不感興趣。所以，她離開了那一幢幢金碧輝煌的豪宅，走向那條對她低聲吟唱的潺潺小溪。

眼前赫然憑空冒出一棟宅邸，彷彿是因奈菲瑞特的到來而現形。這棟占地遼闊的豪宅坐落於一片悉心照料的區域裡，一棵棵橡樹點綴其中。奈菲瑞特記得，當時她覺得好怪，因爲宅邸只有一扇鐵鑄大門，就在街道旁，卻不見任何圍牆。

但隨即看見告示牌而明白緣由。這棟看似仿效歐式別墅或城堡的石砌豪宅，原來是一所私人學校。

奈菲瑞特被它吸引時，還沒見到那位老嫗。她一走進校園，就對這所學校充滿興趣。主校舍有兩棟，全都是以材質特殊的岩石所建成。這所學校看起來很新，新到給人一種無人煙的黑暗感覺。當她漫步在酣睡的校園時，整晚繚繞耳邊的歌聲變得愈來愈清晰，奈菲瑞特的夢境與現實接合了。

一開始是響亮的鼓聲。奈菲瑞特循著那聲音，走到校園最東側，接著，一陣鼠尾草和茅香的氣味引領她走向一棵大橡樹。這棵橡樹之巨大，足以遮擋營火的亮光。她發現，樹枝上停滿了鳥。**是渡鴉**。她記得她是事後才想起那些鳥是渡鴉。**真怪，通常渡鴉不會在晚上出現**。

奈菲瑞特繞行橡樹一圈，見到了營火。

接著，鼓聲迴盪在林間空地，奈菲瑞特的注意力全被一名其貌不揚的乾癟老太婆拉過去。她跪在營火旁，身子前方有一面鼓，右手拿著一根以牛皮裹住的簡單鼓棒。至於左手，則握著一根短柄的小斧頭。每敲幾下鼓，她就停下來，拿起斧頭，朝著她身邊那一束又粗又長的乾燥植物砍下去，砍出約拳頭大的一小段，將它扔進營火裡。火焰吞噬乾燥植物，劈啪作響，帶著甜甜氣味的煙霧也隨之裊裊繚繞。

老嫗那身因老舊而泛黃的衣服，有一種出奇的美感。細緻的飾珠被營火照得閃閃發亮，細長的流蘇隨著每一聲鼓鳴優雅地擺盪。她面容古樸，粗厚髮辮徹底銀白，但聲音清脆有如小姑娘。她開始唱歌，歌詞讓奈菲瑞特聽得出神。

古者沉睡，等待甦醒……

奈菲瑞特悄悄走向老嫗，那歌聲撼動她整個人，心跳也應和了節奏。

當大地力量湧出紅色聖血
記印成真了，特西思基利之后將策謀
讓聖血將他沖出墓穴。

奈菲瑞特走入營火的亮光中。老媼抬頭看她，那一雙被眼翳遮阻的瞳眸想必曾是澄藍色。老媼的歌聲漸歇。

「別停，」奈菲瑞特說：「繼續唱。好美的歌。」老媼神色緊繃，但乖乖聽從。

藉由死者之手，他得以自由
絕色之美，野獸之眼
再度掌權乃必然結果
女人臣服於他的黑暗大能
卡羅納歌聲甜美

但冷血屠殺不絕

卡羅納！這神的名字穿透了奈菲瑞特。「繼續唱，老太婆。」她下令。

「我已經唱完，我要走了。」

老嫗開始起身，但奈菲瑞特一個箭步阻止了她，還輕輕鬆鬆地搶走老嫗手中的斧頭，架在她的頸喉上。

「照我的話做，不然就往妳的脖子割下去，把妳丟在這裡，讓鳥啃光妳這身老骨頭。」

老婦閉上眼，顫抖地深吸一口氣，開始唱歌，一遍又一遍，直到奈菲瑞特記住歌詞，並刺探完老婦的心思，才准許她停止。

「妳認爲自己是格希古娃。說，什麼是格希古娃？」奈菲瑞特問她。

老嫗睜開眼，沒回答，但奈菲瑞特察覺到她很驚恐，而且腦海閃過幾個奇怪的詞彙：阿內．里．思基，惡魔，特西思基利，嗜魂者，殺人犯。這些詞彙如浪潮，讓奈菲瑞特感受到一波波的驚懼。

「妳很怕我。」奈菲瑞特笑著說，往老婦旁邊一坐，將斧頭放在兩人之間。

「妳偷聽我的心思。」老婦說。

「我聽的不止是妳的心思，」奈菲瑞特說：「還有妳的歌曲。我了解歌詞的意思了。」

「每個新月出現，我就唱這首歌來示警。」

「當然，對某些人來說，這是一種提醒、警告，對我來說，卻是承諾。」奈菲瑞特又更進一步窺探老婦的心思。「妳對於我的吸血鬼身分，並不害怕。」

「我不怕吸血鬼。」

「可是妳怕我這個吸血鬼。」奈菲瑞特說：「妳在歌詠我的愛人。我來看看，歌詞是怎麼說的——**記印成真了，特西思基利之后將策謀**。老太婆，說，特西思基利之后是什麼東西，或者什麼人？」

就是妳，惡魔！以痛苦為悅，嗜死維生！

這譴責之聲從老婦的心裡傳達到奈菲瑞特，但老婦這麼回答：「今晚我說得夠多了，該就此閉口。」說完後，她皺紋遍布的薄唇緊抿成頑固的一直線。

奈菲瑞特對她溫柔一笑，說：「不過，話說回來，我根本不需要妳開口。妳的心思說什麼，我可以聽得一清二楚。老太婆，就算妳不再說半個字，我也能得到我要的訊息。」

然而，奈菲瑞特還來不及再次入侵老婦的心思，就聽到一聲淒厲的哀號。老媪抓起斧頭，往自己頸部劃下去，割開了頸動脈。

「不！」奈菲瑞特尖叫，手掌緊貼著老婦的脖子，試圖爭取時間，延後她的死亡，以便入侵她的腦袋，從她逐漸模糊的心理影像和半成形的思緒中，尋找答案。

蜷縮在獸穴裡的奈菲瑞特抽搐、顫動，回應這段重現的經歷。那老太婆根本是無謂犧牲，因爲，奈菲瑞特從她逐漸死亡的心智所獲得的資訊，足以讓奈菲瑞特開始進行兩件事：設法釋放卡羅納。讓自己從一個不滿足的女祭司長，轉變成具有不死特性的女神，特西思基利之后。

柔依

我愛第六堂課，不止因爲蕾諾比亞是最酷的老師，也因爲**在這堂課中我可以騎馬**！以今天來說，上這堂課正適合不過。蕾諾比亞彷彿知道今天我們壓力很大，得找個方式抒發，所以大家一進馬場，就發現幾個黑色大鐵桶排成了三角形。

蕾諾比亞騎著她的愛駒慕嘉吉疾馳而來。這匹黑母馬滑行後停在我們面前。

「好，雛鬼們，大家知不知道這些圓桶擺在這裡做什麼？」

我舉手。

「柔依？」

「騎馬繞桶比賽。」

「沒錯。」她說：「妳曾經騎馬繞桶子嗎？柔依？」

我笑笑，心情有點緊張。「呃，應該算有。我阿嬤那匹叫茂斯的馬，退休之前就是專門參加繞桶比賽的。阿嬤以前會擺鐵桶讓他繞。雖然他很老了，但繞起桶子還是很有活力，像一匹精力充沛的小公馬。通常我只是騎在上面，讓他自己去繞，不過還是很好玩。」

蕾諾比亞笑著說：「很有趣的小故事，而且很特別的回憶，柔依，好好珍惜這段回憶喔。」

「我會的。我很珍惜。」

「好，誰也有騎馬繞桶的經驗？」

其他五個學生搖搖頭，一副不安的樣子。

蕾諾比亞皺起眉，嘟噥了幾句，那話比較像喃喃自語，不像是說給我們聽。「生活在奧克拉荷馬州，這些年輕人卻對馬那麼陌生，眞讓人難過。」語畢，她提高音量，對我們說：「沒關係，我這就找人來，做個明確簡單，一目了然的示範，讓你們大家看看。」她發出咯咯聲音，要慕嘉吉往旁邊挪步，好讓崔維斯能騎著他那匹高大的佩爾什馬邦妮小跑步進入馬場。

他將邦妮帶到蕾諾比亞面前，對著她拉了一下自己的帽子致意。「夫人，我剛剛聽妳說，我的母馬很簡單，讓人一目了然，是嗎？」

她撫摸邦妮，親吻她一下，才回答他。「這麼棒的一匹馬，我才不會說她是簡單生物，讓人一目了然呢——我說的是你，先生。」她看著這位高大帥氣的牛仔，眼神閃閃發亮。

「那就好，夫人。」他說：「很高興知道妳賞識我。」

蕾諾比亞笑得跟個小女孩似的。我發現，她忽然變得好美。「帶著邦妮繞繞桶子，給學生看一下吧。」她嬉鬧地往崔維斯的靴子重重拍下去。

哇，她絕對在談戀愛。

「好，邦妮，咱們就來讓這些雛鬼看看妳雖然不是純種奎特馬，繞起圓桶來也不是蓋的！」他將邦妮帶到出發位置，朝她側腹用力一踢，還拿起帽子往她的大屁股甩過去。這匹佩爾什馬立刻衝了出去。

蕾諾比亞開始解釋邦妮如何在極短時間內繞著圓桶跑出形狀像苜蓿葉的交叉圖形。當崔維斯高呼一聲，帶著高大母馬衝入馬場中央，連地面都爲之震動時，大家驚奇地歡呼鼓掌。

好玩的才剛開始。接下來一個小時，大家輪流騎著自己挑選的馬兒繞行圓桶。普西芬妮是「我的」愛駒，她全身上下每一吋花色都美得不得了，而且她很能跑！普西芬妮很清楚該如何跑出交叉圖形。就像史蒂薇．蕾說的，我只要答答彈舌，給她口令，然後穩穩坐好，她就會自己做出該做的事。

這段時間，五十多分鐘內，我完全忘了奈菲瑞特、史塔克、元牲和西斯，以及蛻變和古魔法的煩擾。我又變成一個小女孩，開心地騎馬，開心地笑，開心地過生活。

只可惜這種快樂時光結束得太快。平常，幫普西芬妮刷毛，可以讓我沉澱心情，今天卻有反效果。或許是因爲剛剛騎她時，我把所有心事都拋到腦後了，所以這會兒幫她刷洗、整理鬃毛時，那些煩憂反而一一浮現。

我最大的擔憂，就是奈菲瑞特到底會幹出什麼事，其次擔心的，應該是占卜石和古魔法到底是怎麼作用的——或者到底在什麼狀況下不會起作用。然而，我心知肚明，一直糾纏我的問題，就是西斯／元牲／史塔克的感情問題。

最要命的是，我還吸了那傢伙手指上的血。

到底該怎麼辦啊？

「妳今天表現得很棒，柔依。」

蕾諾比亞的聲音嚇到了我，連帶把普西芬妮驚得猛甩頭。我趕緊安撫她，以抱歉的眼神看了蕾諾比亞一下，說：「不好意思，我剛剛心不在焉。」

「我完全了解。」她靠在馬廄的門框上。「幫慕嘉吉刷毛，就像是我的安眠藥，總能讓我整個人徹底放鬆，神遊太虛。我敢說，如果直接窩在她的馬廄裡，我會立刻睡著。」

我嘆了一口氣，「是啊，平常普西芬妮對我也有這種效果。」

「可是今天沒有？」

我搖搖頭。「今天沒有。」

「要不要聊一聊？」

我差點不加思索地說，**沒關係，我沒事**，但我想到她說過，她等了兩百多年才找到崔維斯。這樣看來，她一定懂愛情的複雜，況且，她不止是老師，還可以說是我的朋友。所以，我決定更改我的回答。「好，如果不會耽擱到妳的時間，我希望能跟妳聊一聊。」

蕾諾比亞拉了一捆乾草，鋪在馬廄裡，坐了下來。「沒問題，我有的是時間。」

我深吸一口氣，但不知該從何說起。

「妳一邊刷毛一邊說，很自然就會說出口。」蕾諾比亞告訴我。

於是，我拿起柔軟的刷子，順著普西芬妮光滑皮毛的紋路慢慢刷。然後開口說話。

「我知道女祭司長可以不止有一個男人，是很正常的事，而且大家多少有這樣的預期，可是，我就是不懂，到底要怎麼做才辦得到。」

蕾諾比亞哈哈大笑。

「我說了什麼好笑的嗎？」

「喔，柔依，不好意思，我不是在笑妳。我只是忘了妳還這麼年輕，有很多吸血鬼的事妳還不完全明白。」

「比方說，如何同時腳踏多條船。」我說，點頭附和她的話。

「嗯，我認爲，或許妳應該了解的第一件事，就是大家**並沒預期**女祭司長應該同時腳踏多條船。女祭司長只是有權利選擇一位以上的伴侶，而且不像現代的女性會因此被論斷。」蕾諾比亞盤起腿，往後靠在牆上，那模樣彷彿準備跟我來個親密深談。「柔依，想想妳蛻變後，會活多久。」

「如果能順利蛻變的話。」我說。

蕾諾比亞笑笑。「我對妳有信心。這樣吧，就當妳**一定**可以成功蛻變。妳知道我幾歲嗎？」

「我只知道妳很老了。」我想都沒想就這麼回答。「啊，對不起，我不是說妳看起來很老或什麼的。」

「我不介意。我是一七七二年出生的。」

「那真的很老了！」我又衝口而出了。

她的笑容咧得更大。「如果命運眷顧我，或許，我現在才算中年而已。打從我一七七二年出生到現在，我這輩子就只愛過一個人，這是我自己的選擇——我的誓言。多數吸血鬼終其一生會有多個戀人，有時遇上新的人類對象時，原本跟另一位吸血鬼的關係還沒結束，有時，則是愛上吸血鬼時已經有一位人類愛人。」

「所以，並非女祭司長就得同時交往多人。」我說。

「正確。要視緣分和壽命而定，當然，還有個人選擇。我們是母系社會，可以自由地決定伴侶人數，不用擔心受到論斷或譴責。這樣，有沒有幫助妳解決問題？」

「嗯，有，但也可說沒有。非常謝謝你跟我解釋多重伴侶關係，可是，我還是不知道該怎麼處理西斯／元牲的事。」我說，覺得自己好可憐。

「為什麼妳覺得自己需要去處理？」

「因為，我**做了**某些事啊。如果繼續裝傻當沒事，對元牲或史塔克都不公平。」我再次嘆了一口氣，「或者，應該說西斯吧。」

「所以，妳已經把元牲當成情人，史塔克也是？」

「沒有！」我尖叫否認，從普西芬妮的肩膀望向蕾諾比亞。她穩穩地看著我，眼神澄亮，不帶論斷。「可是，我吸了他的血。」我跟她坦承。

「妳跟一般的新生雛鬼不同，妳已經迷上了血的滋味，而且感覺到它讓妳亢奮，對吧？」

「對，就是這樣。」我承認。

「史塔克知道嗎？」

「天哪，當然不能讓他知道。他會瘋掉。現在，只要元牲出現在我附近，他就已經像個占有欲特強的混蛋了。」

「可是，他知道，以前西斯就是妳的配偶，而現在西斯的靈魂就在元牲的裡面。」

「所以，他才會表現出那麼強的占有欲啊。看來史塔克沒辦法接受我跟西斯，呃，我是說跟元牲見面。現在，就史塔克所知，我和元牲連交談都很少。」

「元牲被妳吸引。」

她這話不是問句，但我還是回答。「對，他被我吸引，那是因爲他的裡面有西斯。那是無意識的，感覺很怪，讓人很不安。多數時候，元牲就只是一個還算可愛的男生，我對他沒特別感覺，可是，經常忽然間——**砰！**——我一眨眼，他就說出或做出西斯會說或會做的事，讓我的心揪得好痛。」

「如果，妳跟史塔克沒誓約連結，妳會想跟元牲在一起嗎？」

我咬著唇。「我不曉得。我愛西斯，一直愛著他，可是元牲不是眞的西斯啊。」

「妳是說，那感覺就像卡羅納當初之所以被妳吸引，是因爲妳裡面有少女埃雅的靈魂，而他看到了那個靈魂？」

這個比喻嚇到了我，但我愈想，就愈覺得有理。「我想，妳說對了。哇，這樣一比喻，我現在覺得簡單多了。卡羅納想要我，是因爲埃雅，雖然我承認，我內心深處也被他吸引，但那種感覺不是眞實的，因爲我**不是**埃雅，所以，我沒選擇去愛他。同樣的，元牲不是西斯，**他**不是非得愛我不可——眞正愛我的，是殘餘在他身上的西斯。就這麼簡單。」

「我很不願意讓妳愈聽愈複雜，不過，我還是要告訴妳，元牲也可能愛上妳。崔維斯是我唯一的愛人馬汀投胎轉世的，他完全不記得馬汀的事，各方面和我的馬汀也截然不同，但我還是認定他是此生的摯愛，而他對我也有這樣的海誓山盟。」蕾諾比亞熱淚盈眶，笑得好溫柔。「愛情，必須靠自己追尋，而我們有些人，就是那麼幸運，能再次找到眞愛。」

「蕾諾比亞，我眞爲妳高興，可是，妳剛剛說的話好複雜，確實把我搞糊塗了。」我說。

「柔依，妳的情況原本就很複雜。妳想聽聽我會如何處理嗎？」

「當然好啊。」我說。

「這聽起來很殘酷，甚至很自私，但如果我是妳，我會先決定自己到底想跟誰在一起，不去管他們要的是什麼。唯有選擇自己眞正想要的，妳才有可能獲得滿足。」

我放下馬刷，凝視著她。「就這麼簡單？」

「如果妳可以對自己誠實，並且誠實地去做妳眞正想做的，就是這麼簡單。」蕾諾比亞說。

「妳的話有很多値得我好好想一想的，不過，起碼我大概有方向了。」我說。

「妳必須先愛自己，對自己眞誠，別人才有可能愛妳，對妳眞心。」

鐘聲響起，今天的課到此結束。我握拳放在心臟位置，對她恭敬行禮。「謝謝妳，蕾諾比亞。」

蕾諾比亞以傳統姿勢回禮，說：「我祝妳永遠祝福滿滿，柔依．紅鳥。」

「史塔克，我們得談一談。」我討厭說出這句話的程度，大概跟史塔克不想聽到的程度一樣。誰不是呢？老爸老媽，男朋友女朋友，老師或老闆一說出這句話，會有好事嗎？

「好，不過，我們不是說好要看《宅男行不行》，好好享受兩人世界嗎？」他硬擠出他招牌的冷傲笑容。

「嗯，可以談完後再看。如果到時你還想看的話。」

「妳這樣說會嚇到我欸。」他說。

我對他伸出手，他握住我的手，坐在我旁邊。「我得跟你說一些事情，可能你會覺得不中聽，可是，你不需要覺得害怕。」

「因爲，不管怎樣，我永遠是妳的戰士和守護者？」

他看起來好緊張。我跟他十指交纏。對他說：「對，部分原因是這個，另外一部分是因爲，我愛你。」

「喔，太好了，我喜歡這部分。」

「我也是。」我說：「但我也必須強迫自己喜歡你。」

「妳剛剛不是說妳喜歡我。」

「不是，我剛剛是說，我愛你，我是眞的愛你，可是，你最近做的一些事，我很不喜歡。所以，我們得談一談。」

「什麼意思？」

我決定了，如果我想對自己誠實，就得對史塔克誠實，所以，我必須對他坦誠——實話實說。「我不喜歡元牲在旁邊時，你對我的態度，那種想把我占爲己有的混蛋作風。我希望你別再這樣。」

他想抽出手，但我不讓他抽走。「重點是，我不認爲你本性如此。我喜歡你原本的樣子，我要你恢復成原來的你，時時做你自己。」

「好，隨便。」

「不，史塔克，如果你不願意對我誠實，不願意對自己誠實，我們就不可能走下去。你這輩子都會是我的戰士，可是，如果你老是對我有戒心，我們就無法深入談我們的問題，這樣一來，你就只能當我的戰士，我們之間不會有別的可能。」

「妳想要這樣嗎？」

「史塔克，你認眞想一想，如果我只要你當我的戰士，我們幹麼浪費時間在這裡談呢？」

「所以，妳沒有要跟我分手？」

「我希望不要。」我說。

他緩緩地吐出長長一口氣，彷彿要把自己的氣洩光光。他垮著肩膀，看著兩腳之間的地板。「一想到妳愛元牲，我就要抓狂，對不起，嫉妒讓我變成混蛋。可是，我眞的不知道該怎麼辦，我實在無法忍受妳和他在一起。」

「好。首先，我沒愛元牲。我愛的是西斯，我一直愛著他，這點你是知道的。」

「可是元牲裡面有西斯的靈魂啊。」

「對，我很高興西斯的靈魂在元牲裡面，正因爲如此，他才會去救阿嬤。他這份恩情，我會永遠感激，但我沒愛他。」

「所以，妳眞的沒有想跟他在一起？」史塔克的目光從地板移向我。

「我已經決定不跟他在一起。眞的。」我說。

「爲什麼？」他問，但在我回答之前，他打斷我的話。「算……算了。我不在乎理由，我只在乎妳眞的不會跟他在一起，這樣就夠了，其他的，我不想知道。」

原本，我想把我吸了元牲的血一事告訴他，讓他知道，當我從元牲身上瞥見西斯的影子，有多麼無法拒絕元牲。還有，我是眞的同時愛著西斯和他，然而，即便有這麼多理由，我還是認爲，我無法同時腳踏兩條船。可是，最後，我決定什麼都不說，因爲史塔克已經把我擁入懷中。

「妳選擇我，我快高興死了！」他低聲說。

我可以感覺到他在發抖，所以，我也摟緊他，低聲對他說：「我也好高興。」接著，他開始親吻我。他的吻，流露的渴求好強烈，強烈到我忘了原本想說的話，滿腦子只有他的撫觸，以及我有多愛他。

直到後來，太陽升起，我醒來，看著身旁熟睡的史塔克，一隻手放在我身上，身側緊緊挨著我，我的腦袋才開始運作。這時，我才想起，得跟元牲談一談。

19 柔依

要退出史塔克的懷抱，偷溜下床，其實並不難，因爲他像睡死了般。我猜，就算炸彈爆開也無法驚醒他。我換衣服，躡手躡腳離開房間時，還在想我的新手機殼眞是美呆了。炸彈或許驚醒不了史塔克，不過我發起脾氣應該可以嚇醒他。

幸好，附近沒半個人。已經九點多了，天空還是青紫一片，空氣中還有春雷雨的氣味。前往體育場途中，我注意到圍牆旁的紫藤已經綻放一簇簇的紫花。這時，我打了個噴嚏。對，雷雨、花朵、過敏──春天確實降臨奧克拉荷馬州了。

我穿越馬廄，準備到體育場時，在這兩棟建物之間的甬道上駐足，大口吸著馬兒和乾草的氣味，努力鎮定情緒。

反正誠實就對了。拐彎抹角，躲著他，都只會傷害到他。西斯會懂的。

但我隨即對這個念頭噗哧一笑。不會，西斯不會懂，他會告訴我：**「寶貝，我們註定在一起的！」**然後不理會我又決定要跟他分手。

走廊裡，只見卡羅納一個人站在地下室的入口處。

「柔依，妳這麼晚還沒睡。」他說，握拳放在心臟位置，對我微微行禮。

自從他當眾砍掉達拉斯的頭，腋下夾著兩個拚命掙扎的雛鬼飛遠後，我就沒再見到他，直到這一刻。他看起來跟往常一樣，沒什麼改變。我知道我不該預期他會變得不一樣，可是，我還是忍不住好奇，雖然這樣很變態。「嗨，」我說：「那兩個雛鬼，現在怎樣了？」

「反正該怎麼樣就怎麼樣。」

「他們，**死了**嗎？」

卡羅納聳聳肩，巨大翅膀跟著窸窣移動。「我把他們丟在高草平原中央。雲霧擋住太陽，所以，他們大概可以撐一天，但應該撐不到第二天。」

「你會去處理他們的屍體嗎？」

他搖搖頭。「土狼會替我處理。」

「這樣很殘酷。」我說。

「正義經常是殘酷的。始作俑者可不是桑納托絲和我。審判、譴責、伸張正義本來就不是愉快的事。這國家的正義女神，不就是蒙著眼，手持審判天秤嗎？」

「呃，我不認爲她蒙著眼是因爲冷血。我認爲，這種象徵是爲了表達正義不應該被人的外貌或身分所影響，應該根據事實來判斷，所以，她要蒙著眼。」

「我不懂妳說的這種差異。」

「算了。」我放棄。「我要找元牲，你有沒有見到他？」

「現在輪到他巡視校園。妳可以去體育場前面的入口等他，他巡一圈後會很快回來。」

「好。呃，我希望你不要跟別人提起我在找……」

卡羅納舉起一手，阻止我說下去。「我不會跟妳的戰士說些有的沒的。」

我想糾正他，說我擔心的不是這個，我是不想見到那些雛鬼八卦元牲和我，可是我眞的撒不了謊，只好嘆了一口氣，說：「好，謝謝。」然後疾步離開。

校園前側也沒人，我在體育場的入口不遠處找了張長椅，坐下來等元牲，一邊看著雷雨雲逼近，一邊想著卡羅納說的話。

或許他說的對。論斷他人本來就不是愉快的事。我曾經認爲，論斷別人是錯的，但我還是同意桑納托絲對達拉斯他們的譴責，甚至同意她給他們的極刑懲罰。既然這樣，事後我那種作噁難過的感覺，豈不虛僞做作？或者，其實這代表我是有人性的？還是，代表我太鄉愿，沒資格當個像樣的女祭司長？

「柔依？沒事吧？」

我沒聽見元牲靠近，所以，視線離開雷雨雲時，忽見他那如月光石般的眼眸，著實嚇了一跳。我眨眨眼，讓自己回神，重新集中精神，希望起碼能把這件事好好做對。

「喔，沒事啦。我只是想跟你談一談。現在方便嗎？」

「當然方便。」他點點頭，指著我旁邊的長椅空位。我趕緊說：「喔，可以啊，請坐。」

他坐下來，我緊張得必須克制自己才沒顯得坐立難安，或者猛摳指甲油。

「快下雨了。」我說：「剛剛好像聽到遠方打雷了。」

「空氣中有閃電的氣味。」他說。

我整個人放鬆了一下。西斯絕對不會說這樣的話。「我從沒想過閃電會有氣味，不過，或許你說的對。畢竟打雷和閃電經常同時出現。」

「小柔，怎麼了？」

我看著他的眼。對，他的身體裡面眞的有西斯。「我不能再吸你的血。」

「可是，妳想吸。」他說。

「元牲，人生不可能什麼都要。」

「可是，這又不是什麼了不起的願望，不過是小事一樁。」

「如果我繼續吸你的血，我們就會上床，說不定會彼此烙印，這樣一來，對我、對你或史塔克來說，就不是小事一樁。」

「所以，重點是史塔克，因爲他，所以妳不願跟我在一起。」元牲說。

「不是，是我自己，我沒辦法同時跟兩個人交往。」

「妳決定選史塔克，不選我，因爲我不是西斯。」

「我沒辦法選你，是因爲我已經對史塔克許過承諾。」我以堅定的口吻說。

「因爲我配不上妳，因爲我的出身，因爲我沒有未來。」

我把手覆蓋在他手上。「不，元牲，別這樣想，別怪你自己。況且，我和你在一起時，根本不會想到這些。」

「那妳想到什麼？」

我笑笑，雖然心裡是難過的。然後，對他說出我眞正的感覺。「我想的是，我好高興你在這裡，我還想到，你和西斯眞是絕佳的夥伴。」

「妳知道我們愛妳。」他說。

「我知道。」我輕聲說，將手抽回來。「抱歉。」

「所以，現在呢？」

「我想跟你當好朋友。」我說。

「朋友。」他重複這個詞時，語氣好無奈。

「對，以後你出現時，史塔克不會再無理取鬧。」

「小柔，他本來就不該無理取鬧啊。」元牲靠向我，吻了我的臉頰一下，以非常挫敗的口吻說：「麻煩你跟卡羅納說一聲，我要再去巡邏。」

「好，當然……」他不等我說完，就往學校的石砌圍牆奔去。

我站起來，感覺整個人好沉重，而且非常，非常疲憊。**唉，我跟他說真話，可是顯然把事情搞砸了**。我努力讓自己什麼都別想，只想趕快回去睡覺，免得史塔克醒來，發現我不在，問我跑去哪裡，發生什麼事，爲什麼會心情變得這麼糟。我回到體育場，沿著走廊朝地下室的入口走去。卡羅納沒在那裡了。我嘆了一口氣，把頭探入體育場查看，也不在那裡。應該是到地下室看那些睡覺的孩子吧，我慢慢踱向樓梯。

「有，我有好好觀察柔依。」

聽到我的名字，我驚訝地停步。聲音來自馬廄方向，透過那扇半掩的門傳過來——這扇門的另一端，就是連結體育場與穀倉的甬道。

「然後呢？拜託，快說呀，不要什麼都得我問妳，好嗎？」

這時，我才發現她們在談的人是我。我悄悄靠近，專注偷聽，簡直無法置信。

「然後我發現，葬禮時，她的顏色變得很可怕，不過，我想我知道爲什麼。這跟她亂發脾氣，或者無法控制法力沒關係。」

「夏琳，快說重點，妳這樣拐彎抹角的，聽得我好痛苦。」

一陣久久的沉默後，我聽見夏琳嘆了一口氣。接下來，女先知對愛芙羅黛蒂說的話，讓我的心涼了半截。「我發現她一直在看元牲。目不轉睛。她的顏色變得很怪，讓我想到，守護圈結束後，她和元牲一起去餐廳時，她也出現那種顏色。我跟著他們去了餐廳。」

「靠，夏琳！妳不是女先知，妳根本是間諜嘛！」愛芙羅黛蒂說，還哈哈大笑。「快說，小柔和那個牛小子是不是有幹齷齪事。」

我咬著唇克制，才沒怒吼。

「差不多，他們肯定互相有意思。她吸了他手指上的血。」

「哇靠，那柔依應該爽翻了吧。該死，果然和我觀察到的差不多。我來猜猜看，接下來，她的顏色就變得很誇張？困惑，沮喪又惱怒？」

「對，就是這樣，尤其在她——」

夠了。

「閉嘴！」我大吼，手往門用力一拍，讓門甩開，砰地撞上牆。我的胸口就和臉一樣火燙。

「喔哦，不妙。」愛芙羅黛蒂說。

「柔依！事情不是妳想的那樣！」夏琳說。我愈走向她們，她愈往後退。

「是嗎？**我明明聽到妳告訴愛芙羅黛蒂，妳一直在窺視我**，不是我想的那樣，不然是怎樣！」我想都沒想就衝動地做出反應：伸手握住胸口那發燙的占卜石，舉起另一手，心裡想著，要把夏琳痛扁一頓。

瞬間，一團藍色火焰從我的掌心噴出，將夏琳摺倒。她躺在地上，氣喘吁吁，還開始哭起來。我才不管她哭得一把鼻涕一把眼淚，我只覺得，能這樣教訓她，眞是痛快極了。她活該。

「住手！立刻！」愛芙羅黛蒂擋在我面前。

我瞇起眼。「妳們在背後說我的壞話。」

「我等等就告訴妳，我們爲什麼這麼做。可是，妳得先看看自己的德性。控制好妳的鬼脾氣，**立刻**冷靜下來。」她轉頭對夏琳說：「妳先回地下室，**立刻**。」

還哭個不停的夏琳倉皇地站起來，從我身邊跑走。

「怎麼，她現在是妳的私人小先知啊？」

愛芙羅黛蒂沒回答，目送夏琳遠去，然後看著我，說：「當眞要跟我談？妳用了那該死的石頭傷害夏琳，然後想跟我談。要談什麼鬼東西啊？妳根本瘋了。」

「石頭？」我眨眼看著她，然後低頭看著我的胸口，這才發現占卜石被我握得好緊，緊到戳痛了我的掌心。就在我感覺到痛的同時，占卜石開始冷卻。我鬆開手，放掉它，整個人失神茫然，但還是專心想著我爲什麼那麼生氣。對了，因爲夏琳偷窺我和元牲。「我沒要談占卜石，也沒要談鬼東西。我想要知道的是，妳憑什麼認爲妳可以跟蹤我。」

「因爲我出現靈視，從妳的角度看出去的靈視。在靈視中，妳做出夏琳看見妳和元牲在做的事。」

「妳什麼時候出現靈視的？」

「兩天前。這不重要，重要的是——」

「妳出現靈視，卻瞞了我兩天，這還不重要？」

「不重要。重要的是，我爲什麼要瞞妳。因爲，我發現妳最近常亂發脾氣，而且無法控制那該死的占卜石。事實就是如此。」

「不，事實**不是**這樣。我可以控制那該死的石頭，而且是我自己想痛扁夏琳一頓，所以，它做出的事情確實就是我想做的。」

愛芙羅黛蒂不停搖著頭。「妳聽聽看自己在說什麼。對，妳剛剛偷聽到我和夏琳的談話內容，確實會生氣，可是，正常的柔依絕不會想傷害夏琳。對了，還有，**正常的**柔依也不會說『該死的』。」

「**正常的**柔依也不會想到她最好的朋友會在背後說她的壞話，到處監視她！」

「我正準備跟妳說靈視的事，還有夏琳的事，但得等到適當的時機。」愛芙羅黛蒂說。

「妳知道嗎？愛芙羅黛蒂，適當時機絕不是在妳們監視我，背後說我壞話之後。好，隨便啦，我不想再聽了。我要閃了。」我準備離去，但愛芙羅黛蒂一步擋在我面前。

「小柔，這裡發生的事絕對不止有讓妳生氣的那些，我認為，妳已經受到古魔法的影響，而且，是負面影響。我們得談一談，妳必須好好聽我把靈視的內容說完。」

「我實在受夠了聽你們成天說我**必須做什麼**。滾開，愛芙羅黛蒂。」我推開她時，胸口的占卜石又一陣熱。她踉蹌退開，發出不敢置信的聲音。我才不管，我受夠她了。

我不曉得該往哪兒去，我只知道我必須**離開**。如果能拿到我那輛金龜車的鑰匙，我就會開去阿嬤家，可是現在車鑰匙在房間裡，這會兒我可不想看到史塔克，讓他有機會追問我，我的心情為何那麼差。眞要命，如果現在不是白天，說不定史塔克已經出現在我眼前，而這都是拜我們之間的蠢連結所賜。

我需要時間，我需要空間。憤怒在肌膚底下蠕動，怎樣都甩不掉，因爲我無法逃離別人對我的不滿，躲開他們對我的期望。我得想一想，不然絕對會被這一連串的事情給折磨死。

我改變去向，開始走離宿舍，最後到了學校圍牆。元牲巡邏的地方。該死！我連他都不想見啊。就在這時，我決定不鳥警察和他們那個在校軟禁的鳥規定。市長又不是我殺的，所以，當我想離開校園，出去走一走時，我就是要這麼做！於是，我開始跑向最東側的圍牆，還有不遠處那扇密門。

夏琳

夏琳努力不讓自己哭出聲。平常，她不是愛哭鬼，也不是那種會自艾自憐的人，但今天不一樣。一開始，是達拉斯和那兩個雛鬼的下場嚇到了她，雖然她事先知道，畢竟，她從桑納托絲所散發的顏色看到了他們的死亡。但她什麼都沒說，因爲她相信桑納托絲這樣做是正確的。

但接下來，她卻做了截然相反的事——變成大嘴巴，跟愛芙羅黛蒂聊柔依的私事，因爲，她也覺得，這樣做是對的。嗯，其實，她會這麼做，是因爲她覺得自己已經融入夜之屋，所以，應該擅用天賦，克盡她身爲女先知的職責。

可是，看來她想錯了，因爲，目睹達拉斯被砍頭後，她感覺好糟，而且，剛剛還被全世界最厲害的雛鬼痛扁一頓。

她徹底搞砸了，還一連搞砸兩次。

夏琳蜷縮在地下室的黑暗角落——她在那裡爲自己布置了一個簡陋的床位——雙腿屈膝而坐，大腿上擱了枕頭。她把臉埋入枕頭中，免得被別人聽見她的哭泣聲，但其實她多慮了，因爲此刻多數的紅雛鬼都睡死了。

我也應該像他們一樣，讓自己睡死才對，她責備自己，**我應該乖乖睡覺的，不該跑去跟愛芙羅黛蒂談柔依的事。現在，我害她們吵架了，還對我不爽！我永遠都不會懂女先知該有的分寸。**

夏琳沒意識到愛芙羅黛蒂對柔依的擔憂果然成眞了——柔依確實變得亂發脾氣，經常失控。這一刻，夏琳壓根不在乎愛芙羅黛蒂是不是說對了，她只在乎她的世界和她的友誼瞬間崩解了。

「嗨，夏琳，怎麼了？」

夏琳壓抑住抽噎，抬起頭，發現妮可就在旁邊，她揉著眼睛，一頭亂髮，一副夢遊的模樣。「沒……沒什麼啦。我……我沒事。」她低聲說，就著枕頭抹臉，強迫自己停止哭泣。

妮可在她的身邊坐下來。「有，妳有事。妳哭得眼睛都腫起來了。」

「噓。」夏琳要她放低音量，還左右張望，確定其他人仍在睡覺。「我，沒……沒事。」

妮可挨近她，近到兩人肩膀相碰，然後壓低聲音對夏琳說：「沒關係，他們不會聽到。告訴我，發生什麼事。」

夏琳再次抹抹眼睛，輕聲說：「我想，我搞砸了我的眞視天賦。」

「嘿，我認爲妳很懂得運用妳的眞視，因爲，妳看見我改變了。」妮可對她微笑。「妳應該對自己有信心一點。」

「我應該學著在適當時機張開我的笨嘴，該閉上時也知道閉上。」夏琳說，然後開始在包包裡翻找，終於拿出一團揉過的面紙，就著它擤鼻涕。

「妳不笨。」

「如果，妳事先知道桑納托絲會叫卡羅納當眾砍掉達拉斯的頭，妳會表示意見嗎？」

妮可皺著臉，說：「我沒辦法回答，因爲我無法客觀看待達拉斯。」

「妳還愛著他？」

妮可猛搖搖頭。「沒有。我不愛他，而這正是重點。我從沒愛過他，而且，我知道他是危險人物，所以我無法客觀看待他的死。」

夏琳邊聽邊微微啜泣，妮可伸手摟著她。

「如果妳是因爲達拉斯的事而難過，那眞的不需要。」

「不止是因爲他，雖然他的死法確實讓我很難過。還有另一件事。我跟愛芙羅黛蒂說了某人的顏色。我實在不該說的。」

「可是，愛芙羅黛蒂是女先知，她這人雖然說話惡毒，瘋瘋癲癲，但終究是女先知。我認爲，妳們兩個女先知相互聊眞視之類的天賦，沒有什麼錯。」

「我本來也是這麼想，可是，現在我眞的不確定。我好希望知道怎麼做才正確。」

「我認爲，在很多情況下，正確、該做的事，並不是只有一件。」

夏琳抬頭看著妮可。「妳眞聰明。」

「沒有啦，我只是犯過很多錯。」妮可對她笑笑，說：「不過，我現在做對了，因爲我讓妳止住眼淚了。」

夏琳怯怯地笑著說：「妳說對了，謝謝妳。對了，妳的顏色眞的變得很漂亮。」

「我就說吧，妳是一個很棒的女先知，因爲妳看得出來我的顏色很漂亮。」

夏琳看著妮可，露出燦笑，這時，妮可緩緩傾身，在她的唇上輕輕一吻。夏琳怔愣，驚訝得睜大了眼，妮可立刻抽身，原本摟著她的手也縮回去。「對不起。」妮可低聲說。即便地下室光線昏暗，夏琳仍看得出妮可臉紅了。「我不知道自己爲何這麼做。對不起。」她喃喃道歉。

夏琳看著她，凝視著她發散出來的柔美顏色，重溫她那雙嫩唇的溫度。

「別道歉，我不在意。」說完後，她伸出雙手摟著妮可的纖腰，把頭靠在她的肩膀上，說：「妳可不可以陪我，抱著我？」

妮可的手滑回她的肩頭。「夏琳，寶貝，如果妳願意，我會一輩子陪著妳。」

20 卡羅納

十分鐘前。

卡羅納站在地下室的出入口等元牲回來。他心想，這孩子大概還要一段時間才會出現，因爲柔依剛剛去找他了。就在這時，卡羅納的肌膚底下出現一種熟悉的熱癢感。

「冥神俄瑞波斯……」他嘟噥。

「你在說什麼？」

卡羅納的視線迅速投向走廊。「愛芙羅黛蒂，有什麼可以爲妳效勞的嗎？」他沒握拳放在心臟位置，也沒頷首致意。沒錯，這位小姐是妮克絲的女先知，不過，她也是他見過最惹人厭的人類。而卡羅納見識過的人類，可說**不計其數**。

「我要和夏琳談一談。她在地下室，對吧？」

「所有的紅雛鬼都在下面。」他說。

「除了被你遺棄在荒野等死的那兩個。」

「妳到底想說什麼？」

「沒有，我只是在陳述事實。好啦，我要去吵醒夏琳。如果等一下你能給我們一些私人空間，讓我們放心地談話，我會很感激。」

「放心，女先知。不過，妳的戰士應該在附近吧？萬一下面有事，妳一尖叫，他就必須聽得到妳才行。」

「要應付那些紅雛鬼，用不著出動達瑞司。我有這個。」她拍拍自己的包包。

「妳想用包包跟人打架？」他差點笑出來。

「不是，我說的是**這個**。」愛芙羅黛蒂打開她的皮革手提包，卡羅納探進去，看見裡面有個小小的黑色圓柱物。

「妳想拿香水砸人？」

「噢，拜託，跟上潮流，好嗎？這是防身噴霧器，不是香水。我之前一直住在市中心的地下坑道，布拉蒂區和格林伍得區那附近都在整修，人煙變得稀少，所以，我知道這種東西最好有備無患。」

「那，我就不打擾妳了。」這次他向她鞠躬，不過愛芙羅黛蒂很生氣，他竟然故意不去注意她說話也很風趣。她以塗著粉紅蔻丹的手指，對他比出射殺姿勢後才鑽入地下室。

他有那麼一秒鐘考慮叫住她，跟她說柔依跟元牲不在地下室，他們單獨在外頭，不過隨即打消念頭。讓愛芙羅黛蒂自己發現柔依依偎在元牲的懷裡，一定很有趣。

卡羅納咯咯笑著離開體育場，從馬廄走出去。到了外頭，他重整情緒，試著弄清楚他那個混蛋兄弟出現在哪個方向。不用片刻，他就有了答案。他害怕和兄弟見面，但明知躲也躲不掉，只好忐忑地走向妮克絲神殿。

他沒想進入神殿裡。老實說，經過那扇大木門時，他還把視線撇開，繞到這座石砌的神殿後方，希望他的兄弟照例一身華服出現時，能去那裡找他，好讓神殿遮住其他人的耳目，免得學校師生看見他們。

卡羅納沒等太久，只見地面上出現一團日光，果然如他所料，璀璨炫目，然而，卡羅納克制衝動，沒伸手遮眼。冥神俄瑞波斯從刺眼光芒中走出來，對卡羅納點了一下頭，冷笑一聲。「兄弟，不錯啊，我召喚，你就來。」冥神俄瑞波斯說。

「我真想不通，你怎麼能夠假裝我們還有瓜葛。**是你自己**來找我的。我活了這麼多世紀——世紀這個詞，就借用人類的說法吧——可從沒來喚過你一次，連想都沒想過。」

「連想都沒想過？真的嗎？我倒認為，你自從墜落人間後，經常想到另一個世界呢。」

「兄弟，你可不是妮克絲啊。我想不通的，還有你怎麼會經常把女神的利益當成自己的利益呢？」

冥神俄瑞波斯笑笑，說：「關於這一點，我來幫你解惑。妮克絲和我是不可分割的，所以，她的利益就是我的利益，我的利益也是她的利益。」

「不可分割？是嗎？」卡羅納開始做出誇張的尋找動作，視線在兄弟的附近尋覓穿梭。「難道女神躲在你的那團日光中？喔，不可能，她不可能在那裡。就我所知，女神喜歡的是月光的沁柔撫觸，她才不愛太陽的粗鄙光線。」

「是妮克絲派我來的！」

卡羅納慢慢露出得意笑容。「那，我就歡迎你嘍，兄弟，你這個幫女神跑腿的小夥子。」

冥神俄瑞波斯張開翅膀。那對翅翼從他身上延展出去，熠亮如陽光照耀在金箔上。

「我不是以跑腿小夥子的身分來找你，我是不死生物，夜之后的伴侶，而且我帶著她的警訊而來！」

「哇，好了不起喔。」卡羅納冷冷地譏諷。「不過，你若繼續張狂炫耀，大呼小叫，恐怕整個陶沙市中心的人都要聽見你捎來的警訊了。」

俄瑞波斯把翅膀收起來，貼在背上。說話時也不再發出另一個世界才有的洪鐘般聲音，不過，還是一副自命不凡、得意自己是不死生物的表情。

「你逮到奈菲瑞特了沒？」

「你這麼密切注意我，應該早知道答案吧。」

「所以，你打算不理會妮克絲的飭令？」

「我沒不理會。我跟這所夜之屋的女祭司長有誓約連結，所以一直忙著承擔該盡的職責。」卡羅納說。

「如果只是處理三個小鬼，就能讓你疲於奔命到無法顧及妮克絲的飭令，也疏於注意古魔法正重現當代世界的事實，那就代表你能力不足，訓練不夠。」

卡羅納才不上當呢。他絕不會出言評斷妮克絲，所以，他心平氣和地說：「史迦赫舞弄古魔法已經好幾世紀。」

「沒錯，卡羅納，可是，史迦赫是古代的女王，她前幾個幾世紀行使古魔法，都是在斯凱島上，這個島長久以來就致力保存古魔法。然而，奧克拉荷馬州的陶沙市，可不是斯凱島，而且你們這裡也沒有精通古魔法的古吸血鬼女王啊。」俄瑞波斯那諄諄教誨的語氣，當卡羅納是沒頭腦的癡愚村民。

「我清楚知道我位於何處，與誰同處。這裡發生的所有事情，都是我所相信的事實，跟你無關。我把一個吸血鬼斬首，因爲我的女祭司長宣判他涉嫌謀殺。我的女祭司長並沒有舞弄古魔法，她只是援引古代律法，而且，我所斬首的吸血鬼，並不是個未成年的孩子。」卡羅納說，那口吻照例是對兄弟不以爲然的語氣。

「那小子還沒滿十八歲。」

「如果，你對於處決一個認罪的謀殺犯有意見，請你去找桑納托絲，去找這所學校的委員會，還有妮克絲的兩位女先知，**以及**柔依．紅鳥。」

「不過，提刀斬首的人，不是她們，將兩名雛鬼遺棄在荒野等死的，也非那班人。」冥神俄瑞波斯說。

「我是桑納托絲的誓約戰士，凡她之令，我必遵從。」

「悲哀啊，你，當年你身爲**妮克絲**的誓約戰士，也沒見你對妮克絲忠心耿耿到這種盲目程度。」冥神俄瑞波斯說。

卡羅納直視著兄弟那雙琥珀色的眼，說：「我從過往學到教訓了，那你呢？」

俄瑞波斯撇開頭。

「你有何警訊要傳達，快點說，說完就走人。我受夠你了。」卡羅納說。

「很好。妮克絲要警告你，你們援引古代律法，使得古魔法被喚醒。妮克絲要你別去操弄你無法掌控的力量。」

「這些話，妮克絲不是應該對桑納托絲說嗎？畢竟，開始運用這些力量的人，是她的女祭司長，不是我。」

「然而，在光亮與黑暗的爭戰過程中，決定天秤往哪個方向傾斜的人，是你。女神之前就在你身上目睹過這種情況——仿人鴉就是古魔法所造成的。」

一提起仿人鴉，卡羅納就被一股罪惡感所刺痛，但他還是這麼說：「我那些兒子是強暴與憤怒的產物，跟古魔法無關。」

冥神俄瑞波斯以嚴肅的口吻說：「不，是古魔法的產物。」

「施展古魔法的人是妮克絲！」卡羅納說。

「你眞是虛妄自大，竟以爲你可以像女神那樣施展古魔法？」

「我不虛妄！打從墜落人間以來，我的心思不曾這麼清明過。」卡羅納逼近冥神俄瑞波斯。「至於自大，我怎麼自大也比不上你啊，老弟。要不是我來制衡你，你肯定以爲自己跟妮克絲一樣至高全能吧。」

「制衡正是我要說的重點，兄弟。公牛是古魔法，應該被永遠關起來，不准出來格鬥。」冥神俄瑞波斯說。

「白牛和黑牛，都與我無涉。」

「你眞的這麼認爲嗎？你服事妮克絲那麼長一段時間，應該知道古魔法威力強大，但也非常棘手。聰明一點！考慮周到一點！小心看待你所喚醒的力量，免得爲時已晚。這些，就是女神對你的警訊！」

卡羅納瞇著眼，看著一團日光將俄瑞波斯包圍，接著消失，留下惱人的斑斑金光，附著在卡羅納這個不死生物的翅膀上。他伸手將它們拂掉。

「妮克絲！」卡羅納對著天空說道：「他說我自大，自己離去時卻擺出萬丈光芒的架式。我實在不明白，妳怎麼還能忍受這麼浮誇的他！」

卡羅納的四周響起熟悉的笑聲，那聲音，總是讓不死生物想起秋天豐收之際的大滿月。他閉上眼，忍受失去她的那種痛，但同時，一線的希望也讓他的心跳愈來愈急促。

「妳在看我，我知道。」卡羅納低喃。

笑聲漸歇。卡羅納睜開眼。彷彿扛著千斤重擔，他沉重地往前走。得回去看著雛鬼。這是他所能做的，而且非常可以勝任。

「只要我看著他們一天，就絕對不讓任何雛鬼做出足以被審判的蠢事。」他大聲說出心裡的思緒。然而，有件事他沒說出口，甚至不願意自己默默承認——那兩個被他遺棄在荒野的雛鬼哭喊求饒的聲音，始終在他心中縈繞不去。把那個吸血鬼斬首，對他來說不成問題，畢竟，達拉斯這傢伙確實想謀殺同學，這是他罪有應得，可是，那兩個，就讓他很掙扎。**他們只是愚蠢地選錯了人跟隨啊**，他心想。

「慈悲。」

這句低喃讓卡羅納停步。「妮克絲？」

「慈悲。」

又一次。那聲音輕柔到卡羅納無法確定，可是，聲音裡的溫暖和滿滿的愛，絕對是妮克絲。就在這時，卡羅納才發現自己正站在妮克絲神殿的木門前。

之前，他每碰觸這道門，它就會由木門變石門，因爲女神拒絕讓他進入。今天，卡羅納照例慢慢地舉起手，心情彷彿正在重新經歷渴慕女神的這幾個世紀，他把掌心貼著門，等著它又變成難以撼動的石頭。

依然是木門。

卡羅納顫抖著手去摸門把，轉動，推開，門發出猶如女人的嘆息聲。木門開啓了。

卡羅納走入妮克絲神殿的門廳。潺潺水聲傳來，但他幾乎沒瞥向那座嵌在厚重石牆凹處，閃閃發亮的紫水晶噴泉，因爲，他迫不及待地穿越拱門，進入神殿的正廳。

懸於天花板的鐵鑄枝形吊燈上，立著一根根香草和薰衣草氣味的蠟燭，因此整個空間瀰漫著讓人陶醉的甜美芬芳。此外，牆角也隨興擱著一盞盞樹形的分枝燭臺，上面盛著芳香蠟燭。房間角落則有一盞盞點燃的壁燈，狀如女人優雅的手。石地板的凹龕處，有一盞熒熒閃爍的明火。但，卡羅納對這些幾乎視而不見，因爲，他整個注意力都放在神殿中央那張古木桌——桌上有一尊精緻的妮克絲大理石雕像。卡羅納踉蹌往前，跪在雕像前，仰頭凝視似乎閃閃發亮的她，這時，卡羅納才發現自己眼眶噙淚。

他以哽咽的泣音對她說話。「謝謝妳，我知道自己還是不配跪在妳腳邊。或許，我永遠都不配，因爲，我對我們做了那樣的事。然而，我眞的好感激妳終於願意讓我踏入妳的神殿。」卡羅納垂下頭，跪在女神面前，久久不起，流淚哭泣。

奈菲瑞特

奈菲瑞特仍蜷縮在獸穴裡，任黑暗絲線團團籠罩著她，重新經歷旅程尾聲。

凱旭亞會堂，是陶沙市中心那所預校的名字——而這裡，正是不停召喚奈菲瑞特的地方。這所由信仰子民會的奧古斯丁分會所設立的新學校，只招收男性人類。一九二七年時，它沒意願出售，但奈菲瑞特不以爲意，畢竟，當時吸血鬼的最高委員會還沒準備好在美國多收購一所學校，起碼當時對這所位在奧克拉荷馬州陶沙市的學校毫無興趣。

奈菲瑞特知道，這樣的時間點其實有利於她。之後，她花了七十五年對最高委員會威脅利誘，讓她們願意出一個奧古斯丁會的神父難以抗拒的價格來收購凱旭亞會堂，並且任命奈菲瑞特爲陶沙市夜之屋的女祭司長。在這所新收購的吸血鬼學校，奈菲瑞特終於找到了自己的眞正本質。

原來，她就是特西思基利。不，她這個特西思基利不止是北美原住民鬼故事裡的人物，而是眞實存在且法力無邊、天賦無人能及的女祭司長。她，是特西思基利之后。

難怪她會被奧克拉荷馬州所吸引。透過在奧克拉荷馬州拓墾的印第安切羅基族，奈菲瑞特找到了自己一直以來沒發現的天賦。她不止可以窺讀別人的心思，還能吸取他們的能量——然而，這得在他們死亡之後。

這是那老嫗教她的。她死亡之際，奈菲瑞特不止從她身上竊取了她的思想，還吸納了老嫗的能量。

死亡成了奈菲瑞特的良藥，她怎麼攝取都不夠的良藥。

她開始追蹤老嫗心智的回聲，以便詢問跟特西思基利有關的事。

結果，奈菲瑞特追尋到的，是她自己的故事。特西思基利遠離部落獨居，她們法力無邊，以死亡為悅，甚至噬取死亡維生。她們可以用心應能力殺人。那個阿內．里．思基老嫗在瀕死之際，心裡閃過的就是這個念頭——自己被一個強大生物利用心應能力殺死了。

老嫗的切羅基族丈夫不經意教了奈菲瑞特該怎麼充分利用她的天賦。這男人不像老妻那麼勇敢，為了保住老命，就對奈菲瑞特言聽計從了。透過他所分享的記憶，奈菲瑞特懂得更多與特西思基利有關的事。她聽取他記憶中的部落故事，消化後發現，確實有可能潛入別人的心智，汲取受害人的思緒、能量和力量，直到榨乾對方，最後，使其心臟停止跳動。吸榨能量比單純吸血更讓她滿足，也更有成效。

在奈菲瑞特增強功力的同時，她那個夢境——跟長著翅膀的不死生物卡羅納有關的那個夢——也隨之更加精采逼真。在她的睡夢中，他和她做愛，這是她那些沒用的人類或吸血鬼愛人所不曾做過的。卡羅納占領她的肉體，帶給她歡愉的痛苦，也讓她感受到痛苦的歡愉。

交歡的同時，他還用溫柔細語勾繪了兩人的未來藍圖。他們可以齊心稱霸世界，迎接吸血鬼的啓蒙新時代。屆時，她就是他的女神，而他，則是她愛慕的對象，一個極盡挑逗，又厲害無比的伴侶。

「可是，妳必須先把我釋放出去。」他說，一邊用他冷冽的熱火給予她的肉體最有滋味的灼痛。**「跟隨歌聲到陶沙市，你將在那裡實現預言，找到釋放我的方法！」**

奈菲瑞特聽了他的話。但她找到的，可不止是釋放他的方法，還有解放自己的方式！而這一點，直到她徹底掌握了陶沙市的夜之屋，才完全了悟。那塊地方，有某種力量，這種力量跟她的心互有共鳴。一九二七年時，那股力量就存在了，到了二十一世紀初，它仍在那裡。

那片紅土的古魔力將她吸引到這裡，然而，眞正確定她命運的，是她旗下第一個雛鬼的死。

在成爲陶沙夜之屋的女祭司長之前，奈菲瑞特當然目睹過許多雛鬼死去，她甚至常被叫去安撫那些垂死的雛鬼，用她的碰觸天賦所具有的療癒效果來幫助他們進入死亡。這種安撫能力，除了幫助拒絕蛻變而亡的雛鬼，也讓她贏得吸血鬼族群的敬重。只是，幾乎沒人料想得到，其實，她從中獲得的，並不少於她的付出，但那些受她「幫助」的雛鬼都知道。當奈菲瑞特將他們摟入懷中，表面上陪著他們度過此生最後一刻時，他們很清楚知道，她正在汲取他們的能量。當然，這時，他們也只能任她宰割，無力把這個事實告訴其他人了。

因此，當那名自稱爲水晶的四年級生，在蕾諾比亞的第一堂馬術課裡咳血，奈菲瑞特照例在第一時間被召喚過來，不止因爲她是女祭司長，更因爲大家公認她能舒緩垂死者的焦慮和痛苦。

「走開！讓出空間來！蕾諾比亞，把學生帶到體育場，叫龍．藍克福特找幾位戰士和輪床來給這孩子。」奈菲瑞特一邊奔入馬廄，一邊下令，然後，把注意力放在水晶身上。這個雛鬼癱倒在骯髒的沙地上，身體劇烈抽搐，眼、鼻、口、舌已冒出血。

奈菲瑞特不在乎雛鬼身上的血和泥土，直接將她擁入懷中，用她的神奇碰觸來安撫水晶，同時開始潛入她的心靈，吸納她逐漸衰退的生命能量。吸納雛鬼的生命力時，奈菲瑞特已經預期會有一波力量撲湧而來，但她沒想到，隨著**她的**第一位雛鬼逐漸死去，她竟有一種純粹的喜悅。

蜷縮在獸穴的奈菲瑞特身體顫動，因爲，她正在重新體驗這強烈的愉悅。

水晶抬起那雙充血的眼睛看著她。「不！」她狂咳，喘氣，費力喊道：「我還不想死！」

「親愛的，妳當然不想，可是，時候到了，我在這裡陪妳。」

「怎麼不離開我？」那孩子哭著說。

「**妳**不會離開**我**的。」奈菲瑞特壓低聲音扭曲她的話，並開始竊取水晶的心智。

這雛鬼的生命力一波波流向奈菲瑞特。如此純淨、強烈、甜美，彷彿這孩子並沒瀕臨死亡，而是蛻變成一種光和力量的存在體，而這樣的存在體，將會活在奈菲瑞特身上。

奈菲瑞特恭敬地對垂死的女孩鞠躬，接收來自於她的新禮物，也同時接管了陶沙市的夜之屋。戰士們都以爲奈菲瑞特是情緒過於激動，才會哭得歇斯底里，並對著水晶鞠躬，畢竟，在她的這所夜之屋，水晶是第一個死亡的雛鬼。

他們不知道，其實奈菲瑞特之所以喜極而泣，是因爲發現了自己的天命。特西思基利之后這個頭銜，實在太含蓄，她應該要被稱爲女神特西思基利才是，因爲，她已經變成不死生物，終有一天，會躋身眾神之列，受世人景仰膜拜。

然而，她的能耐不僅於此。在她實現切羅基族的預言，釋放卡羅納之前，那個死掉的雛鬼水晶，也跟著奈菲瑞特一起蛻變了。

蜷縮在獸穴裡的奈菲瑞特開始抽搐，呼吸急促，穿越一層層的無意識及各度時空，奮力向上攀升。她那所夜之屋裡死掉的雛鬼，全都重生了，透過黑暗和血，跟她產生連結。奈菲瑞特相信，她孕育了一批全新的生力軍，他們就是新品種的吸血鬼。等到她和她的伴侶開創了吸血鬼的新世紀，就可以用這些新生物來保護、服事她。

沒想到，柔依·紅鳥被標記，來到她的夜之屋，緊接著，一樁樁的意外，一次次的惱怒，奈菲瑞特一而再、再而三遭遇挫敗。她恨死了這個雛鬼和她那群野朋友，她對他們的痛恨之強烈，讓她甚至不再熱中於其他事物。

就是因爲柔依・紅鳥，這會兒奈菲瑞特才會躲藏在獸穴中，被黑暗和鮮血圍繞。

女神不該被這等惱人東西所折磨！女神追求神聖天命的過程不該如此被阻撓！

這時，彷彿呼應她的澎湃情緒，獸穴外頭頓時雷聲轟隆，閃電大作，撼動天地的力道也觸及奈菲瑞特的肌膚。

奈菲瑞特，特西思基利之后睜開眼。「我竟如此愚蠢！我乃堂堂不死生物，崇高威嚴豈可被踐踏。這種事，絕不准再發生！全世界，準備膜拜我吧！」

雷轟電掣，彷彿在爲奈菲瑞特鼓掌喝采。她步出躲藏的獸穴，任雨澆淋，迎向嶄新的未來，擁抱她的天命。

21 柔依

一開始，我只想離開學校，但不知何去何從，所以，我從圍牆的密門鑽出去，疾步繞過學校南端，走到尤帝卡街。瞥向右方，我考慮了一下。尤帝卡廣場就在街道另一頭，現在是週日早上，不過星巴克這時間應該開店了。或許可以進去買點超高卡路里的東西，比方說乳脂糖口味的卡布奇諾或星冰樂什麼的，坐在外頭，邊喝邊想想我生活裡發生的這些鳥事。

這樣不好。我根本不想見到人，也不想跟人說話，不想去應付別人看到我的刺青時的**眼光**。

我不想面對**任何人或任何東西**。

遠方雷聲轟隆，我抬頭望著陰黑的天空。

「儘管下吧，把我淋濕吧，我不在乎了。反正，今天已經夠狼狽了。」我喃喃自語地過馬路。

對，我氣死了。

我眞不敢相信愛芙羅黛蒂和夏琳會幹出這種事。照理說，她們是我的朋友欸。靠，起碼愛芙羅黛蒂是吧。至於夏琳，我原本以爲她和我快要變成朋友了，畢竟，我們在坑道裡的廚房推心置腹地聊過。她對我坦承，她使用了眞視天賦，我們甚至聊到她的這種天賦會侵犯到別人，爲此，我們還擬了一個計畫。天殺的！這個計畫可不包括由她窺視我，然後像個膚淺的中學女生，跑去跟愛芙羅黛蒂八卦我的事吧。

一想到夏琳看著元牲和我在餐廳裡做的那件事，我的臉就一陣紅燙。眞要命，連身體也熱了起來！難怪我會把她痛扁一頓。愛芙羅黛蒂見我動手打人，不敢置信，可是這整起窺探事件，她也有份啊。

到底，愛芙羅黛蒂是不是我的朋友？我認識她時，她不折不扣是個惡劣至極母夜叉，那現在呢？她是眞的洗心革面了？或者，我是自欺欺人，故意忘記她的本性，不願去看我不想看到的一面？難道，對於她，我只相信我想相信的那部分？

要命！愛芙羅黛蒂會不會仍然只在乎權力和人氣？難道她要夏琳窺視我，是爲了打擊我，取代我的地位？

雷鳴轟隆，似乎在呼應我的心情。

穿越另一條街時，我的胸口又熱又痛。我停步，發現前面是體面的高級住宅區。不會吧，我竟然一路走到了伍得沃德公園，當下準備掉頭離開，因爲，平常星期天這裡會湧現人潮，遊客喜歡到這裡對著美麗的花草樹木拍照，不過，這會兒，我環視公園一圈，發現裡頭空蕩蕩。看來，逐漸逼近的暴雨打消了遊客的拍照興致。公園裡的黃水仙似乎快要綻放，我一直很喜歡它們從草叢裡冒出來，昂挺著黃色花蕊的景象。阿嬤和我以前總會驚呼，春天一到，彷彿一夕間，花苞全都盛開綻放，簡直像變魔法。

今天，我絕對需要來點春天的魔法。而伍得沃德公園正符合我的需要！有了目的地，整個人終於能鬆口氣。我走進公園，穿越水仙花叢，順著蜿蜒小徑走向二十一街所環繞的那一區。人造小丘的丘頂種植了茂密的杜鵑花叢。我非常喜歡這片花叢間有蜿蜒石徑相通的嶙峋山脊。小丘底部的杜鵑花叢附近，應該會有長椅，我想坐下來，抱著頭，好好思索那堆困擾我的問題。就算下雨，那又如何？起碼下雨了就不會有人瞠目結舌地看著我。

於是，我沿著石板路，繞過如我一般高的杜鵑花叢——它們的花苞已成形，但還看不出是什麼顏色。

不過，搞不好待會兒來場蠢暴雨，就把它們摧殘殆盡，讓它們永遠沒機會綻放了。

我踢著石子，繼續往前走。

愛芙羅黛蒂竟然窺視我！我就是嚥不下這口遭人背叛的氣。如果把這事告訴史蒂薇．蕾，不曉得她會怎麼說。可是，如果告訴她這件事，就得說出我和元牲在餐廳的事。要命，我當然不想讓史蒂薇．蕾或任何人知道我和……

想到這裡，我頓時停步。「毀了！就算我不想說也沒用了。夏琳和愛芙羅黛蒂不可能保密的。」前方是一道石梯，沿著石梯往下，就可以從丘頂走到那片宛如壁穴的嶙峋區域，那附近還有一處環繞著公園西側的淺池。

我一度考慮直接從丘頂往下跳，但這種高度根本死不了，況且，我也不想自殺。不過，要是愛芙羅黛蒂在場，說不定我會把她推下去！

我嚇了一跳，沒想到這念頭竟讓我頓時開心滿足。

我拾階而下。階梯最下層連接著一片草地，不遠處有一張石凳。又打雷了。我坐下來，對著天空皺起眉頭。對，不消多久，我就會被雨淋濕。我嘆了一口氣，環顧四周，或許是因爲眼前暴雨之故，我忽然覺得公園這一小區很像斯凱島。突如其來地，一股思鄉情緒湧上心頭。**我應該回那裡，我在那裡好開心。沒人窺視我，沒人想殺我，而且，回到那裡，我就可以問問史迦赫，我那塊蠢占卜石到底是怎麼一回事。史塔克應該會陪我去。這樣一來，我就不會每天都看到元牲，偷偷希望可以……**

不！我這根本是胡思亂想。我沒偷偷希望什麼，因爲，我已經下定決心。現在會擾亂我的頭腦和我的心的，只有愛芙羅黛蒂和夏琳搞的這齣把戲。

而且，我不可能跑去蘇格蘭，或者，起碼此時此刻不行。我必須留在這裡，面對我的朋友，以及曾是朋友的那些人，好好處理夜之屋的爛攤子。

天哪，我好無力，好煩，好累啊。

雷聲又轟隆作響，這次更近了。逃開或躲著，都解決不了問題，我應該回學校。如果夠幸運，說不定史塔克在我剛剛情緒爆炸時仍睡得昏天暗地，這樣一來，我就可以偷偷溜上床補個眠，醒來後，再來面對太陽下山之後等著我的麻煩事。

所以，我從石凳上起身，正準備爬上石梯往回走時，看見兩個男人走出丘頂的杜鵑花叢，在石梯最上層停了下來。他們一身邋遢，甚至給人髒兮兮的感覺，連衣服都不合身。其中一個的肩膀上掛了個大垃圾袋，看起來像得了厭食症而瘦巴巴的聖誕老人。先見到我的，就是那個傢伙。他用手肘戳戳他的朋友，下巴往我的方向甩過來，笑的時候還露出一口爛牙。他的朋友點點頭，兩人開始走下石梯。

唉，要命。

當時我應該迅速往二十一街走去，這樣做才聰明，才安全。眞的，我差點就這麼做，但隨即想起我的身分，瞬間怒火中燒。我可不是會被人嚇唬霸凌的嬌弱小女生，我對五元素有感應力欸，我是見習的女祭司長，哼，甚至勉強稱得上是個成鬼呢！爲什麼我不能週日早上一個人待在公園，不受任何人騷擾？

所以，我沒跑走，反而坐回石凳上。說不定他們會直接走過去，跟我道早安。就這樣。說不定。

「嗨，小姐，呃，可以賞點錢嗎？」他們走到階梯最底時，第一個傢伙說。

「是啊，我們得買點吃的。」第二個傢伙說。

其實，我大可別過頭，說不定他們就會自己走掉，但我沒這麼做，反而抬起下巴，直視著他們。這兩個傢伙一見到我的刺青，雙目睜得斗大。

「幹麼？兩位現在是身在哪個星球呢？怎麼會以爲大男人可以跟一個獨自坐在無人公園的少女要錢？」我說話的同時，感覺到怒氣逐漸加溫。

「喂，不甘妳的事吧？」肩頭掛著垃圾袋的男人說：「妳是吸血鬼，我們又嚇不了妳。」

我知道他們以爲我是成鬼，我知道他們因此很怕我。

想到這裡，我開心極了。

「所以，你們之前都是這樣嚇唬女人，跟她們要錢？」爛人！

第二個傢伙聳聳肩，說：「如果不想被被嚇唬，就不要一個人在外面遊蕩啊。」

「所以，是女人自己的問題嘍？」我是用假設性的口吻在說話，沒想到那個拿著垃圾袋的傢伙沒聽懂。

「對，就是女人自己的錯。」

「她們乖乖掏錢的話，我們就不會嚇唬她們。」

「我們只收現金，不收信用卡喔。」拎垃圾袋的傢伙自以爲幽默，哈哈大笑，往朋友的手臂拍下去。

「你這個混蛋，你們兩個都是混蛋。爲什麼不好好找個工作，反而在公園嚇唬女人？」

「嚇唬女人比較好賺啊。」垃圾袋男人說。

「你們記清楚了，我坐在這裡想事情，沒礙到你們，接下來的事，是你們自找的。」我站起來，全身發熱。我眞的氣死了。「知道嗎？你們今天眞的不該騷擾小女生的。」

「喂，我們又沒騷擾妳，我們只是剛好經過。」第二個傢伙說，他抓住朋友的手臂，準備將他拖走。

「放輕鬆，小妞，沒啥大不了的啦，妳連根頭髮都沒掉。」拿垃圾袋的傢伙說，還張著一口又黑又爛的牙，對我露出訕笑。

所以，他們打算就這樣溜開，去找一個普通的小女生來嚇唬嗎？

我的心臟熊熊燃燒，快要迸出胸口了。

「門都沒有！今天你們別想得逞！」我開始發飆，將一團呈現藍光的怒氣朝他們擲過去。他們被砸中後，整個人騰空，接著往人造小丘的山壁撞上去。

我喘著氣，感覺好爽。以後他們想嚇唬女生前，最好先想一想！王八蛋！

頭上方雷聲轟轟，一道閃電劈向公園中央，我的手臂豎起了寒毛。就在這時，我才發現我的手正緊握著占卜石。

我眨眨眼，不敢置信地搖著頭。等等，所以，剛剛是怎麼一回事？

我直盯著那兩個男人，他們還躺在石砌岩壁下的陰影處，沒咆哮咒罵我，也沒爬起來拍拍袖子，或者拔腿逃命。他們被我嚇破膽了。

一動也不動。

天殺的！我竟然使出古魔法來對付這兩個人，就像我剛剛對付夏琳那樣。我好像氣到受不了時，就會不自覺地使出這一招。所以，胸口那灼熱的感覺並非來自於我的憤怒，而是占卜石在發熱，它的熱氣貫穿了我的身體，在情緒的助燃下，出手攻擊。

我放開占卜石，看看掌心。上面灼出了一個正圓形的焦痕。

我神情恍惚地抬起頭，看見公園中央冒出濃煙。空氣中還瀰漫著閃電和火燒味。我知道了，閃電擊中樹木，甚或建築物。伍得沃德公園著火了。

消防隊員很快就會到，警察也是。

我的雙膝癱軟，頭好痛，踉蹌走近那兩個男人。我看著癱在岩壁底下的那兩個身影，其中一個痛苦地呻吟，另一個不斷抽搐。

天穹乍開，雨柱直落，我分不清身上的濕是雨水、鮮血或我的眼淚。

我無法思考，只能奔跑。

不需要召喚雲霧和蔭影來遮蔽，因為，我已籠罩在暴雨裡。沒人注意到有個女孩孤單地在雨中奔跑，逃離燃燒的公園，而同時，消防車和警車正呼嘯駛向她所奔離的方向。

我沿著學校圍牆，跑到那扇密門，鑽入校園後，我繼續跑，直到抵達馬廄才停。我喘著氣，全身顫抖，走到馬具室拿了一條乾淨的毛巾，裹住自己，然後走過一長排廄欄，去找我的普西芬妮。我鑽入敞開的欄門，進入陰暗溫暖的廄欄。普西芬妮正在睡覺，姿勢就跟一般馬兒一樣，彎起一腳，低垂著頭，雙眼微閉。她幾乎沒動，任憑我摟著她的脖子，把臉埋在她柔軟濃密的鬈毛裡哭泣。

我到底是怎麼了？

公園那兩個傢伙確實很混蛋，可是並沒眞正傷害我。沒錯，他們欺負女生，嚇唬她們，藉此謀財，可是他們終究沒有傷到我。我大可一走了之，打匿名電話報警，跟警方描述他們的長相外表，跟警方說他們正在公園遊蕩，恐嚇女性，這樣一來，警察自然會把他們趕走。

但我沒這麼做，反而直接對他們發飆。

我連想都沒想。雖然，我不是故意的，但事情就是這麼發生了。我的怒氣眞的透過占卜石傷害了他們。

愛芙羅黛蒂之前想跟我說什麼？她一定是要跟我說她的靈視、古魔法，還有我失控的事。但我不聽她說話，打斷她，認定她就是背叛了我。我讓憤怒掌控我。

「啊，女神，我錯了，大錯特錯。」我哭著說。

接著，就在我的哭泣和外頭的狂風暴雨中，我聽見警笛聲。不是消防車，不是救護車，是警車。而且，它們不是加速駛過學校，前往伍得沃德公園。那警笛聲愈來愈近，肯定駛進了校門，停在校園裡。

這時，彷彿夢遊般，我失神地放開手，不再摟著普西芬妮那具有療癒效果的脖子，而且還把身上的大毛巾抖掉，離開馬廄，走在那條通往學校門廳的人行道上。

暴雨打在我身上，但我毫無感覺。

「柔！妳在這裡啊！唉呀，妳全身都濕了。」史塔克從我的後方跑過來，將一件大外套披在我身上。

「你不該出來的。」我怔怔地對他說：「太陽升起了，你會灼傷的。」

他以奇怪的眼神看著我。「我是覺得累，也不太舒服，不過今天雲層很厚，所以沒問題。起碼待一會兒不礙事。小柔，我們披著外套，回房間吧。我知道妳不對勁，但不曉得到底出了什麼事。」

我搖著頭。「不，我不回房間，我要跟他們走。」我繼續走向學校大門。那裡停了兩輛警車，警示燈仍亮著。

「他們是誰？」史塔克問，試圖用他的外套蓋住我和他的頭來避雨。

「史塔克，你回去睡覺吧，這次你幫不了我了。」

「柔依，妳到底在說什麼啊？發生了什麼事？」

我的手已經擱在通往前廳的門上。「回去，」我重複告訴他：「這次你幫不了我了。」

他一臉害怕，眞的很怕。

但我不讓自己有任何感覺。我轉身背對他，轉動門把。

桑納托絲已在那裡，達瑞司也在，還有愛芙羅黛蒂。見到他們的那一刻，我很驚訝，但隨即想到愛芙羅黛蒂一定跑去告訴桑納托絲，我離開校園了。她這樣做是正確的。假使我是她，也會這麼做，如果我的思考方式是我自己，是那個正常的柔依。

馬克思刑警和兩個穿制服的警察在那裡。

「柔，妳跟元牲巡視完校園了啊。」愛芙羅黛蒂一見到我，立刻這麼說，還朝我走來。「我才剛跟桑納托絲說，下起暴雨了，我很擔心妳還在外頭欸。聽說陶沙市郡發布了龍捲風警報。」

「不需要，」我告訴她：「我甚至不希望妳替我說謊。」接著我把視線移向達瑞司。「我不希望你們任何人爲了我撒謊。」然後，我直視著馬克思刑警，說：「你爲何來這裡？」

「伍得沃德公園裡發現了兩具屍體，有人用超能力——不是人類所能辦到的方式謀殺了他們。所以，我們直接來這裡。」他的聲音不帶任何情緒，表情嚴肅。

「請容我提醒警官，敝校目前被警方監控中，從市長被殺害那晚起，任何雛鬼或成鬼都無法離開學校一步。」桑納托絲說。

「我離開校園了，我剛剛去了伍得沃德公園。我把那兩個人砸向岩壁，我殺了他們。」我的聲音聽起來應該就跟那兩個人一樣，已無生機，也跟我的感覺一樣，了無生趣。

「柔依！妳幹麼說這種話？」史塔克抓著我的肩膀，開始搖晃我。「妳清醒一下，別再胡說八道！」

我凝視著他，狠下心，對他說：「你留在學校吧，但我不想再見到你，不想見到任何人。是我幹的，我應該接受法律制裁。」我把他的手撥開，走向馬克思刑警，同時抓住占卜石，用力一拉，將它從銀鍊上扯斷，然後遞給愛芙羅黛蒂。「別讓任何人碰這東西，除了妳或史迦赫。妳說的對，它甦醒了，而且這樣很不妙。」

然後，我轉向馬克思刑警，說：「我準備好了，我們走吧。」

馬克思看看我，又看看桑納托絲。「我會先等妳跟最高委員會聯絡，請她們放棄對這個雛鬼的法律監護權，然後我才會逮捕她。」

「不用。」我說：「發生這事之前，我就已經脫離最高委員會，所以，我不承認她們對我有監護權，我也不認爲桑納托絲有。你們怎麼對待其他殺人犯，就怎麼對待我吧。」

他重重地嘆了一口氣，從褲子後面的口袋拿出手銬。「柔依·紅鳥，妳涉嫌謀殺理查·威廉和大衛·布朗，我要在此拘捕妳。」他把冰冷的手銬銬住我的手腕，繼續說：「妳有權利保持緘默，妳說的任何話都有可能成爲呈堂證供，變成不利於妳的證據。妳有權請律師，接受訊問時有權利要求律師在場。如果妳請不起律師，政府會免費提供律師服務。妳明白這些權利嗎？」

「明白。我不需要律師，我承認我殺了那兩個人。我罪有應得，願意接受法律制裁。」

這麼說的同時，我的心裡不斷迴盪著這幾個字，**罪有應得……罪有應得……**

22 奈菲瑞特

奈菲瑞特終於從獸穴走出來，覆蓋在身上的血和泥土正好被傾盆大雨沖刷洗淨。這裡一片混亂，除了滂沱大雨，不遠處的公園還濃煙密布。

奈菲瑞特心想，這世界以這麼熱鬧的方式迎接她，眞是開心。

她吸納附近的死亡和破壞氣息，利用這些黑暗能量來讓自己隱形。

一頭赤褐長髮披散在她的胴體上，猶如毛皮大衣。那些效忠於她的黑暗卷鬚被權力餵養得心滿意足，興奮顫動，將她舉起。就這樣，她乘著雷雨雲——彷彿這片巨雲是她召喚來服事她的——在雷聲和閃電，迷霧和暴雨的掩護下，開始飄浮，離開公園。

她把頭往後甩，享受雨水撫娑著她的赤裸肌膚，洗淨她全身的感覺。舉起手，任憑黑暗絲線裹住她，它們冰冷邪惡的碰觸方式，惹得她哈哈大笑。

「我們回家吧，還有很多活要幹呢！」奈菲瑞特乘著暴雨雲往陶沙市的鬧區移動，被她據爲己有的馬佑大樓就在那裡。

「啊，慢點。」她嬌嗔地對托擁著她的黑暗說：「我們先去吃頓晚餐吧？我還真的餓了呢！」黑暗絲線興奮地簌簌顫動，幾乎等不及她下令。

奈菲瑞特使出她的心應能力，去搜尋……搜尋……濫用這個許久以前女神恩賜給她的天賦。

她的心思沿著第五街直直往西，繼續搜尋，到了波士頓街時，感覺到北方有一股引力。

「正北方！那些假裝聖潔良善的靈魂，滋味肯定讚呀！」奈菲瑞特開心到全身發抖。「而且，他們正聚在一起呢，彷彿已經知道我才是值得崇拜的人。眞是太幫我省事了。」她的手往右邊橫掃出去。下令：「帶我去那裡！」

抵達教堂時，奈菲瑞特要絲線停住，讓她好好看看這些完美挑選出來的獵物。建築物眞宏偉啊，在雨中還閃閃發亮呢。主樓的尖塔狀如銳齒，較小的尖塔看起來則像朝天高舉，有著利爪的手，而那濕滑的金屬牆面，彷彿正等著被她蹂躪。

「退散！讓我現形！」

魔雲消散，奈菲瑞特靜靜地落在人行道上。「隨我來吧，寶貝。」她對她的黑暗絲線說：「禁食結束，一起來享用我應得的大餐吧！」

奈菲瑞特爬上一大段石灰岩階梯，黑暗絲線緊跟在後，乍看之下，它們就像女王加冕時身上的長曳黑披風。她抬起頭，看著突出於牆面那些被雨水澆淋的戰馬，以及跨坐於上的金色神像——它們彷彿正列隊歡迎她。

下面，就在三扇塔狀的門扉上方，雕刻著一列鞠躬的男人。

「他們是在對我鞠躬，」她對著沉默的雕像說，接著，視線往上，看著那三群膜拜她的雕像底下的文字，開始讀起來：**靈性的果實乃愛**、**喜樂**、**和平**、**恆久忍耐**、**仁慈**、**良善**、**信實**、**順從**、**自制**。

奈菲瑞特仰天長笑。「比我預期得容易嘛。」

赤身裸體的奈菲瑞特選擇從那扇刻著**恆久忍耐**的門扉進入教堂。裡頭牆壁的柔和粉紅色讓奈菲瑞特聯想到被汪汪淚水沖淡的血。她心想，這顏色眞是太完美了。她往左轉，沿著曲廊走到聖殿入口處。門扉緊掩，奈菲瑞特深情地看著她的黑暗絲線，說：「爲我打開吧。」

絲線遵守她的命令。

奈菲瑞特步入偌大的橢圓形聖殿。聖歌正唱到最後幾個音，趁著會眾吟誦阿……門，還沒人注意到她，奈菲瑞特好好環視整個空間。這聖殿眞的不賴，不過，淺紫絨毛坐椅，以及裝飾藝術風格的緋紅淡紫色彩繪玻璃，讓她覺得這裡看起來不怎麼像教堂，反而更像上世紀末美國流行的華麗風劇院，尤其那一排排面對著中央舞臺的階梯式圓形座椅，分明是爲了戲劇效果而非敬拜上帝用。

這種諷刺感惹得奈菲瑞特出聲發笑。

「噓！」後方的陰暗處冒出聲音要她安靜。講臺上，牧師正帶領會眾開始念著那些不斷重複，無聊乏味的祈禱詞。「不好意思，需要協助嗎？」一名壯碩的中年婦女走向奈菲瑞特，一見她的赤裸胴體，頓時失神，沒能注意到她的刺青。

奈菲瑞特面向婦人。「對，我需要協助。」語畢，她張開雙手，那樣子像是希望婦人擁抱她。婦人困惑地眨眨眼，朝她趨近。一眨眼，奈菲瑞特那如禽爪的銳利指甲劃過婦人的喉嚨，然後在她倒地之前扶住她。現在，她眞的和奈菲瑞特相擁了，只不過，奈菲瑞特的雙唇，也落在她喉嚨那道汩汩冒血的傷口上。奈菲瑞特吸光她的血，同時汲取她的能量。

會眾席後方有人尖叫了。

奈菲瑞特抬起頭，發現所有人的目光都轉向她。她放開婦人，任由她重重墜到地上，發出令人滿意的一聲「砰！」。

奈菲瑞特抬起下巴，將頭髮往後甩，大步走向講臺。

「天哪！是吸血鬼！」

「她沒穿衣服！」

「她剛剛殺了彼得森太太！」

會眾開始尖叫。有些人甚至從座位上跑掉。

奈菲瑞特舉起雙手，對黑暗絲線下令。「關上所有的門！現形給他們看！」

奈菲瑞特四周的暗影開始如漣漪般波動，如蛇般的粗厚卷鬚一一現形，好讓人類看見它們。會眾當場怔愣，驚恐地看著它們攀爬到所有的門上，像蜘蛛網一樣密密麻麻地從內封住每扇門。

「妳想幹麼？」一個白髮男人說，從講壇走向她。他穿的黑袍上飾有鮮紅色的絨帶。

「我是奈菲瑞特，」她以友善的口吻說：「請問你是哪位？」

「我是安德魯・慕林博士，波士頓街教會的牧師。請問，妳這樣侵犯我們，有何企圖？」

「侵犯？」奈菲瑞特笑著說：「喔，我都還沒開始侵犯咧。這個——」她沾著血的手，朝倒地的婦人揮了一下，說：「連像樣的開胃菜都稱不上。」

「我以主耶穌救世主授予給我的權柄，命令妳離開這塊聖地，不得再傷害任何人！」

「慕林牧師啊，就算我不願正視年齡，還是無法否認我確實比你大很多，所以，就讓我來跟你分享我虛長你那些歲數所學到的：**真實**權力永遠勝過**被授予**的權柄，所以，透過我的眞實權力，我告訴你，我決定不離開。」

「很好，既然妳不走，那我們走！」牧師說，像要聚攏四周的母雞般，做出手勢要會眾到他身旁，同時，往後退離奈菲瑞特。

「我恐怕無法讓你們離開喔，任何一個都不行。」奈菲瑞特指著牧師，對絲線下令：「把他帶過來！」

奈菲瑞特腳踝上一條粗如男人前臂的絲線鬆開，滑向牧師，咻地纏住他的腰，嵌入他的肌膚，將哀號的牧師拖向奈菲瑞特。

「拜託，讓他閉嘴，吵死了！」奈菲瑞特的手一揮，一條較細小的卷鬚立刻纏住牧師的臉，遮住他的嘴，讓他發不出聲音。

「好多了，對吧？」她怒目環視著那些驚恐的會眾。「除非你們要我讓所有人像這樣發不出聲音，不然，就別給我尖叫！」

除了幾聲努力克制的啜泣音，其他人都乖乖噤口。

奈菲瑞特走向牧師。「我喜歡你的袍子，尤其欣賞那絨帶的鮮紅色。脫下來！」

男人顫抖著手，將袍子褪到腳邊。

奈菲瑞特側著頭，打量他。袍子底下，他穿的是白襯衫和休閒褲。「你穿起袍子時，威嚴多了。現在這德性，只會讓我想到光溜溜的老鼠。」奈菲瑞特開始窺探他的內心。「喔，難怪妳對我的胴體連看都不看。守貞很痛苦吧，是不是？來吧，讓我終結你的悲慘人生。」她伸出手，朝他的喉嚨劃過去。他暴突著眼睛，看著她對兩條絲線說：「拿去吧，這個打賞你們。」於是，黑暗絲線鑽入他的嘴巴和腰部，在他的體內開始吸吮，而他，則是痛苦地全身抽搐。

「奈菲瑞特！妳爲什麼要這樣？」

奈菲瑞特的注意力從垂死的牧師，轉向一個面對著講臺的年輕人。她泛起微笑，因爲她認出他了。

「邁爾思議員！眞高興見到你啊。」她說。

「哈……哈囉，奈菲瑞特。」他發現她認出他，嚇得都結巴了，還緊抓著背後那個衣著光鮮的婦人的手。「妳開記者會時，我就在場。那時，妳，妳說妳跟人類站在一起，反對暴力。」

「我就是說謊，不行嗎？」她看見他一臉驚恐的樣子，笑容咧得更大。他背後的女人開始哭泣，他趕緊伸手摀住她的嘴，不讓她哭出聲音來。「妳是邁爾思太太吧？」

婦人全身顫抖，哭著點頭。

「妳那身衣服滿有品味的嘛。應該是亞曼尼吧？」

啜泣的婦人再次點頭。

「妳應該是穿六號吧？」

「對，對。我的衣服送妳，放我們走，拜託。」她哀求。

「啊，說得好！那，衣服脫下來，拿來給我，我會考慮妳的要求。」

「奈菲瑞特，拜託，不要傷害──」她的丈夫開始哀求。

奈菲瑞特溜入他的內心，要他的心臟停止跳動。邁爾思議員倒抽一口氣，癱倒在地。

他的妻子開始尖叫。

奈菲瑞特嘆了一口氣。「邁爾思太太，我眞的很難過欸，我這些指令這麼簡單，卻沒半個人能遵守，妳說是不是啊？」

「妳是不是想殺死我們所有人？」

奈菲瑞特的目光離開歇斯底里的邁爾思太太，轉向那個步入中央走道，外貌姣好的中年婦人。她把下巴抬得高高，看著奈菲瑞特，看似毫無懼意。

那樣子，勾起了奈菲瑞特的興趣。「請問妳是哪位？」

「凱倫·基思，陶沙郡的郡長。妳開記者會，宣誓效忠陶沙市那天，我也在場。」

「噢，又是一個政客啊。滋味肯定美妙！」

「妳沒回答我的問題。妳是不是打算殺掉我們所有人？」

「不好意思啊，凱倫。對了，直接稱呼妳凱倫，可以吧？」

「希望不要。」

奈菲瑞特詫異地揚起眉。「妳很有個性唷，基思太太，看來值得當主餐。」

黑暗絲線開始滑向郡長。

凱倫，基思被它們團團纏住時，絲毫沒畏懼，反而直視著奈菲瑞特的眼睛，說：「妳做出這種事，全天下的人都會知道妳是大惡魔。」

「不，基思太太，全天下的人都會知道，我是**女神**。」

郡長死的時候沒發出半點哀號，但四周的人開始尖叫，驚惶地湧向被封住的出入口。

「唉，吃頓晚餐怎麼得說那麼多話呀。」奈菲瑞特說完，舉起雙臂。「殺了他們吧！不過，可別傷到我那件亞曼尼喔。」

奈菲瑞特和她的黑暗爪牙撲向會眾，一個都不放過。他們大口吸血，竊取生命能量，直到聖殿變成墳場。

奈菲瑞特以聖水盆裡的水洗淨身體，然後拿牧師那件有著鮮紅飾帶的長袍擦乾，最後，穿上亞曼尼，容光煥發，精神抖擻地離開波士頓街教堂。

雨停了，天空碧藍如洗，空氣中瀰漫著春天氣息。奈菲瑞特抹掉豐唇上的最後一滴血，笑容滿面，明亮動人地指著馬佑大樓的方向。

「帶我回家吧，眞懷念我的閣樓呀。」

飽餐一頓，滿足得擻擻簌動的絲線靠向她，輕輕地將她托起來。被黑暗籠罩的奈菲瑞特開始無影無息地飄浮，穿越陶沙市下城，腦海不斷迴盪著這幾個字，**我應得的……我應得的……**

教堂大門上方，正中央那具石灰岩刻成的金色雕像開始迸出火花，氣勢之強，地面爲之震動。他噴鼻，看著奈菲瑞特消失的背影。

「既然，我那沒心沒肺的女人驚醒我了……」

嶄露 / 菲莉絲．卡司特（P. C. Cast），克麗絲婷．卡司特（Kristin
Cast）著； 郭寶蓮譯．
－ 初版．－ 臺北市：大塊文化，2015.03
面； 公分．—（R; 62）
譯自：Revealed : the house of night, book 11
ISBN 978-986-213-590-7（平裝）

874.57 104000786

LOCUS

LOCUS

LOCUS

LOCUS